JN045816

ORWELL　Raymond Williams

レイモンド・ウィリアムズ

凡例

一　本書は Raymond Williams, *Orwell*, Fontana, 1971, third edition, 1991 の翻訳である。

一　本書の附録には一九五五年から一九六八年にかけてウィリアムズが執筆したオーウェルに関連する書評・論考六篇を収録する。それぞれの初出情報は各論考に附した訳注の冒頭に掲載する。

一　本文中にあるオーウェルの著作からの引用箇所については既訳における表現を適宜参考にしたが、原文と照らしあわせつつ文脈に応じて必要と思われる変更を加えてある。既訳の対応箇所は原注に示す。

一　本文中における（　）は原著者ウィリアムズによる補足を示す。また、オーウェルの著作からの引用中における［　］はウィリアムズが表現を補った箇所を示す。

一　本文中ならびにオーウェルの著作からの引用中における〔　〕は訳者が表現を補った箇所を示す。

一　原書は文中引用（in-text citation）と参考文献表の形式をもちいているが、原注・訳注の冒頭において説明する理由により、この邦訳では全体を後注方式にあらためた。

一　本文中の★は原注を、☆は訳注を示す。附録の論考には原注は存在しないため、すべて訳注において引用の出典を示している。

オーウェル　目次

オーウェル

第一章　ブレアからオーウェルへ

エリック・アーサー・ブレアは、一九〇三年にイギリス占領下インドのモティハリで生誕した。彼はリチャード・ウォームズリー・ブレアとアイダ・メイベル・リムーザンの二人目の子供だった。父親は当時四六歳で、インド高等文官のアヘン部局の役人だった。父方の祖父はインド陸軍に勤務したのち、英国国教会の聖職者となった。母方の祖父はビルマのチーク材商人だったが、のちに米栽培にたずさわった。

エリック・ブレアが四歳のとき、家族はイングランドに戻ってヘンリー・オン・テムズに居を定めたが、父親はインドに留まり一九一二年に引退するまでそこで働いた。エリックの後年の回想録によると、彼は八歳になるまでほとんど父に会うことがなかったという。母親は父よりも一八歳若く、一九〇八年に三人目の子供を産んだ。その時点で家族には二人の娘と一人の息子がいて、それぞれ五つずつ歳が離れていた。

八歳のとき、エリック・ブレアはサセックスの私立の初等学校に送りだされ、一三歳になるまで休暇のあいだをのぞいて寄宿生としてそこで過ごした。そのあと彼は奨学金を得て、ウェリントン校（一学期間）とイートン校（四年半）という二つの私立中等学校で学んだ。そこでも彼は休暇のあいだをのぞいて寄宿生だった。彼がイートン校を卒業したとき、家族はオックスフォードシャーからサフォークに引っ越した。エリック・ブレアはインド帝国警察に奉職し、ビルマで訓練を受けた。彼はそこでほぼ五年勤務し、そののち一九二七年に、休暇での帰国中に仕事に戻らないことを決意した。一九二八年の元日かぎりで、彼は帝国警察を辞職したのだ。

目に見えるあらゆる細部において、二四歳までのブレアの人生は帝国主義イギリスの行政的中流階級の一員となるための訓練である。彼の家族は父方も母方もインドとビルマに居住し、そこの軍隊、行政機構、貿易業などで働いてきた。大人になってからの彼の最初の仕事はまったくこのパターンにはまっていた。さらに言えば彼は、標準的な家族生活があのように特徴的に欠如した状態で、なによりもまず本拠地であり、さまざまな支配階級の学校のネットワークであったイングランドのなかで成長したのである。[☆1] 一九二七年にこのパターンが破られたとき、彼はある種のイングランドに自分を見いだした。それまでに彼はそのイングランドにおいて人生の三分の二を過ごしてきたものの、そのあいだ彼はつねになんらかの施設におり、家族と過ごした期間はそれよりもずっと短かったのであり、それはある特有の一連の社会的関係性を定めるものだった。二〇世紀前半のイギリスでは似たような生い立ちと経歴を持った男たちが政治的かつ文化的にきわだった支配権を確立していたため、ブレアのような成長過程は標準的でありきたりなものだと通例は説明されてきた。イギリスの大半の人々の人生の見地も含んだ、ほかのあらゆる見地からすると、この成長過程はいくつもの重要な点で奇妙で、異質なものですらあった。彼の人生の次の九年を検証するうえで、わたしたちはまずこのことを想起し、重視せねばならない。というのもこれらの年月が結局もたらしたのは、あたらしい一連の社会的関係性の形成であり、ある重要な意味では、ひとつのあらたな社会的アイデンティティの創造であったからだ。これこそがブレアからオーウェルへの決定的な展開である。

　第一の断絶を引き起こした理由の数々は疑いようもなく複雑であるが、二つの要因は明白である。思春期の頃、ブレアは将来は作家になりたいというはっきりした希望を持っていた。この点でもそのほかの点でも、帝国警察は不似合いな職業だと彼は見なしていた。だがそれだけではなく、自分が奉仕していた帝国主義を彼が理解し、拒否するようになったというじゅうぶんな証拠もある（もっともその大半は、心が定まったもっとあとの段階からのものだが）。帝国主義は悪しきものであり、一日も早く仕事をやめてそこから逃げだす方が良かった、と彼は変化が終わった時点で書いた[★1]。だがそれに勤務していたあいだは、彼の反応はもっと複雑だった。彼の後年の理解によると、当時の彼は自分が奉仕していた帝国への嫌悪と、帝国に逆らい、自分の目の前の仕事を困難にする現地住民たちにたいする怒りとのあいだに板挟みになっていた。理論上は、自分はビルマ人たちの全面的な味方であり、これらの人々を抑圧するイギリス人たちに全面的に反対していた、と彼は言う。だが実際には、彼は帝国主義の汚い仕事に抵抗するとまったく同時に、それに巻き込まれていたのだ。

　こうした複雑な反応はいくぶん、のちの人生をつうじて存続していたと理解できる。しかしながら、この断絶の時点において決定的なことは、彼のイングランドとの不確かであいまいな関係性である。この社会を彼は知り、それに属してはいるが、そのほかのさまざまな意味では、抽象的な観念としてのそれをのぞけば、彼はイングランドをまったく知らない。それゆえに、帝国警察を辞したのちに同じ階級的ネットワークの内側でイングランドに落ち着くことも彼には可能であったことだろう。もしあからさまな帝国主義のみに抵抗していたのであれば、これはごく標準的な身の振り方だったかもしれない。だがイングランドの内側での関係性という問題はさらに重大なものだった。職を辞してからの最初の六ヶ月のあいだにブレアが実際にやったのは、イングランドの貧困層を知るために、ロンドンのイースト・エンドへの調査旅行と彼が考えたものに出かけることだった。彼はその拠点としてノッティング・ヒルに部屋を借りた。次に一九二八年の春には、彼はパリのとある労働者階級界隈に部屋を借りた。彼が親しかった叔母のネリー・リムーザンはノッティング・ヒルの同じ通りに住んでいたことがあり、彼がパリで過ごした一八ヶ月のあいだは彼女もパリに住んでいた。イースト・エンドへの調査旅行は、のちにも彼がしばしばくり返すことになる種類のものだった。それは、普通のイングランドの人々を発見する旅である。だが、彼のあたらしい人生の最初の二年半全体を考えると、彼の主要な動機が作家としての自己確立であったと見なすことは理にかなっている。この目的にパリを選ぶことは当時としては典型的なことだった。一〇年後に彼はこう書いている。一九二〇年代後半には「世界にかつてなかったほどにおおぜいの芸術家たち、作家たち、学生たち、ものずきたち、見物人たち、放蕩者たち、ただの怠け者たちがパリに押し寄せた。この街のいくつかの界隈では、芸術家なるものの人口が労働者たちの人口をほんとうに上回ったに違いない」。だがのちに「不景気時代が、もうひとつの氷河時代のようにやって来て、コスモポリタンな芸術家の群れは消えてなくなった」[★2]。自分自身がその一部であったものについてこのような軽蔑的でおとしめるような言葉で書くことが、彼の経験のいくつかの局面において典型的に見られる習慣であることには注意せねばならない。パリ滞在中に彼は二作の小説を書いたがその原稿は残っておらず、ほかにフランス語と英語でいくつかの記事を発表した。彼は肺炎になり、皿洗いやキッチンポーターとして十週間働き、そして一九二九年末にイングランドへと戻った。

　次の二年半のあいだ、彼はべつの拠点で作家として自己確立しようとつとめた。彼はサフォークの両親の家に滞在して執筆をおこない、不定期の記事と教育活動によって生活の資を稼いだ。彼はのちに最初の著作となる『パリ・ロンドン放浪記』の草稿をいくつか書き上げたが、それは彼自身が選んだタイトルではなかった。「「放浪者」より「皿洗い」の方が、わたしにふさわしい呼び名だと思うのですが」[★3]。この著作は彼のさまざまな経験の記録だったが、「もし全員にさしつかえがなければ、わたしは［それを］ペンネームで出版したいと希望します」[★4]。この著作が出版予定であったとき彼は教員として生計を立てていたので、この選択のひとつの側面は理解できるものだ。だが、名前の問題、そしてもっと重要なアイデンティティの問題は、以前にも浮上していた。浮浪者たちやホップ摘みたちとの共同生活、そして労働者階級界隈での暮らし——彼はイングランドにおける調査旅行と考えたものを依然として続けていた。一九三二年末に『パリ・ロンドン放浪記』の出版について相談するとき、彼は出版エージェントへの手紙で次のように書いた。

> ペンネームについてですが、放浪している頃は、いつもP・S・バートンを使っていました。しかしこのひびきがあまり適当でないとお考えなら、こんなのはいかがでしょうか。

ケネス・マイルズ
ジョージ・オーウェル
H・ルイス・オールウェイズ
わたしはどれかといえばジョージ・オーウェルが好きですが。★5

オーウェルはサフォークの川の名前で、彼の両親の家の南方にあった。

オーウェルの最初の著作は一九三三年に出版された。次の三年で彼は作家としての自己確立を完了した。彼は教員をしたり、書店で働いたり、書評を書いたりすることで生活の資を稼ぎ、より長いあいだ両親の家を離れて生活するようになった。『パリ・ロンドン放浪記』のあとには小説『ビルマの日々』が続いた。彼のイングランドの出版社がビルマにおいて〈植民者たちの〉感情を害することをおそれたため、この小説はイングランドではなくアメリカで最初に出版された。それからさらに二冊の小説、『牧師の娘』が一九三五年に、『葉蘭をそよがせよ』が一九三六年にそれぞれ出版された。一九三六年の春に彼はハートフォードシャーのウォリントンの村の店に居を移し、二ヶ月後にアイリーン・オショーネシーと結婚した。彼女は徴税人の娘で、〈一九二七年に〉英文学専攻でオックスフォード大学を卒業し、教員やジャーナリストとなり、のち〈一九三四年〉にロンドン大学で心理学専攻の大学院生にもなった。彼らはエリック・ブレアとアイリーン・ブレアだったが、この時点では何年もの困難と移行期ののちに、ジョージ・オーウェルとしての認識しうるアイデンティティがあきらかに確立していた。

作家ならびにジャーナリストとしてのオーウェルの当時の名声のおもな土台は、貧困と不況についての彼の記述にあった。彼のさまざまな調査旅行とそれに続く説得力のある報告は、文学界のなかで限定的ではあっても独特のアイデンティティを彼にもたらした。彼はまず、彼にとっては通常のものだったさまざまな社会的関係性を中断し、その次に、不規則な期間ではあるが意図的かつ周期的に、そのような社会的関係性から抜けだした。階級意識に取りつかれた文化のなかに、そして全般的な貧困と不況の時代において、彼が持ち帰ったものは、経験という点ではビルマと同じくらい遠いもののように思われた世界からの報告だった。彼の次の著作は、まさしくこのアイデンティティにからんだ依頼だった。それはレフト・ブック・クラブ[☆2]のための貧困層や失業者たちの生活の調査だった。

しかし彼がこの依頼を受けた一九三六年は、かなりことなる局面における危機と変化の時代だった。この依頼は一人の作家としての彼のそれまでのアイデンティティの延長であったが、『ウィガン波止場への道』において彼がこの依頼を充足したやり方は、一人の政治作家としてのあらたなプロジェクトへの入り口を画するものとなり、それは彼の残りの生涯のあいだ続くものとなった。それというのも、この本の第一部は彼がそれまでに依頼を受け、実際とても巧みに書くことができた種類の報告書だったが、第二部は階級と社会主義についてのエッセイであり、それは事実上、オーウェルの基本的な政治的立場のはじめての表現であるからだ。帝国主義と階級システムへの抵抗はくり返しつつも、彼は社会主義的な定義における自由と平等への傾倒（コミットメント）をそれにつけ加えた——それと同時に、大半の形態の組織的社会主義運動と、とりわけ多種多様なイングランド中流階級の社会主義者たちとを攻撃しながらも。

二月と三月に彼はランカシャーとヨークシャーへの旅行をおこない、そのあとウォリントンに居を移して毎日午後に店を開くようになった。彼は六月に結婚し、夏と秋のうちに本を書き上げた。だが七月にはスペイン内戦が勃発し、秋の終わりまでにはオーウェルはスペインに赴く準備をしていた。その目的は記事を書くための取材であり、おそらく闘うためでもあった。バルセロナに到着するとすぐに彼はＰＯＵＭ（マルクス主義統一労働者党）の民兵部隊に参加し、一九三七年一月には部隊とともに戦闘に参加した。それから彼はＰＯＵＭ民兵部隊に随伴するイギリス独立労働党の派遣部隊に転属し、最初は伍長、次に中尉となったが、五月半ばに負傷した。四月にはマドリードの国際旅団への参加を試みていたものの、彼は共和国当局とＰＯＵＭとの争いに巻き込まれ、負傷からの回復後、ＰＯＵＭが非合法組織との宣告を受けたときには個人としてこの対立にふたたび巻き込まれた。六月に彼はフランスへと逃れた。

この戦争と革命的政治の経験から、いくつかの点で彼の姿勢は強まった。ソヴィエト型共産主義への参加（コミットメント）の可能性は何年も前から拒絶していたから、彼はこの経験のために反共産主義者になったわけではない。しかしながら、スペイン内戦の危機時には彼は〔コミンテルンの影響下にあった〕国際旅団に加入しようと試みていたのだから、彼の反共産主義がひとつの積極的な立場へと先鋭化されたのは、共産主義とＰＯＵＭとの抗争をじかに経験したことがおもな要因だった。それと同時に、次の二年か三年のあいだ彼は革命的社会主義者になった。『ウィガン波止場への道』は彼が前線にいた一九三七年三月に出版されたが、そこで彼はおおかたの正統的なイギリス社会主義の立場を攻撃し、それにはマルクス主義として彼が理解したものも含まれていた。スペインから戻るとすぐに彼は『カタロニア讃歌』を書きはじめ、この著作は正統的左翼からの彼の断絶を決定づけた。この本は一九三八年四月に出版された。六月にはオーウェルは独立労働党[☆3]に加入し、第二次世界大戦の最初の数ヶ月頃までその党員だった。彼はあらたな本を書くためにインド行きを希望していたが、一九三八年の冬の終わり頃〔三月初旬〕には結核をわずらい、夏の終わり頃までサナトリウムに滞在した。そのあと、L・H・マイヤーズ[☆4]（『近くと遠く』の著者）からの借用金で彼はモロッコで冬を過ごし、一九三九年春にイングランドに戻った。

モロッコで過ごした冬のあいだ彼は四作目の小説『空気を吸いに』を執筆した。イングランドに戻るとすぐに、彼はもっとも有名なエッセイのいくつかを書いた。ディケンズ論、少年週刊誌論、そして戦争がはじまる頃に書いた「鯨の腹のなかで」である。モロッコで彼は複数の手紙を書いており、そこで彼はイギリスにおけるゆるやかなファシズムの台頭にたいする唯一の代替策として、非合法の反戦左翼の可能性の概要を述べていた。だが戦争がはじまると彼は「今この血なまぐさい戦争のなかにある以上勝たなければならないのだから、わたしは手を貸してやりたい」と信じるようになった[★6]。健康面で不適格として彼は軍隊には拒絶され、不定期のジャーナリズムの仕事が減るにつれて、彼はまたお金に困るようになった。一九四〇年五月に彼はロンドンに戻り、その年の秋に「社会主義とイングランド精神」という副題をもつエッセイ「ライオンと一角獣」を書いた。一九四一年初頭から彼はアメリカの『パーティザン・レヴュー』誌[☆5]に「ロンドン通信」を書きはじめ、そして八月には東洋部インド課のトーク・プロデューサーとしてBBCに加わり、その仕事を一九四三年末まで続けた。しばらくのあいだ彼は国防市民軍に加わり、火災監視人として働いた。

いくつかの点で一九四三年は転機だった。三月にはオーウェルの母が死去した。彼は病気のため国防市民軍を辞めねばならず、当時アナイリン・ベヴァンが編集主幹をしていた『トリビューン』紙[☆6]の文芸担当編集長となるためにBBCを辞めた。彼は定期的な書評の仕事を増やしたが、決定的な出来事はその年の終わり頃に『動物農場』を書きはじめたことだった。それは一九四四年二月には脱稿したものの、さまざまな政治的理由でいくつもの出版社に拒絶された。この本がようやく出版されたのは一九四五年八月、戦争が終結した時点だった。

ヨーロッパでの終戦まぎわにオーウェルは記者としてまずフランスに赴き、のちにドイツとオーストリアに赴いた。一九四四年に彼と彼の妻は男の子を養子にしていたが、一九四五年三月には妻が外科手術中に死去した。彼は養子を手放さなかった。同年の後半には彼はスコットランド沿岸のジュラ島をはじめて訪れた。一九四六年に彼はそこに居を移し、家政婦として妹が同行したが、その冬のあいだはロンドンに戻った。彼の姉は一九四六年に死去し、彼自身の健康状態も着実に悪化していた。一九四七年、結核が再発して最初の数ヶ月のあいだに彼は『一九八四年』第一稿を書き、一九四八年、数度の発作に苦しみながらも第二稿に取り組んだ。その年末までには彼の病状は非常に重くなっており、ほかのものはほとんど書けなかった。

『動物農場』の顕著な商業的成功は、ほぼ二十年前、帝国警察を辞めたあの決断のとき以来、作家としての彼にずっとつきまとっていた経済的不安を終わらせることになった。だがそうなったときにはすでに、彼は病気と苦痛の再発に苦しむ晩年に入っていた。一九四九年九月に彼はロンドンの病院に入院し、十月にソニア・ブラウンウェルと結婚した。一九五〇年一月に彼は没した。

第二章　イングランド、だれのイングランド？

D・H・ロレンスは「イングランド、僕のイングランド」と書き、オーウェルは「イングランド、君のイングランド」と書いた。☆1

オーウェルはイングランドについて二篇の長いエッセイを書いた。一九四〇年の「ライオンと一角獣」と、一九四四年の「イングランドの人々」である。どちらの冒頭でも、彼はイングランドに到着する人の観点を導入している。「どこか外国からイングランドに戻ると、とたんに違った空気を呼吸しているような感じがする」★1。「ここでしばらく、イングランドへ来たばかりだが偏見は持っていない、そして仕事の関係で、ごく普通の有用だが目だたない人々と接触できる、ある外国人観察者の立場に身を置いてみることには価値がある」★2。これはたんなる文学的技法にすぎないと思われるかもしれない。イングランドについてのオーウェルの著述の多くはとても親密で詳細なものであり、普通のイングランド的美点をくり返し強調しているために、現在、彼はしばしば原型的なイングランド人、もっとも土着的でイングランド的な作家だと見なされている。だが実際の経歴、つまり、ブレアからオーウェルへの創造的変化を想起する必要がある。彼がイングランドを見るさまざまな方法の多くは彼の経歴から影響を受けており、ときにはそれに決定づけられている。彼は普通のイングランドとは周到な仕方で切り離された支配階級のネットワークのなかに生まれつき、そこで教育を受け、最初の仕事に就いた。そして彼はこのネットワークを拒絶し、独力で自分にとっての国を見つけだそうとした。同様に、彼がイングランド的生活を評価するさまざまな方法の多くはこのような種類の旅路から影響を受けており、それに決定づけられている。彼が普通のイングランドと見なしたものへの顕著な愛着は、その一員としての行為というよりも、むしろ意識的な養子縁組（アフィリエーション）の行為なのである。[☆2]

これからわたしたちは、このことが彼の深奥の想像力と価値観にどのように影響したのかを見てゆくことになる。だがまず、彼がこの特別なやり方で反応していたイングランドを吟味する必要がある。というのも、彼の経歴にはひとつ特別な強みがあったからである。それは、彼がイングランドの帝国についての知識を持ち、その枠組みのなかでイングランドを注視するようになったということであり、この島国社会への観点としては、それは多くの点で透徹したものだったのである。

わたしたちが現在北大西洋条約機構（ＮＡＴＯ）や欧州経済共同体という名前で知るものと地理的に似た（したがって政治的にも似た）連邦計画[☆3]について、彼は一九三九年に「黒人は抜かして」というエッセイを書いた。ご都合主義的な見落としによってこの計画から除外されていたのは、この国家連合が支配する膨大な数の植民地人口の存在だった。「わたしたちがいつも忘れているのは、イギリスの労働者階級（プロレタリアート）の圧倒的多数はイギリスではなく、アジア、アフリカに住んでいるということだ。……わたしたちは皆この体制のうえに暮らしている」[★3]。べつの著作ではこうも書いている。「わたしはインド警察に五年間いたが、その終わりの頃にはなんとも説明のつかない苦々しい気持ちで、自分が奉仕していた帝国主義を憎悪するようになっていた。イングランドの自由な雰囲気のなかではそんなことはピンとこない。帝国主義を憎むためにはその一部となってみなければならない」[★4]。

この観察者の目、イングランドに戻ってきた者の目は、このような帝国主義の経験でいっぱいの目である。だが彼は、例えばインド人学生やアフリカ人学生と同じようなやり方、本で読んだだけの外国に来るようなやり方でイングランドを訪れているのではない。彼はここで教育を受けてきたし、彼の家族はここに住んでいる。彼はイングランド社会の内的構造を知ってはいるが、それは彼が理論的にのみ拒絶した階級的立場からのことである。彼はこう言う。学校時代の自分は「労働者階級が人間であるという考えももっていなかった。労働者と離れたところでなら……彼らの苦しみを感じることができたが、労働者の近くにいるときには、依然として彼らを憎み、軽蔑していた。……わたし自身のようなブルジョワジーの緩衝装置にとっては、「庶民」はいまだに野卑で憎悪すべきものと思われた」[★5]。

この非常に特別な立場、一種の意識的な二重視(ダブル・ヴィジョン)は、オーウェルの核心にある。彼の後年の報道記事からさかのぼって読む人々や、とりわけ彼のような子供時代と教育を共有はするものの、帝国主義にたいするのちの直接的な嫌悪は経験しなかった人々によって、この点はたびたび見落とされてきた。オーウェルのような隔てられた教育を受けた人々の大半に、自分たちがもっとも重要な意味ではイングランド的ではないと納得させるのは不可能である。というのも、「イングランド」の定義、その神話やイデオロギーは、一世紀以上のあいだまさにこれらの人々の手中にあったからだ。これは、ほとんどの著述活動をおこない、それ自身の諸制度のみならずほかの大半の諸制度をも主導し、海外へと旅することをつうじて世界の大半に「イングランド人」として知られてきた階級である。イングランドの世界観はこのひとにぎりの少数派の性格に基礎を置いてきたと正当に言いうるだろう。

　しかしながら、少数派であっても、この集団のなかには内的な差異もないわけではない。それをひとつの支配階級、しかも当時の帝国の支配階級と表現することは必要だ。だがまったく完全に主導権を握っていたのはこの階級のごく一部だった。それらの人々は自身の資産や投資によって生計を立てることや、首都の中核的な諸制度にじかに入ってゆくことができた。それよりもずっと大きな部分は、より困難でより低い役割を担っていた。それらの人々が受けた教育は本質的に、自分たちが官公吏としてしか属さない体制への奉仕者としての教育だった。この体制の辺境へと出かけ、そのさまざまな現実に直接に向きあったのは、まさにこれらの人々だった。エリック・ブレアは、彼がまさしくこの意味で後年「上層中流階級の下のほう」と呼んだものに生まれついた。[★6] 理論的には支配階級の構成員であり、「イングランド」に関するその目立った神話とイデオロギーを共有しつつも、彼や彼のような男たちはいくつかの点で実際にはその体制の外縁に位置していた。地所も相当な資産も所有していないために、彼らは専門職の給与に依存していたのであり、専門職の給与は同様に、この体制全体が創出した「専門職」や「奉仕」の諸定義を受け入れることに依存していた。しばしば、このような集団のなかでは、その階級全体の構成員としての自分たちの地位を定義してくれる神話にほかならないものへの一種の過剰適応が起きることがある。自分たちが文字どおりその底辺すれすれにいる階級から脱落するのではないかという恐怖ゆえに、これらの人々のなかでは、イングランドのくつろいだ快適な中心に見いだされるものよりも硬直的で露骨な自分たちの「イングランド」についての定義が生みだされることがある。一一歳のときにエリック・ブレアがはじめて活字にしたのは「イングランドの若者よ、目覚めよ！」という典型的な詩だった。[★7] この少年はある祖国とある役割を物真似していたのである。

わたしたちの多くが現在しなければならないように、それを外側から見ると、この立場はある特有の緊張を生みだしている。つまり、支配者であるのと同時に被支配者でもある人間の緊張である。こうした緊張は、人格そのものの役割を果たすようになりうる物真似じみた硬直性で上塗りされることがある。あるいはブレアの場合のように、それは危機をもたらすことがある。彼をオーウェルへと変えたのはこの危機だった。そして同時に支配者であり被支配者であるという立場に根ざした二重視（ダブル・ヴィジョン）は、強力なものでも不安に駆られたものでもあるのだ。

換言すれば、彼がイングランドに再入国したとき、彼の主要な動機は否定的なものだった。つまり、彼がそのなかで教育を受け、奉仕してきた体制とイデオロギーを拒絶することだ。だが、この体制の性質ゆえに、彼がすぐさま向かうことのできる「イングランド」はほかにには存在しなかった。彼にできたのは、ひとつのイングランドから脱落し、もうひとつのイングランドへの調査旅行をすることだけだった。この旅が終わりに近づいた頃にこのすべてを総括したとき、彼が言わねばならなかったことは、これに続く意識的なアフィリエーションの性質と同じ程度に、この否定的な性質からも影響を受けていた。

わたしは、帝国主義から逃れるばかりでなく、人間が人間を支配するあらゆる形態から逃れなくてはならない、と感じていた。身を潜め被抑圧者たちのなかに下りてゆき、彼らの一員となり、彼らの側に立って圧制者たちと闘いたい、とわたしは思った。……まさしくこうした道筋をたどって、わたしの思考はイングランドの労働者階級に向かっていった。わたしが労働者階級を本当に意識したのはこれがはじめてであり、そのきっかけは、彼らのなかにひとつの類似点を見いだしたことにほかならなかった。彼らはビルマにおけるビルマ人たち同様、イングランドにおける不正の象徴的な犠牲者であったのだ。[★8]

きわめて明確かつ、いつもの彼らしい率直さで説明されているのは、これがあの〈否定的同一化（ネガティヴ・アイデンティフィケーション）〉[☆4]の一形態であるということだ。そこでは、あらたな集団への接近とアフィリエーションは、その主体の最初の社会的経験、成長に影響を与えた社会的経験の一作用なのである。

イングランド、だれのイングランド？『ウィガン波止場への道』では旅の感覚はまだ持続している。ここでオーウェルは「二つの国民」[☆5]を描いており、あの（中流階級の語句でいう）「もう片方」の生きざまを発見している。彼は同時に同情的でありつつ怒りに駆られ、惹きつけられつつ嫌悪している。不況と大量失業の時代にあって、人口の三分の二が労働者階級であるひとつの国を彼は描いている。彼の積極的な議論やイメージはすべて対照、それも耐えがたい対照に関するものだ。単純な観念としての「イングランド」はすべてこうした対照によって破壊されている。彼が子供時代に抱いていた単一的なイメージは押しのけられ、その代わりに、炭鉱と工場、スラムと公営住宅、キャラバン住宅群とボタ山、軽食堂とチューダー様式の大邸宅などがあらわすさまざまな特殊事情、差異、そして不平等が姿をあらわしている。これは活動中のイングランドであり、このイングランドのただなかを通り抜けねばならない。

　第二次世界大戦中に書かれた後年のエッセイにおけるイングランドはこれとはことなっている。これはかならずしも以前よりも真実であるとか、あやまっているとかいうわけではないが、これはまたいくつかの重要な意味で単一的である。「経済的には、イングランドは三、四とはいわないまでも、たしかに二つの国民である。しかし同時に大多数の民衆は、自分たちが単一の国民だと感じ、外国人に似るよりはおたがい同士に似ていることを自覚している」[★9]。おそらく、これはそこまで驚くべきことではない。おそらくそれは長く安定期にある国であれば、どこでも真実だろう。だがこのごく例外的ならざる観察のただなかでは、それをつうじてなにかべつのことが言われている。

> イングランドは地球上でもっとも階級に取りつかれた国である。それは多分に老人とばかに支配された、俗物根性と特権意識の国である。しかしどのような角度から考える場合にも、その感情的まとまり――危急の際にはほとんど全住民が同じように感じ、一致して行動するという傾向――を考慮に入れなければならない。[★10]

この引用の「危急の際には……という傾向」という部分は、一九四〇年の侵略危機下に例外的な国民的まとまりが見られた時期に書かれたものであり、直前の「感情的まとまり」に関する説明よりもあきらかに受け入れやすいものだ。「感情的まとまり」という箇所ではずっと大きな主張がなされている。「イングランドは……しかし……」はこの議論でくり返されるパターンであり、「イングランドを一言で表すとすれば……」という部分で、ある特有のクライマックスに至る。それは

> まちがった構成員たちが権力を握っている一家族[★11]

というものだ。これに類することを述べたのは、オーウェルが最初でも最後でもなかった。この主張について興味深い点は、この発言が彼の発展のどの段階でなされているのかである。『ウィガン波止場への道』で描かれた不況にあえぐイングランドには一家族や感情的まとまりという感覚はほとんど存在しない。そこで重視されているのは、ある階級社会のさまざまな現実とさまざまな帰結である。わたしの考えでは、ここで起きているのは、「イングランド」への反応においてオーウェルはまず二つの局面を通り抜けているということだ。最初には彼の少年時代の神話――特別な国民、「家族」――があり、そのあとには、彼の帰国後の観察の数々――さまざまな矛盾に満ちた、苦く荒涼とした光景――が続く。だが、さらに第三の局面では、彼はつい最近まで有力なものであり続けてきたあらたな神話を創出している。経済的・社会的不平等の諸事実によって最初にあったイメージを修正しながらも、彼は基本的な普通さと人間らしさ（ディーセンシー）のイングランド、「本当のイングランド」、「未来と過去につながった永遠の動物」[★12]という感覚を創りだしている。その感覚のなかでは、家族の「まちがった構成員たち」が権力を握っていることは、ほとんど偶然のことか、あるいは少なくとも明白な時代錯誤

であるように見なされうるのだ。

　一九四〇年代以降のオーウェルの大きな影響力は、ほかの個々の達成のいずれとも同じくらいに、この強力なイメージに多くを負っている。そしてこのイメージがいくらかの真実を含んでいなければ、これほどに強力ではなかったことだろう。イギリスにおけるさまざまな市民的自由の奥行きや、それを支える感情をオーウェルが重視したことは、彼が知っていた世界やわたしたちが知り続ける世界では正当である。彼がさらに重視した大半の普通のイングランド的生活の穏やかさと温和さや、そうした性質が殺人と怒りに満ちた世界のなかでは肯定的資質だという主張も理にかなっている。日常のイングランド的生活の大半に見られる形式ばらない性質、友好性、寛容さなどは、彼が重視したひとつの美点としての「人間らしさ（ディーセンシー）」の証拠となっている。だが、こうしたことのすべてを理解し、承認しつつも、なお分析においては、それがどのように転ぶのかはわからないのである。

　彼がこのような諸特徴を「ある程度現存の秩序にそむいて生きていかなければならない」真正の民衆文化の一部として描いたとき[★13]、オーウェルはわたしの考える真実にもっとも近づいている。あるいは、「精妙な妥協の網の目」[★14]、すなわち、ある種の明白かつ根本的な不正の数々とともにある種の美点や達成の数々をも維持するさまざまな調停の仕組みについて彼が語るときもそうである。だがこうしたやり方で意味をあきらかにしはじめると、わたしたちはある非常に複雑な社会構造のなかの非常に複雑な関係性の数々について議論していることに気づく。オーウェルはこの複雑性を認識し強調しているが、こうした構造についての批判的分析を持続し、拡張しうるいかなる思考法をも編みだしてはいない。多くの場合には証拠が細部まで鮮明に集められており、ある時代の風潮や雰囲気の感覚は、記憶に残るやり方で作りだされている。だがある社会構造は風潮とはことなる。あたかもある種の美点とある種の不正とが自然界の対照的な諸事実でもあるかのように、それらがともに存在すると述べるだけでは決してじゅうぶんではない（社会を想像するさいに、オーウェルはごく常習的に自然界のイメージに依拠している）。社会においてはこうした諸事実は、活動中で、歴史的で、展開しつつあるさまざまな関係性なのである。そしてイングランドについてのオーウェルのイメージがあいまいにしてしまうのは、まさにこの種の現実なのだ。

　これは彼の方法に関するひとつの事実である。だがひんぱんにそうであるように、この方法は究極的にはある視点に依拠している。「まちがった構成員たち」が支配するこの「家族」の欠点を説明するオーウェルのやり方もまた、影響力のあるものだ。例えば、階級はおもにアクセント、服装、趣味、家具、食事などにかかわるさまざまな差異や俗物根性の観点から説明される。こうしたやり方は習慣的なものとなっている。『ウィガン波止場への道』においては、没落しつつある中流階級は、搾取に苦しむ労働者階級との利害の一致をひとたび認識すれば、「Hの発音のほかに、失うものはなにひとつない」だろうと述べられている[★15]。それに対応して、「ライオンと一角獣」が描くより穏やかな世界では、経済的に順調な労働者たちは「目に見えて……より中流階級的」になってきている[★16]。このような思考法において、オーウェルはある一世代の正統的な政治的信条を準備した。というのも、もし階級の意味することが、私的な社交上のふるまいのこうした差異、しばしばたんに表面的で些細な差異でしかないのであれば、経済成長が続き、教育やコミュニケーションが拡張する時代状況においては、ある種の「無階級性（クラスレスネス）[☆6]」が不可避であるのも事実だからである。階級的区別はかつて公然かつ粗野に見せびらかされていたものだが、そのような状況からの変化は、思慮分別のある者ならばだれもが歓迎することだろう。だが階級の定義をこうした諸特徴――経済的に順調な産業社会であればどこにおいても、いずれにせよ浸食されてゆくもの――にとどめておくと、べつの一連の諸事実が効果的におおい隠されてしまう。それは、階級とは、資産や資本の所有者たちと労働や技能のみの所有者たちとのあいだに存在するような、強力で持続的な経済的関係性であるということなのだ。

というのも、結局のところ「家族のまちがった構成員たち」を支配者の座に据えたのはなんなのか？ それは彼らのアクセントや、服、食事のスタイルや家具の様式にたいする服従でしかないのか？ オーウェルが金銭という決定的事実を熱心に、ときとして（一九三〇年代には）極端なほどに強調していることを考えれば、彼についてこのような論点を提起せねばならないのは奇妙なことだ。だが懐に金銭があり、もっと多くの人々の懐にもっと金銭が入るようになると、まさしく彼が言及した無階級性が帰結するだろう。しかしながらこれとはまったくことなる「金銭」も存在する。それは資本であり、社会生活の手段それ自体の所有権や創造である。この局面では、支配に関する疑問は避けがたくこの所有権に関する疑問なのである。そして「階級」の視覚的しるしはこの体制のなかでは小銭のようなものであり、それが一掃されたのではないにせよ（オーウェルが書いた三〇年後もそれが起きる徴候はないのだから）、少なくとも修正され、和らげられ、あらたな展開をみた時代にあってもなお、この所有権の問題は実際に大きく変わらないままである、ということはありうるのだ。

オーウェルの記述の弱点のもっとも明白なしるし――あいにく、その魅力でもあるもの――は、彼が依然として支配階級と呼んでいるものについて議論するときに見られる。すでに論じた理由で、彼の当初の姿勢は複雑なものだった。中央集権的官僚制の台頭や独占的貿易企業群のために、彼自身の集団、つまり官僚や軍人を輩出する家族たちが以前よりも重要でなくなる過程を彼は目にしてきた。彼の考えでは、彼が生まれる直前の時代の帝国の最盛期以降、これらの人々の活力や進取の精神は衰退してしまっていた。それと同時に、この同じ階級の一部は挫折感のみならず不満感をも覚えるようになっていた。イングランドの中流階級知識人たち、とりわけ左翼知識人たちに関して、彼はいつもこのように説明した。これらの人々は浅薄で、否定的で、自分たち自身の国についての現状認識を持たず、自国に反する態度に出ていたのだ、と。

だが彼はこれらの人々を馬に乗った従者のようなものと見なしていた。支配階級の家族の一員ではあるが、今は召使か厄介者かの地位に置かれている、と。支配階級の中核は依然として存続しており、それに関してとりわけ注目すべき点はその愚かしさだと彼は言う。一家族としてのイングランドという観点からすれば、これらの人々は「だらしのない伯父さんか寝たきりの叔母さん」[17]なのだ。あいにく、このイメージには父親を入れる余地はない。

これは魅力的であっても疑わしいイメージだ。オーウェルによれば、支配階級に起きたのは能力の衰退だった。彼らの地位は「とっくの昔からもはや正当化しえないものになっていた」。「たえず成り上がり者から補充される貴族階級……彼らは巨大な帝国と全世界的な金融網の中心にあぐらをかいたまま、利子と利潤を吸い上げては――いったいなんに使ったのだろう?」無駄に使ったことはたしかだ。「わずか五十万の人々、カントリー・ハウスに住んでいる連中だけが、はっきり現在の制度から恩恵を受けていたのだ[18]」。たしかにそのとおり、だが注目すべきなのは、これが支配階級の「衰退」と見なされていることだ。それはあたかも、成り上がり者から補充された貴族階級の連中が、それとはことなるなんらかの社会的目標、もっと正当化できる社会的目標を持っていたことがかつてはあったかのようだ。そして彼らが「能力」を証明する唯一の真の方法は、我が物顔にふるまい続ける力量であることはまちがいないだろう。

　支配階級を憎悪し打倒するよりも、それを軽蔑するほうがはるかにたやすい。オーウェルが描いた喜劇的な伯父や叔母はくり返しあらわれる急進派的なイメージであるが、現実の支配階級をそのようなやり方で見ることは究極的には迎合なのであり、一家族としてのイングランドというきわめて中流階級的なイメージに感情的に依存している。またしても、この純朴な神話は、一般には認められていないその影響をいくぶん受けて修正を加えられており、もっと受け入れやすいかたちを取って部分的には復活させられている。「とっくの昔からもはや正当化しえないものになっていた」――この言い方が前提にしているのは、貴族階級がまぬけや愚鈍ではなく、有能で勇敢で毅然としていた時代には正当性があった、ということだ。これは急進派的な幻想であり急進派的なレトリックでもあるが、それは〔支配階級を〕感傷的かつ迎合的に過小評価することによって、つねにイギリスの左翼を弱体化させてきたのである。むしろ、いかなる社会的批判をもはね返してきた「銀行家たちの鼠取りづらや証券業者たちの高笑い[★19]」について彼が怒りを込めて書いていたとき、オーウェルは彼が観察していた社会の諸事実や、それらにたいする必要な反応にもっと近づいていたのである――彼はこのような怒りを、ふだんは左翼のなかの自分の仇敵たちに向けていたのだが。

　ここでの困難は、たしかに一家族というもとのイメージにある。オーウェルは彼が目撃した資本主義のさまざまな帰結を憎悪したが、それを経済的・政治的システムとしてついに完全には理解できなかった。彼は特定の不正の数々を個人の観点から認識することには大きな強みを持っていたが、そのような認識を、きわめて全般的な諸力に関するなんらかの適切な理解によって裏づけることはなかった。ファシズムの打倒と資本主義の終焉とを両立させることをつうじて、「本当のイングランド」を浮上させること、第二次世界大戦を「革命戦争」に転じることを彼は心底から誠実に望んでいた。このプログラムは部分的には一九四〇年時点のレトリックとして理解可能だし、これは戦中をつうじてかなりひろく共有されていた。だがこのプログラムには、現在は反対されている特有のシステム観が内在している。それは六〇年代の労働党政権[7]までずっと影響力を保ったシステム観だが、現時点でその不十分さは明白になっている。古いシステムと、その貴族的かつ成り上がり者的な愚鈍さは表層的なものと見なされ、それは「あたらしい血、あたらしい人々、あたらしい考え」によって置き換えられるものとされる。中流階級の拡大は従来の階級分析をほとんど時代遅れなものにしたと見なされ、いずれにせよ労働者階級は急速に中流階級的な習慣や考えを身につけていると信じられている。支配階級はたんなる所有者となり、その仕事は経営者たちや専門家たちが肩代わりしていると見なされている。すると、必要とされているのは、この家族のまっとうな構成員(ディーセント)たち――中流階級でもあり労働者階級でもある――が、支配権を握る時代遅れの愚かな年寄りどもを排除することだけであるように思われるのだ。

　バービカン地区[8]の壁のまわりにトランペットを。トランペットが玩具の笛に変わり、新品でぴかぴかのガラスに映りこむと、突然、驚くべきことに、うやうやしい祝賀の合唱隊が一緒に歌っている。

先進資本主義の「イングランド、イングランド」を予見しなかったことはオーウェルの落ち度ではない。だが、彼がイングランドについての一解釈を普及させ、そのいくぶんの強さと親密さゆえにこそ、それが実践的には油断を誘うようなものであったことは事実だ——それは一解釈であって理論ではなく、論駁可能な分析ではなくムードであったがゆえに、なおいっそう効果的なものだったのだ。「イングランドに来たばかりの外国人観察者」——もちろんオーウェルはそのような者ではなかった。だが彼は、帝国主義にたいする本物の永続的憎悪を持って周縁から帰還し、彼が受けた教育と経験から予期していたもの——「まちがった構成員たちが権力を握っている一家族」——をその中心に見いだした。事実なのは、彼はこの家族を必要としていたということだ。彼はそれを奪われ、それから屈辱を受けていた。そこで彼はその屈辱を行動に移し、この家族のほかの構成員たちに訴えかけて力を結集させ、これらの人々が支配権を奪うように仕向けようとしていたのである。

実質的に彼がこれらの人々に教えたことは、これらの人々が無視していた帝国主義であり、かえりみてこなかったスラムだった。だが資本主義システムをその帝国主義的なひろがりなしに理解することには限界があることとちょうど同じように、帝国主義とその目につきやすい支配階級という見地からのみ資本主義を理解することにも限界がある。彼が見いだしたイングランドの部分はひとつの現実の社会であり、それはこの秩序の支配下かつ内部で息づき、ある種の価値観を存続させていた。しかしこれと不可分だったのは、さまざまな偏見、妥協、順応、幻想などによってこの秩序が作りだした、ことなるイングランドだった。この社会への応答は、ひとつの部分をもうひとつの部分から区別し、生活のあらゆる領域へと伸びひろがる必然的な闘争をはじめることだろう。だがこれをひとつの家族としての「イングランド」にたいして遂行することは問題外であり、それは裏切りや卑劣と思われることだろう。彼はひとつの家族とその古い家族の誇りを失った。彼はひとつの家族に加わり、人間らしい（ディーセント）未来に参加しようとしていた。こうした感情は理解できるし、尊敬に値するものだ。だがそれはある独特の感情――失われた国、失われた階級からの亡命者（エグザイル）の感情――なのである。「イングランド」が現に起きつづけている場所、より直接的かつ複雑な諸過程を経ながら、それが過去と未来につながり続けている場所から見ると、そのような感情はあまりにも安易であまりにも安定志向であり、甘美すぎるのだ。

　というのも、「イングランド、僕のイングランド」はひとつの自己主張であり、独立宣言であり、挑戦であるからだ。これと対比すると、「イングランド、君のイングランド」はひとつの解釈であり、物語であり、夢である。苦難のもとで破綻するとき、それは悪夢へと転じることだろう。

第三章　作家であること

オーウェルの世代において、作家であることはなにを意味したのだろうか？　この疑問は素朴なものに思えるだろう。作家であることはそれ自体で単純かつ自明な定義をそなえていると多くの人が考えている。だが分析してみると、そうしたいかなる定義もある社会的な歴史を有しているとわかる。ほかのいかなるものとも同様に、それはひとつの考え方なのだ。オーウェルの場合はこの定義はとりわけ重要だが、それは彼が達成したことや彼の影響力を理解する方法としてのみならず、まさに彼が作家修行をしていた歴史的時点におけるある特殊な文学的危機――あきらかにそれ自体、ある社会的危機の一部だったもの――を理解する方法としても重要なのである。

それは一九二〇年代末のことだった。その七年後にオーウェルは次のように書いた。

『パンチ』[☆1]が、ほんとうにおもしろいジョークを載せていた最後の時期に――といってもほんの六、七年前のことなのだが――、こんな絵があった。ひとりの鼻持ちならない若者が、大学を卒業したら「書く」つもりだと、彼の叔母さんに言っている。「それでなんについて書くつもりなの」と叔母さんが尋ねると、「叔母さん、人はなにかについて書くのではなくて、ただ書くのですよ」と若者は高飛車に答えるのだ。★1

続けてオーウェルは、この諷刺漫画は「当今の文学的流行に対するまったく正当な批判」だったと述べる。だがこれは一九三六年に書かれている。実のところこれは、彼が決して確信を持てなかった問題だったし、彼の時代の文学論の状況がこの問題を解決するための助けになることもなかった。例えば、晩年においてすら彼は、散文を書くことと韻文を書くことには意図の区別があるといつも考えがちだった。吟味してみると、これは内容の効果のために書くことと言葉の効果のために書くこととの区別だと判明する。散文では、すべての散文においてそうではないとしても、前者の効果が主導的だと考えられている。

だが、この区別自体がひとつの分断された美学の産物なのである。言語は、その特性として、経験の源泉ではなく経験の媒介であると見なされている。言いかえれば、内容は言語に先立つものと理解されており、そのうえで、直接的に内容を開示するのか、それとも言葉そのもののために言葉を扱うのかを作家は選択できると考えられている。これが厳密な区別ではなくて強調点の問題でしかないとしても、これはたいへんな誤解を招く考え方だ。というのも、本当に決定的なのはつねに、一人の作家における、そしてその作家が社会と共有する言語と諸形式における、経験と表現とのあいだの関係なのだから。

オーウェルは自分の成長を方向づけ、その理解を深めようとするにつれて、この問題にたびたび立ち戻った。「なぜわたしは書くか」（一九四六年）のなかで彼は、最初期の自分の成長を、自分自身を主人公にしたさまざまな幻想から「わたしがしていたことと、わたしが見たことの記述そのもの」と彼が表現した段階への成長と記述している。この「そのもの」という表現は意味深長だ。というのもこの表現は、思春期の成長の次の段階と彼が見なしたものでくり返されているからだ。この段階で彼は「言葉そのもののよろこび、つまり言葉の響きとか、言葉の作りだす連想作用のよろこび」を突然見いだしたという。[★2] 記述そのもの、言葉そのもの。文学的な問題をこのように理解するやり方は、彼の成長においてだけではなく、彼の時代の底流をなす社会的危機のひとつの特有のかたちとしても重要でありつづけた。

もっとも重要なのは作家としての彼自身を正当化したいという欲望である。それは正当性の問題、そして真剣さの問題だったのであり、彼が記憶していたジョークはその問題を刺激し、活性化するものだった。なんといっても彼は、書く行為自体が疑わしく思われるような時代と階級のなかに生きていた。「娯楽のために書くこと」――ほかの者たちが消費し、愉快なものであれば評価する文学的商品の生産――をべつにすれば、書くことにたいする姿勢は硬直化し、二極化すらしていた。自信に満ちた中流階級は自分たちの考える実用性に没頭しており、これらの人々の考えによると、書くことは非実用的な二次的活動、「なにか実質的な活動」の代わりでしかなかった。特徴的なことではあるが、もちろん、非実用的な活動が実用的効果――つまり金を儲けること――を生みだす地点では、ある抜け道のようなものが許容されていた。その場合、成功した著者（オーサー）（たんなる「作家（ライター）」とはかなりことなる人物）は、ほかのいかなる職種とも同様に、称賛と報酬を受ける生産者であった。だが、ただの作家から成功した著者になるためのさまざまな段階という困難ばかりがあったのではない。この考え方によれば、作家はいかなる自律的な目的をも欠如したものとされるという事実もあった。作家にとっての達成の定義は、外的で疎外を受けた基準によってはじめから形成されてしまう。同時に、同じ社会階級内において増加しつつあった少数派はこの考え方に反発して、これと関連はしているが、外見上は反対の抽象概念を作りあげてしまった。もし達成を測る唯一の正統的な手段が「社会的」承認と成功であったとしたら、それはたんなる否定によって「対抗」されうることになる。「作家」、つまり真の作家はいかなる商業的目的をも持たず、それればかりか、根本においてはいかなる社会的役割をも持たず、そこから派生してさらにいかなる社会的内容をも持たないということになった。作家はただ「書く」だけ。そういうわけで、ひとつの自己定義的な見覚えのある人物像――型にはまらない「芸術家」――として作家は社会の「外側」に生きることになる。

この展開と二極化は現実の社会的な歴史である。それは一九世紀のブルジョワ的生活と思想のある重要な局面であり、ヨーロッパの大半では一八八〇年代と九〇年代に最初の極点を迎え、一九二〇年代に入っても硬直化し、ときとして型にはまったかたちで依然として進行中だった。理論と実践の両面でこれは多くの帰結をもたらした。これは、「内容」と「形式」という用語それぞれの有力な近代的意味における型どおりの区別の根底にあるものだ。オーウェルのさまざまな理論的疑問は、真正の理論になるほどには徹底して追求されなかったが、それは、彼がそうすることを予定されたものにかかわる直近の危機に対する実践的反発でもある。彼が自分の階級の型にはまった人生を意識的に拒絶したことには、いくつかの理由がある。この階級の犠牲となった者たちとの社会的同一化の試み、この階級が規定する人物像を超えたアイデンティティの探究、この階級が成功として理解するものの拒絶などだ。だが少なくとも当初には、既成の代替的役割のひとつに就きたいという、より単純な反応もあった。彼が「作家になる」ためにパリに行ったのは、この意味においてだったと言えるだろう。つまり、社会の「外側」で生き、「書く」ということだ。「鯨の腹のなかで」においてこの時代を回顧しつつ、彼は『パンチ』誌のジョークについての自分の記憶をくり返している。彼は「おおぜいの芸術家たち、作家たち、学生たち、ものずきたち、見物人たち、放浪者たち、ただの怠け者たち」を思い起こして、そのイデオロギーを次のように説明している。「「教養ある」人々の仲間うちでは、芸術のための芸術への好みは、実質的には無意味なものの崇拝にゆきついた。文学とは言葉の操作に終始するものだと考えられていた」★3。おそらくこれは言いすぎというものだ。これは遅まきになされた一般化である。だがこれは、彼が成長期にくぐり抜けた文学的かつ社会的な危機のかたちを理解するやり方として興味深い。

ここでわたしたちは、作家としてのオーウェルの選択は一九二〇年代に重視されていたことからは反対の方向にあった、と理解できるかもしれない。次のように表現できるだろう。彼は形式よりも先に内容を選び、言葉よりも先に経験を選んだ。また彼は、二〇年代の美学的作家ではなく三〇年代の社会意識を持つ作家になった、と。たしかに、ある重要な程度までは、それは彼自身がみずからの選択を理解した方法だった。だが同じくらいに重要なのは、このようにこの選択を理解しながらも、彼はそれをときおり悔いてもいたということだ。例えば彼は「なぜわたしは書くか」において、作家は四つの動機を持つと述べている。純粋のエゴイズム、美的情熱、歴史的衝動、政治的目的の四つである。こうした四つの動機はときおりたがいに矛盾しあう。またそれらの度合いや比率はあらゆる作家たちの内面においてことなるだろうし、その作家の生きる時代次第でもことなるだろう。もしちがう時代に生きていたら、自分の場合は最初の三つの動機が四番目の動機を上回っていたことだろう、と彼は述べた。自分は「装飾的文章の本か、事実描写本位の本」とかを書いたことだろう、と。だが「いまのところでは、わたしはある種の時事評論家になることを余儀なくされている」[★4]。この発言で興味深いのは「余儀なくされている」という表現だ。ちがう時代の自分がどんな存在でありえたのか、彼は明確な自己認識を持っている。それゆえに彼は、自分の実際の著述活動をいくつかの点では自分の本性に逆らうものと見なすことができた――「「本性」とは人間が成人したそのときに到達した状態と考えるならば[★5]」。ここで言われる本性とは、なにかまったくことなる時代の仮説的なものではない。それは明確な時代、つまり彼が成人した二〇年代を参照点とした「本性」なのである。

この説明を受け入れるなら、そこで起きていたことは、不可避の社会的・政治的現実による彼本来の自我にたいする、そして彼本来の著述活動にたいする事実上の侵犯であることになる。それを彼が不可避と見なしているということはもちろん重要だ。そんなことが起きていたときに、一人の人間、一人の作家が傍観することなどできただろうか？　それでもなお、この自己認識のありかたは興味深い。というのもこの考えは、一人の作家がある社会的・政治的現実にさらされるかどうかを選択しうるような状況を前提にしているからだ。三〇年代の苦痛は、まっとう（ディーセント）な人間ならばだれも現実にさらされないことを選択することなどできなかったということだった。

だがこれは、彼の元来の世界観、彼の持続的な世界観と言えるだろうものを、ある特殊なかたちでくり返しているだけにすぎない。人間には本性——生まれつきの本性ではなく、成長を経た大人の自我——があり、ある社会的・政治的現実はそれを侵犯するものと考えられている。よくよく考えてみるならば、書くことについてのオーウェルの見たところは限定された主張は、個人と社会についてのかなり一般的な主張であることがわかる。「書くこと」と「現実」との関係は、人間とその歴史との関係の一形態なのである。

実際、エリック・ブレアはほかのだれか——オーウェルではないだれか——になっていたかもしれない。オーウェル——その名前ではなく、その実際の作品——を選択することは、きわめて差し迫った全般的かつ個人的な歴史のただなかでなされた。不況とファシズムの時代をくぐり抜けて彼は作家として成長した。この時代のあらゆる時点で、もっとも露骨なかたちであらわれたこうした諸事実に彼は身をさらけだした。彼は失業し、文無しになった。それは部分的には初期の作家修業の困難ゆえだったが、支配階級の受け入れがたい社会的地位とのつながりを断ち切る方法として、意図的になされたことでもあった。ファシズムと戦うために彼はスペインに行った。最初は、それは部分的には作家であることの一手段だったが、それはすぐに、邪悪で破壊的な社会勢力に抗して命を賭ける意図的な方法になった。自分の時代のもっとも困難な諸事実にくり返し身をさらした彼の勇気と粘り強さは、どんな基準からみても非凡なものである。だがこのように自分の身をさらす経験のただなかで、それをつうじても解決されざる問題が存在する。それは、彼がそうなることをかつて望み、依然として望んでいたもうひとつの自己、もう一人の作家という問題である。

この欲望の強さこそが問題だったのだ。多くの人々、多くの作家たちが「侵犯」を受けて来た――みずから選んだわけではない歴史、心をかき乱し悩ませるものではあっても、なお外在的なものにとどまった歴史に襲いかかられてきた。あきらかに、これはオーウェルの場合とはことなっている。「侵犯」は積極的に求められているし、さらに言えば招き寄せられてもいる。だがその背後――この不可避の「内容」の背後――にはいつも、もうひとつのイメージ、べつの言葉が存在している。それは、「作家である」ためのもうひとつの方法である。

晩年のエッセイ「作家とリヴァイアサン」において、オーウェルはついにこの問題を一般化するに至った。

> 政治による文学にたいする侵犯は起こるべくして起こったことである。全体主義という特別な問題がまったく生じていなかったとしても、それは起こっていたに違いない。というのは、わたしたちの祖父母たちが感じなかったような一種の良心の呵責をわたしたちは発達させているからだ。それは世界のおびただしい不正と悲惨についての意識、それにたいしてなにかをしているべきだという罪悪感なのであり、そのために人生にたいする純粋に美学的な態度は不可能になっているのである。今日、ジョイスやヘンリー・ジェイムズ[☆2]のように、ひたむきに文学に精進できる人はいないだろう。[★6]

侵犯に関するこの説明は意味深長である。全体主義、作家たちへの積極的干渉は特別な問題であるが、その底流にあるのはもっと一般的な問題、社会的良心なのだ。だがそれは侵犯なのか？　オーウェルは通常は自分の感じていることをとても正確に説明するので、表面的な分析はほとんどの場合は不要である。彼は自分の言わんとしていることを非常に明確に述べているように思える。だがここで彼は、作家――これまでは超然としていたが、いまや必然的に巻き込まれている――の「社会的良心」は、「文学」にたいする侵犯であると述べている。また特徴的なことに、彼による文学の定義は、今では達成不能なこととされているとしても、「人生にたいする純粋に美学的な態度」に依然として関連づけられている。彼が挙げるジョイスの例は有益ではない。ジョイスは貧困と故国離脱状態（エグザイル）のなかであのように書いた。『フィネガンズ・ウェイク』は一九三九年に完成した。よかれあしかれ、歴史的に見ればそのことは強調できた。だがジェイムズの例はきわめて示唆的だ。というのもこの例をたどるとわたしたちは、この問題が標準化した時代ではなく、この問題をこのように提示する方法が標準化した時代に立ち戻ることになるからだ。

オーウェルの記述を急いで読んでしまうと、ディケンズやエリザベス・ギャスケルからジョージ・エリオットやハーディに至るイングランドの小説家たちを思い起こすことはないかもしれない。[☆3]これらの作家たちは「わたしたちの祖父母たち」の同時代人であるが、「世界のおびただしい不正と悲惨」を実際に意識し、さまざまにことなるやり方で、まさしくこの経験から文学を創造していた。作家の社会意識というものは特別にあたらしいものではなく、事実一九世紀にはとりわけ小説家たちのなかでひろく見られ、成長していた。だが一九世紀末近くになると、イングランドではヘンリー・ジェイムズと関連して、「社会的」なものと「美学的」なものとの対置がひろくなされるようになった。社会的経験が内容と見なされ、文学が形式と見なされるようになったばかりではない。さらに危険なことに、社会的経験はたんに一般的で抽象的なものと見なされるようになり、その結果として文学的内容の定義はそれ自体が、抽象化した「私的関係性」を重視することへと狭められることになった。附言すれば、この傾向はジェイムズの実際の作品とはほとんど関係がない。彼の作品においては、社会的経験と私的経験はたしかに狭い世界のなかに位置づけられているが、それらは相互作用するもの、ときとして複合的なものとして見られていた。だが素材を「取り扱うこと」や、「題材(マター)」への「様式(マナー)」の適用を重視することによって、ジェイムズは技法に関するもっとも意識を拡張して、完全に抽象化した「美学的」なものを正当に強調しうるように思える地点へと至ったのである。ジェイムズとウェルズ——緻密に構成された、純粋で本質的に受動的な芸術と、計画的で政治的意識を持った、本質的に目的志向のあたらしい種類の著述——とのあいだに交わされた重大な論争は[☆4]、二〇世紀の諸条件のなかにおける小説の発展が大きな問題になっていた時点に起きた。心理的な複雑さに関するより深い意識は、社会的な複雑さに関するより深い意識と同時に存在していた。共通していたのは危機感であったが、その危機感を表現するやり方は二者択一的になされており、それぞれが独自のやり方で、文学形式の根本的な変化へと結びついていたが、それらはまったく逆方向へと向かっていたのだ。

　つまり、そこには美学における真の大きな問題が存在したのであり、この問題のなかでは形式に関する諸決定は経験に関する諸決定と切り離せないものであった。だがこの核心的問題、依然として解決をみていない問題は、一種の用語の占有行為によって上塗りを受けていた。ここでは「美学的」という用語や、それどころか「文学」という用語すらも、可能な諸決定の一方の側のみと関連づけられていたのだ。そのほかに可能な諸決定や実際になされた諸決定は、外在的な見地から「反美学的」とか「社会学的」とかいうレッテルを貼られた。この真剣な議論が、その取り巻き連中の決まり文句になってゆくにつれて、オーウェルのような作家ですら、社会的良心や、それどころか社会意識すらもあたりまえに排除する「人生にたいする純粋に美学的な態度」を語りうるような状況が作られた。問題の美学的態度は当然、芸術――その実質的で、真剣で、変化する諸問題――に向けられていた。「人生にたいする純粋に美学的な態度」とは、数多くの可能な芸術的諸決定のうちのひとつに関連する意識がべつの対象へと移し替えられたものだったが、それはなによりも社会についての一解釈と関連づけられていた。それは芸術的意識ではなく、偽装された社会意識であり、その意識のなかでは他者たちとの現実の結びつきや関わりあいはもっともらしく見落とされ、そして実質的に追認を受けることができたのである。それは、社会的経験や社会的関心を排除した「作家であること」の定義だったのだ。

オーウェルは、自分がそのなかで教育を受けた社会階級の思考法を拒絶しようと真剣に努力した。多くの点で、また大きな個人的代価を払って、彼はそれに成功した。だが、効果的なやり方、またしばしば影響力のあるやり方で実践においてこうした文学的問題のいくつかを解決していたにもかかわらず、皮肉なことに、彼はこうした問題を自分は解決できていないと考え続け（執筆を続ける作家であれば、だれであってもこのような感情は自然だろうが）、それればかりか、ある点では自分が文学を回避ないしは放棄しているとさえ考えつづけていた。かつて彼が教えこまれた冷笑とともに述べたように、〈自分の書くものは〉「ある種の時事評論」である、と。

彼がおこなったさまざまな決定は、その根本ではひとつの決定であったがゆえに、統合されたものである必要があった。「人生にたいする純粋に美学的な態度」とは特定の種類の小説を書く方法ばかりではなかった。それは二〇世紀の経験においてきわめて決定的なものだったブルジョワによる芸術の矮小化のまさにそのときにあらわれた、実質的にはひとつの定式、協定のようなものですらあった。ある小区画のなかに文学を囲い込むことが、どれほど好都合だったのか（依然としてどれほど好都合であるのか）、振り返ってみるとよく理解できる。その小区画のなかでは、その本性に忠実であるためには、文学は社会的現実とのいかなる直接的な関係も持つべきではないとされたのである。文学を非実用的なものとして軽蔑してはいるが、自分たちが積極的に主導し、作りだしている社会について、いかなる種類の独立した精査をもいずれにせよ望まなかった人々には、この考えは都合の良いものだった。俗物の単純な言葉の背後には、非常にしばしば管理者や検閲者たちのさらに容赦のない言葉があった。だが、外見上はそれに反対する者たち――文学を重んじると語った人々――は、実際には文学をひとつの安全圏へと矮小化し、そればかりか、ただ触れて味わってみることだけに文学の効能を限定するような態度を教えていた。いかなる種類のものであれ本物の芸術はこのような矮小化を受けつけはしないが、一般的意識において重要なのは、作品ではなく態度――一連のさまざまな強調、省略、奨励、妨害、助言、警告など――だったのだ。オーウェルの場合から、こうした一連の態度がどれほど効果的だったのかをうかがい知ることができる。彼は実際には自分が達成したものであった発展を悔やんでいた。彼は正統派の文学界を嫌悪しながらも、それが彼に教えこんだものをずっと心に刻みつづけていた。その教えは、彼の創作力を絶えず悩ませ、弱体化させていたのだ。

問題はもうひとつある。オーウェルが評価していた近代文学に対する彼の複雑な反応であり、そのさまざまな手法のいくつかを自分自身の作品で応用した方法である。この問題については次章で彼の文学的成長を追うときに詳細に検討することにしよう。だがここでは、政治的・社会的現実による「侵犯」、「作家であること」の定義の強制的な変更についてもっと言わねばならない。彼のさまざまな決定は統合されたものでなければならなかった、とわたしは指摘した。彼の社会的・政治的諸決定――帝国主義の役人や母国においてそれに相当する者として生きることの拒絶――は、書くことにかかわる彼の諸決定と深く結びついていた。そこには、わたしがこれまで注目してきた失敗があった。それは、実践においては彼が反駁していた文学についての想定の数々を脱することに失敗した、ということである。だがそこにはほかの要素もあった。それは彼の作品の深層に横たわるものであり、そうでなければ表面的でしかない失敗であっただろうものをより深刻なものとした根本的要因であるかもしれない。

ほぼすべてのオーウェルの重要な著作が抑圧的規範から逃れようとする者に関するものだと指摘することはたやすい。『牧師の娘』や『葉蘭をそよがせよ』の主人公から『空気を吸いに』や『一九八四年』の主人公に至るまで、こうした覚醒、拒絶、逃走という経験はくり返し演じられている。だが、オーウェルの重要な著作の大半が逃れようとして失敗する者に関するものだと述べるほうが真実に近いだろう。結局のところ、右で言及した小説すべてにおいてそうした失敗、そうした〔抑圧的規範への〕再吸収が起きている。もちろん、覚醒、拒絶、逃走の経験は重要な痕跡を残してはいるのだが。

すると、オーウェルの真のパラドックスがより明瞭に理解できるかもしれない。おそらく、覚醒と拒絶の行動なしには彼はそもそも作家にはならなかっただろう。彼が強調したことの大半がその点にあることは理解できる。だが、そのあいだもつねに、まさにこのような身ぶりのなかで、自分が失敗を運命づけられていると彼が感じていたとしたら？　逃走が必要であるのみならず、無益なものでもあると、まったく同時に感じていたとしたら？

この想定は多くのことを説明するだろう。というのも、その場合にはオーウェルはあらたな道を歩みはじめた人間であり作家であるというだけではなくなるからだ。彼がその「本性」を歓迎ざれざる現実に侵犯された人間かつ作家、こうしたやり方で生き、書かねばならないにもかかわらず、ほかの生き方や書き方を好ましいと思っていた人間かつ作家でもあったはずがあるだろうか？　なにかほかの名前（名前の変更は決定的だ）のもとで彼がそうだったかもしれない存在のイメージはそこにあり、しつこく残存している。かたや、彼が現実にそうであるもの、彼がそうなることを選択した存在はそれとは非常にことなっている。不可避的に強調点は「選択した」という表現にある。きわめて現実的な苦難のもとでオーウェルが意図的におこなった自己創造は、彼の本性にたいする侵犯と見なせる。それは、その選択の困難や、彼がそうなることを予定されたものからの断絶ゆえばかりではない。それは、かなりの証拠にもかかわらず、いずれにせよ失敗するだろうと彼が感じていたからでもある。ここでの失敗とは、自分が強力な主流派の社会へと引き戻され、再吸収されるだろうということだ。ひとつの定義においては、「作家であること」は取りうるひとつの脱出口であった。だが彼が実際にそうであった作家であることは、本物の作家であることだった。そのことゆえに彼は、あらゆる種類の困難——その選択によって回避しようとしていたように思われるあらゆる緊張——のなかに入ってゆくことになったのだ。

第四章　観察と想像

一九三〇年代のオーウェルの著作は、型にはまったやり方では、一方の「ドキュメンタリー的」で「事実的」な作品と、他方の「フィクション的」で「想像的」な作品とに区分できる。この表面的な区別はじゅうぶんに明白だ。一方には『パリ・ロンドン放浪記』、『ウィガン波止場への道』、『カタロニア讃歌』にくわえて、「木賃宿」、「絞首刑」、「象を撃つ」などの小品。他方には『ビルマの日々』、『牧師の娘』、『葉蘭をそよがせよ』、『空気を吸いに』という小説四作品。だが彼の作品全体を仔細に検討すると、この型にはまった区分が二次的なものであるということ以上に明白なことはなにもない。これらの著作すべての鍵となる問題は「事実」と「フィクション」とあいだの関係なのだ。この不確かな関係は、「作家であること」の危機全体の一部なのである。

かつてはこうした外在的なやり方では文学は区分されてはいなかった。「ドキュメンタリー的」著作と「想像的」著作との硬直的な区別は一九世紀の産物であり、現代ではきわめてひろく普及している。その基盤にあるのは「現実世界」を素朴に定義づけることであり、そしてそれを人々の観察や想像力から素朴に分離することであった。もし一方に現実の生活とその記録があり、他方にそこから分離しうる想像の世界があるとしたら、確信を持って二種類の文学が区別できるし、これは形式上の効果以上のものである。自然主義的理論や実証主義的理論では、この「世界」と「精神」との事実上の二分法は少なくとも明確に識別可能である。だが大半の正統的な文学理論におけるこの型にはまった二分法は、異議を申し立てられることはおろか、ほとんど注目されることもない。「フィクション」と「ノンフィクション」、「ドキュメンタリー的」と「想像的」といった用語は、書くことに関して現実に存在するさまざま問題をあいまいにし続けている。

オーウェルの「ドキュメンタリー的」著作と「想像的」著作との統一性にまず真っ先に注目せねばならない。そこには手法にかかわる数多くの問題があったが、少なくともオーウェルは実践上だけではあっても型にはまった区分を乗り越えた。また彼はその区分を、形式的問題以上のものとして自分の前に実際に立ちはだかる問題であると理解した。彼はそれをさまざまな社会的関係性の問題として正確に理解したのだ。

イングランド小説は、その高い水準のものは、大部分が、文士によって、文士について、文士のために書かれたものであり、低い水準のものは、たいていは腐り切った「逃避」的なしろものである——老嬢たちがイアン・ヘイ[☆1]が書いた童貞たちを夢想したり、太った小男たちがシカゴのギャングになるのを空想したりする、といったしろものである。普通の人々が普通のやり方で行動することを書いた書物はきわめて数少ない。というのも、例えばジョイスがブルーム[☆2]の内側と外側に立っているように、こうした人々を書けるのは、普通の人の内側と外側の両方に立つことができる作家だけであるからだ。しかし、この場合、その作家自身が十のうち九までの時間には普通の人であるということを認めることになるのであって、これはまさしく、いかなる知識人もまったくしたがらないことなのである。[★1]

この発言には意識されざる階級的感情が依然として存在する。オーウェルはまだかなり離れた外側から観察しているため、十のうち十の時間まで「普通」である人々――そのような人々の階級――が存在すると考えている。だが彼が実際にそうしたように、それくらいの距離まではあっても到達することにはいくぶんの価値がある。

ブルームの興味深い点は、彼の外側に立ってもうひとつの角度から彼を見ることもできる人によって内側から描かれている、無教養な普通の人だということにある、と思います。ブルームがこのうえなく典型的な普通の人である、というわけではありませんが……

普通の人が小説のなかに出てくる場合は、たいてい、小説家としては偉大な才能を持っているかもしれないが、知的にはみずからも普通の人である作家たち（例えばトロロープ）によって描かれるか、それとも外側から描写する教養人たち（例えば、サミュエル・バトラーやオルダス・ハクスリー）[☆3]によって描かれるかのどちらかです。[★2]

普通の人を外側から描く教養人たち。オーウェルは、まさしく彼自身の階級と教育が彼に負わせたこうした社会的なひずみのなかにおいて、そしてそれをくぐり抜けて、拡張された人間性、あるいはそれこそ共通の人間性の観念をも追い求めている。一九三〇年代の彼の著作は、経験と書物の両方における、そのような人間性へと向かう探究なのである。

したがって、社会的関係性の問題は形式の問題である。『パリ・ロンドン放浪記』は実質的には日記だ。そこに書き込まれているのは、近代都市において文無しであることの経験である。それは、皿洗いたちや浮浪者たち、汚らしい部屋、木賃宿、臨時浮浪者収容所などの経験だ。その作者はそこに居あわせているが、そうしたことがほかの人々とともに彼にも降りかかっているかぎりでのみ居あわせている。彼自身の性格や動機については、調理場や路上で出会ったほかのだれとも同じくらいに簡潔に略述される。彼は「内側」にも「外側」にも立ってはいない。彼はほかの者たちとともにさまよっているだけだ——例外的なほどにこれらの人々に近づいているが、彼らがさまよっているという事実、この状況が彼らの心身に降りかかっているという事実の枠組みのなかでこれらの人々に近づいているのである。

だが、『牧師の娘』と比較してみよう。この小説の主人公は心理的抑圧をかかえた若い女性で、彼女は突然記憶喪失におちいり、放浪し、教師経験を経て結局はもといた場所に戻る。オーウェルがこの時期に書いたほかの著作を読んだらだれもが、この小説で描かれた経験の大半がことなるかたちで書かれていることに気づくだろう。『チャーチ・タイムズ』紙、茶色い紙と糊で作った演劇用の鎧、そして「聖体拝受のときに聖餐台までかかえられて行き来せねばならない、防虫剤とジンのにおいがする死にかけた老婆」という一節までもが、この小説の第一章と、オーウェル自身の経験を書いた手紙の両方に見いだせる。[★3] あるいは浮浪する女性、ホップ摘み、ジンジャーとデフィ、トラファルガー広場での野宿――これらの内容はこの小説の第二章と第三章冒頭に書かれているが、オーウェルの「ホップ摘み日記」にも見いだせる。[★4] 問題なのは、この作家の「素材」と彼の「創作プロセス」との表面的な関係ではない。ここでもっぱら興味深いのは、この作者自身の存在を扱う手法である。主人公の女性は媒介的な性格を持っている――彼女が教会や教育などの日々の雑事にまぎれているとき作者は「内側」に存在し、彼女が浮浪しているときは「外側」に、ほとんど記憶喪失のような状態で存在している。この女性は、いくつかの箇所においては〈作者自身の〉代理的存在以上のものとして真剣かつ細部までキャラクター造形が試みられているが、ほかの箇所ではたんに便宜的にしかされていない。だが、多様で混乱した経験をつらぬく持続的なアイデンティティはいまだに実現できていない。また興味深いことに、ある場面――第三章の最初のセクションにある、トラファルガー広場の夜の場面――でオーウェルはある意識的な文学的実験をおこなっている。それは、それまでとはことなる非人称的な種類の実験であり、明白に『ユリシーズ』――オーウェルはこの小説を模範としてかなり強く意識していた――の夜の街の章から派生している。[☆4] 彼はこの実験には満足していたものの、後年には『牧師の娘』は全体としては価値のないものと切り捨てるようになった。

　オーウェルのジョイスへの親近感――あるいは、親近感を持とうとしたこと――は通常の解釈では注目されていない。若い頃に彼がもっともひんぱんに言及している現代作家はウェルズ、ベネット、コンラッド、ハーディ、キプリングである。[☆5]一九四〇年に彼はこれとはことなるリストを作っている——ジョイス、エリオット、[☆6]ロレンスである。一九三〇年代をつうじたこの強調点の変化はごく標準的かつ典型的である。一九四〇年の彼のリストに挙がったもっと以前の作家は、シェイクスピア、スウィフト、フィールディング、ディケンズ、リード、バトラー、ゾラ、フローベールである。[☆7]シェイクスピア、スウィフト、ディケンズへの批評的関心は彼のエッセイに見て取れる。だが彼自身の著作の発展には二つの対立する強調点がある。まず、ちょうど『牧師の娘』の執筆時期における『ユリシーズ』への細部にわたる関心（とりわけブレンダ・サルケルドへの手紙に書かれている）。[★5]そしてまた、一九四〇年に彼が述べたように、「わたしがもっとも影響を受けた現代作家はサマセット・モームだ[☆8]と思う。率直に飾り気なくストーリーを語る彼の力ゆえに、わたしは彼をとても高く評価している」。[★6]

これらの名前自体はそれほど重要ではない。文学的影響は二次的な事柄である。重要なのは立ち位置の問題であり、オーウェルに関するいかなる批評的判断にもこれは鍵となるものだ。『パリ・ロンドン放浪記』が『牧師の娘』より優れた作品だと言うことは簡単だが、こうした判断を、彼は「小説家」としてより「観察者」として優れていたというもっともらしい一般化に還元すべきではない。真の問題はさらに深いところ、すなわち、彼にとって利用することのできた「小説」というものについての諸概念にある。

「率直に飾り気なくストーリーを語る」こと。結局のところ、「ストーリー」が問題そのものなのだ。モームは典型的なエドワード朝の「ストーリーテラー」である。それはつまり、人間的な逸話を収集して受け売りする者ということだ。オーウェルはそうするための素材を持ちあわせていたが（このような素材は通常、距離を置いて、異郷の地で収集される）、ともかくもこの種類に属するのは最初の小説『ビルマの日々』だけである。この小説においてすら、そのプロットは東洋の居留地にいる孤立したヨーロッパ人たちのあいだの私的な陰謀に関するものである一方で、そこで重視されているのは帝国主義の複雑な社会的帰結の数々である。またこの作品内には、現在わたしたちがオーウェルの深層的パターンと認識しうるものが存在する。ある男が自分の属する集団のしきたりから脱しようと試みるが、それに引き戻されるというパターンであり、この小説の場合には、主人公は破滅に追いやられる。[☆9]オーウェルの著作中でこの小説がユニークなのは、ある全体的な社会的かつ物質的環境――そこでは、社会批判と個人的離脱はそれぞれはっきりとした輪郭を持つ要素である――を彼が作りだしているという点である。のちの小説のすべてでは、本質的な形式は、別個のものとなった諸要素によって形成されている。三〇年代の小説群においては、まず個人的な離脱があり、社会批判はそれをつうじておこなわれる。『一九八四年』においては、まず社会批判があり、個人的な離脱はその枠組みのなかにある。

それは明確な発展に思えるかもしれないが、そこで見落とされているのは「観察」の素材である。『パリ・ロンドン放浪記』で取られた日記形式において、観察のための一形式を見いだしたオーウェルは、あきらかにそれを小説に組み込みたいと望んでいた。これが『牧師の娘』がオーウェルの発展過程において持つ重要性であり、この作品では直接的な観察とフィクションとは例外的に近づいている。だがそれ以降、彼は「ドキュメンタリー」と「フィクション」との区分を受け入れたように思われる。小説を作り替える可能性は忌避されたか、あるいはあまりにも難しいものと判明した。それはおそらく、彼が「本当の小説家ではなかった」からではない。むしろそれは、同時代のほかの作家たちと彼が共有していた意識の問題が、形式の問題として浮上したからなのだ。

　オーウェルがジョイスに抱いた関心は、ジョイスが「普通」の経験を直接に理解／具現化（リアライゼーション）した点にあった。『ユリシーズ』からオーウェルが選びだしたのはブルーム――普通の男の「内側」と「外側」をあのように記録するもの――である。だがこの説明では、小説家が自分のキャラクターにたいして築く関係性の問題が隠されてしまう。それはつねに、作家が彼の世界にたいして築く関係性の形式である。またここで問題となる関係性は「受容」あるいは「受動性」として二者択一的に表現できる。それは非人称的な形式であり、ヘンリー・ジェイムズが芸術家による「題材」の「扱い」を強調したことから論理的に帰結したものである。それは〔ジョイスの『若い芸術家の肖像』において言及される〕「洗練のきわみにおいては存在すら超越した芸術家」であり、観察し、記録している。[☆11] とはいえ実践的には、いかなるものであってもそれにたいしてなんらかの関係に入ることなく観察することなど不可能なのだが。推奨され、喧伝されている外見上の関係性は、「美学的」なものである。すなわちそれは素材の「扱い」、言葉に没頭することであり、ジョイスが実際に発展させたものはそれである。だがこういうやり方――「題材」が「書かれる」ように、それを抽出し、停止させること――で「題材」を扱いうるのは、ある特定の関係性が実際に前提とされる場合のみである。「受容」あるいは「受動性」――〔前者の〕肯定的記述と〔後者の〕否定的記述とのあいだの差異よりも、この関係性自体の事実のほうが重要だ。それは介入を差し控えること、あるいは、もっと言えば介入の必要性などないと考えることである。というのも、「題材」の入手可能性こそが芸術家の第一にして唯一の関心であるからだ。

三〇年代の小説群におけるオーウェルの芸術的失敗は、ある意味では逆説的にも、彼の社会的達成ゆえである。『パリ・ロンドン放浪記』で彼が描いているように、彼は少なくとも受動性を知悉していた。だが彼は受動性を作家としての立場ではなくその犠牲者としての立場で知っていたのであり、それが「題材」であるかぎりでは、それは作家としてではなく個人としての彼にかかわる種類の題材だった。前章で見てきたように彼が「侵犯」と表現するものは、彼を介入へと駆り立てたあの社会的意識の成長なのであり、それは受容と受動性のいずれであっても不可能にしたのだ（もっとも、社会的介入が失敗したように思われたとき、「鯨の腹のなかで」において彼は受容や受動性の観念に立ち戻ったのだが）。

そういうわけでひとつの文学形式を形成するうえで、彼は媒介者という人物像（「ブルジョワジーの緩衝材」――彼が自分のような人々に言及するときにもちいた言葉）を創造した。観察されたものを直接に具現化する代わりに、社会を転々とする人物像、出来事が降りかかる媒介的な人物像を彼は創造したのだ。これらの小説群においてこの人物像はオーウェル自身ではなく、この点は非常に重要だ。『牧師の娘』において、またことなるやり方では『葉蘭をそよがせよ』において、この人物像は彼のさまざまな経験を担っている。この人物像は受動的だ。出来事はドロシーに、あるいはコムストックに降りかかる。そしてこのパターンはオーウェルの経験の一要素――彼にかつて「降りかかった」さまざまな出来事――を示しているが、それらの出来事がなぜ降りかかったのかは示さないか、部分的にしか示すことはなく、介入する意識ないし「侵犯」する意識を示すこともない。たしかに、ドロシーはとても受動的な人物像だ。『葉蘭をそよがせよ』のコムストックはオーウェルの意識全体のいくぶんかを――文無しで生きようとすることだけではなく、金銭とその体制にたいして宣戦布告することをも――与えられている。〔詩人志望の若者としての〕当初の探究だけにおいては、コムストックは能動的で批判的な人物像であるものの、その観察の様式の枠組みのなかでは徐々に矛盾が強くなってゆく。オーウェルは活動的かつ臨機応変な粘り強さを持っており、強い印象を与えるやり方で生存し、能動的なものとして自己を作りなおすことができた。だがそういったオーウェルの資質は、受容的な観察が続くにつれて、コムストックからは着々と切り捨てられてしまう。最初は異議申し立てだったものは泣き言へと変わり、操作可能なモノたちにあふれた世界へとコムストックが再吸収されることは、一種の転倒した勝利感とともに成し遂げられる。[☆11]（フロリーやドロシーという「登場人物＝性格（キャラクター）」のごとく）媒介者の「キャラクター」とは、最終的になされる降伏や敗北を「正当化」するものなのだ。

これは「受容」や「受動性」の奇妙な変容である。オーウェルの場合、彼には確信がなかったために、この変容は芸術的規律にも許容できる世界観にもなっていない。ブルームのような人物像を創造しようと彼が最後に試みたのは、『空気を吸いに』のボウリングである。この人物像は回想と抽象化の距離感をもって書かれており、おそらくはその理由で内的により一貫している。ほかの人物像と同じように、ボウリングはありきたりの日常の雑事から離脱するが、無防備な状態におちいって出来事が彼に降りかかることはない。むしろ彼は過去へと、古きイングランドと自分の子供時代へと向かう。そのうえ、この経験は喪失、幻滅、失望の経験である。[☆12]『空気を吸いに』はスペインにおけるオーウェルの決定的な政治的経験とそのさまざまな帰結――これについては詳細に検討せねばならない――のあとに書かれた。だが文学的決定を受けた諸要素は継続している。つまり、限界を設けられた媒介者をつうじた観察であり、この限界がさらに深層にあるパターンの基礎となっている。そのパターンとは、持続的な離脱の必要性とその不可能性の双方をみずから証明することであり、その結果として能動的な介入は縮小してしまい、一時的な異議申し立てや自己誇示になってしまう。『一九八四年』の作り変えられた世界におけるこのパターンの重要性については、ほかのさまざまな変化を考慮に入れてから、さらなる分析が必要になるだろう。

小説においてみずからの深刻な難問を解決できなかったオーウェルは、実践的にはより利用しやすいほかのさまざまな形式へと向かった。彼の社会的・政治的著作は意識を直接に解き放つものであり、それは介入の実践的帰結だった。例えば「象を撃つ」は『ビルマの日々』のどの部分よりも成功しているが、その理由はこれがフィクションというよりもむしろ「ドキュメンタリー」であるからではない。ここまで確認してきたように、フィクションは彼に降りかかってきた出来事に同様に依存していた。むしろこの成功の要因は、そこにフロリーのような人物像の代わりにオーウェルが存在していることである。オーウェルとは、あらゆる真の意味で首尾よく創造されたキャラクターである。フィクションの様式がそうすることを要請するように思われていたために、オーウェルはそれまで媒介者をつうじて自分の意識を希釈していた。だがその代わりに、彼はいまやみずからの経験全体について直接に、力強く書いている。彼の散文は、それまでは不安に駆られた物真似と受動的に非人称的な観察とのあいだを揺れ動いていたが、それがひとつの直接的な声に変わるとき、即座に力強いものとなる。この直接的な声のなかには、型にはまったやり方で「想像的」なあらゆる試みのなかにあるものよりも大きな文学的創造が込められているのだ。

「象を撃つ」は記録（ドキュメント）ではない。それは文学作品だ。「フィクション」と「ノンフィクション」との区別はその経験が作家に降りかかったかどうかという問題——「現実」と「想像」との区別——ではない。重要な区別は、つねにひろがりと意識に関するものだ。専門分化されていない本来的な種類の人間の経験を書いたものは、つねに文学であると認められねばならない。個々の形式や、素材の源泉は二次的な問題である。オーウェルはこの「ノンフィクション」形式を見いだしたとき、ほんとうの意味での文学を書きはじめた。それはつまり、彼の経験を直接に具現化しうる形式を見いだしたときだった。

彼自身の経験を具現化すること——彼に降りかかってきた出来事や彼が観察してきたことのみならず、それについて彼が感じたこと、考えたこと、「オーウェル」の自己定義、経験の内側と外側に立っている男を具現化すること。おそらく最良の例は『ウィガン波止場への道』である。好都合なことに、この本の準備のためのオーウェルの日記の覚え書きは出版されている。[★7] いくつもの理由から、この日記と本との比較は興味深い。例えば第一章に出てくるブルッカーの下宿屋など、本のなかの多くの描写の原型となったものを日記の覚え書きのなかに見つけることはたやすい。だがこれら二つを比較することで明白になるのは、文学的な変換過程でもある。出版された作品においては、場面（シーン）の展開が、期待どおりに必要なものとしてなされている。そこでは、より充実したなめらかな描写がなされ、さまざまな細部が記憶から呼び起こされている。だがその場面はまた、感情にも彩られている。覚え書きではようやく最後のほうにあらわれるやり方で、その場面にはオーウェルが居あわせ、反応し、さらに言えば反応を演出している。彼は下宿人たちを多少入れ替えもしたようだ。ブルッカーの下宿屋に登場するジョーは、覚え書きではそれ以前にオーウェルがいた下宿屋の住人だったが、その下宿屋は本には登場しない。このように本のなかではブルッカーの下宿屋は、最初の場所として強調されるのみならず、一回目の典型的な経験として扱われている（「工業地帯の下宿屋としては、この場所はまったく標準的なものであるにちがいない、とわたしには思われた」[8]）。日記のなかでは、それに先立つやや ことなる経験があるのだが。

これは「ドキュメンタリー」的経験に関する論点の小さな具体例のひとつにすぎない。作家は、ある特定の効果を生みだすために、起きたことをかたちにし、まとめあげる。その特定の効果は経験にもとづいてはいるものの、次の段階では経験を素材とした創造がなされている。『ウィガン波止場への道』の全体の構成が主要な実例である。第一部における北部工業地帯の「観察」では、文学的な見地から鍵となる特徴のひとつは、オーウェルが動き回りながら自分の目でたしかめる孤立した観察者だということだ。第二部における社会主義についての議論のなかでは、この創造されたキャラクターは、今度は重要な効果を挙げるために使われる。ここでは、みずから現場に赴き自分の目でたしかめた男が、難解な専門用語にまみれたブルジョワ社会主義者たちと対比される。「いかなる外側の観察者をも驚かさずにはいない第一の問題点は、発展したかたちの社会主義とは、まったく中流階級に限定された理論だということである」[9]。

この表面的な政治的論点は、ここでもっとも重要なことではない。「発展したかたちの」という表現はとてつもなく大きなただし書きである。鍵となる特徴はペルソナ、「外側の観察者」——つまり、オーウェルである。第一部と第二部とを本質的に結びつけているのは、まさしくこのキャラクター、経験の「内側」に立ち、その次にその「外側」に立つ者なのである。

日記の覚え書きから分かるように、オーウェルは数日間ひとりでイングランド中部をさまよったあとに、ランカシャーでなんらかの政治的なつてを与えられて、労働者階級の社会主義者たちや失業労働者運動の構成員たちと出会った。こうしたつてのひとつから彼はある炭鉱のなかに入る機会を得た。また全国失業労働者運動（NUWM）の集金人たちをつうじて彼は住宅事情に関するさまざまな事実を入手した。『ウィガン波止場への道』において、彼がこうした経験の大半――現実の社会的・政治的ネットワーク――を省略したことは重要だ。日記のなかにおいても、問題のいくつかははっきりしている。地域の労働組合役員とその妻、「双方とも労働者階級の人々」は、（週に一二か一四シリングの団地で）「まったく中流階級的な」雰囲気のなかで暮らしていると見なされている。労働者階級がどのようなものなのかについて、オーウェルは彼独自の定義を持っている。おそらく、それゆえに彼は、これらの人々（彼を「同志」と呼んで当惑させた）や、「社会主義運動においてある重要な役割を担う電気技師[★10]」に出会ったあとでさえ、「社会主義」は中流階級の関心事だと言えたのだろう。労働者階級の特徴が既知のものであるとすれば、ある労働者が社会主義者であるのなら、どうやら彼はもう中流階級になっているらしい、というぐあいなのだ。

だがここで政治的論点は文学的論点である。この本で創造されたものは、一人の孤立した独立の観察者であり、彼が観察するさまざまな対象である。この世界――この感情構造[☆13]――の一部を形成しない媒介的なキャラクターたちや経験の数々は、単純に省略されている。そのなかに残されたものはじゅうぶんに「ドキュメンタリー的」だが、選択やとりまとめの過程はひとつの文学的行為である。

彼がとても力強く描写する世界が現実的であっても創造されたものであることと同じ程度に、観察者のキャラクターは現実的であっても創造されたものでもあるのだ。

それゆえに、一九三七年までのオーウェルの著作はすべて、ひとつの共通の問題を核にした一連の作品かつ実験である。それらを「フィクション」と「ドキュメンタリー」とに区分する代わりに、わたしたちはそれらを彼のもっとも成功したキャラクターの創造、「オーウェル」の創造に向けたスケッチと見なすべきだ。これほど強烈かつ痛切に生きられたものでなかったならば、それはそこまで成功しなかったことだろう。貧困、受難、汚濁、荒廃に身をさらけだす経験は意図的になされたものではあるが、それと同程度に現実のものでもあったし、このような身をさらす経験の記録は私たちの文学をいちじるしく拡大してくれている。だがこの身をさらす経験のなかで、そしてそれをつうじて、あるひとつのキャラクターが創造されている。このキャラクターがこの作家、この形成力を持った存在になるという厳密な意味で、このキャラクターは現実のものだ。フロリーもドロシーもコムストックも、のちのボウリングも、このキャラクターのなんらかの側面であるが、その中心性を有してはいない。この段階でこのキャラクター全体を包含しうる唯一の文学形式は、苦難に満ちあふれてはいるが、結びつきを生みだすことがない世界にさらされる孤立した作家の「ノンフィクションの日記」である。介入する必要性、無理にでも能動的な結びつきを作りだす必要性は、ウィガン波止場から遠ざかる道であり、それは無関心で眠たげで冷淡な世界へと戻る道である。この世界は、孤立と受難について知らされねばならないのだ。

ちょうどこの地点、この日記とこの本とのあいだで、スペイン内戦が勃発した。この著作とこのキャラクターは、ことなる次元へと移動した。

第五章　政治

スペインに赴くにあたってのオーウェルの当初の意図は「新聞記事などの取材をすること」だった。[★1]だが、スペインに入国するにはなんらかの左翼団体からの書類が必要だと彼は教えられた。ヴィクター・ゴランツは一九三六年五月にレフト・ブック・クラブをはじめた。その選書委員はゴランツ、ハロルド・ラスキ、ジョン・ストレイチー[☆1]だった。『ウィガン波止場への道』は一九三七年三月にレフト・ブック・クラブから出版予定だったが、それには警告的な注意書きがつくことになっていた。[☆2]オーウェルは最初ストレイチーを介してスペイン行きのための書類を得ようと試みた。彼が紹介状をたずさえて共産党のハリー・ポリット[☆3]の所へ行くと、ポリットは彼に国際旅団に参加することに同意するかと尋ねた。オーウェルは、なにが起きているのかを見るまではいかなるものにも参加の同意はできないと答えた。次に彼は独立労働党（ＩＬＰ）に接触した。以前に彼はこの党と「ちょっとしたつながり[★2]」を持ったことがあり、そこから彼はバルセロナにいるジョン・マクネア[☆4]への紹介状をもらった。彼が戦うことを決意したとき、彼がＰＯＵＭ（マルクス主義統一労働者党）――この党とＩＬＰにはつながりがあったのだ――の民兵部隊に参加したのはおもにこの紹介状が理由だった。偶然にもＰＯＵＭ民兵部隊への加入ゆえに、対抗しあう社会主義集団のあいだの錯綜した苛烈な政治的闘争の中心に彼は放り込まれることになった。だがここまでの経緯、とりわけストレイチーを介してポリットに接触した彼の当初の試みから分かるように、これはまったく彼がみずから求めたことではない。イングランドを出発する前から彼は、マルクス主義理論として彼が理解したもの、そのジャーゴンや偏狭な党派争いに批判的だった。『ウィガン波止場への道』において彼が論じたように、社会主義者たちの急務――より多くの人々を社会主義者らしい行動へとうながすこと――の妨げとなっていたのは、疎外された雰囲気やスタイルと彼には思われたものだった。彼は自分を反帝国主義者にして反ファシスト、平等の信奉者だと考えており、ただこれらの立場を経由してのみ自分を社会主義者だと考えていた。ＰＯＵＭ民兵部隊への参加は、型にはまった政治的な意味でのアフィリエーションではなかった。イギリスの社会主義者たちやマルクス主義者たちのなかで彼が批判してきたものを、スペインにおける共産党のなかと同じくらいＰＯＵＭのなかにも彼は見いだした。だがＰＯＵＭ民兵部隊への参加は、ファシストたちと戦うもっとも手っ取り早い方法だったのであり、最初のうち、彼にとっては政治原理の違いなどほとんど重要ではなかった。数ヶ月後、そうした違いをもっと知るようになってからも彼は同じ態度を取っていた。マドリッドでの戦闘参加を希望したとき、彼は共産党の友人からの推薦状を求めようとしたのだ。というのも、彼が述べたように、自分がもっとも役に立てる場所で戦うことがなおも彼の第一の関心だったからだ。政治原理の微妙なちがいはせいぜい二次的な問題でしかなかった。実際、「純粋に個人的な好みからいえば、わたしはアナキストに加わりたかった」が、もっとも重要な前線で戦闘参加することが第一だったのである。[★3]

記録（これはかなり混乱してきている）のためにも、またオーウェルの非教条主義的な社会主義について明確な印象を与えてくれる点でも、こうした詳細は重要だ。実際、ファシズムと帝国主義と不平等に抗する闘争に比して、彼の心のなかでは社会主義それ自体はつねに二次的なものだったと論じることはできよう。社会主義はこれらすべての悪に対立する一般的観念、一般的名称だったのであり、イングランドを出発する前の彼にとって、社会主義はそれ以上の積極的内容をほとんど持っていなかった。彼が戦う決意を固めたのは、イギリスで思い描いていたどんな積極的なアフィリエーションからよりもむしろ、革命下のバルセロナの経験からだった。彼ははじめて「労働者階級が権力を掌握する街」を訪れた。[★4]「価値のあると思えることなら戦おう、という漠然とした考え」[★5]はこのあらたな経験によって変容し、ファシストたちと戦うために民兵部隊に加わるのは「それしか考えられないように思われた」。[★6]民兵部隊では「文明生活の通常の諸動機――俗物根性、むきだしの金銭欲、上司にたいする恐れなど――の多くが単純に消えてなくなっていた。社会の普通の階級差別も、金でよごれたイングランドの空気のなかではほとんど考えられない程度にまで消えていた」。[★7]

この経験は真の意味で政治的な飛躍点だった。

その共同社会では、無関心やシニシズムよりも希望があたりまえであり、「同志」という言葉は同志愛をあらわして、多くの国でのようにごまかしを意味するものではなかった。……この共同社会では、金もうけをしようとするものはなく、あらゆるものが不足しているものの、特権もこびへつらいもない。そこに生きる人々は、社会主義の幕あけの諸段階がどのようなものであるのか、大ざっぱな推察ができたことであろう。しかも結局のところ、この社会はわたしに幻滅を与えることなく、深くわたしの心をとらえたのである。その結果として、社会主義の樹立を願うわたしの気持ちは今までよりずっと現実的になったのだ[★8]。

あるいは、彼がスペインを去る準備をしていた一九三七年六月の手紙で彼がさらに強く述べたように、「わたしはいろいろすばらしいものを見て、以前には社会主義を決して信じていなかったが、ついにほんとうにそれを信じるようになった[★9]」。

この力強さは決定的だ。スペインでの数ヶ月のあいだに、オーウェルは革命的社会主義者になった。ある程度までは、貧困、身をさらすこと、特権の拒絶の年月——放浪の年月——における彼の経験から、バルセロナでの苦難の共有の経験へとつうじる明確な線が存在する。だがここにはまた、個人的選択から共通の大義への明確な断絶もある。それまでの彼は、最悪の種類の苦難の数々にたいして主として受動的にさらされ続けていたが、このような姿勢は、それらを終わらせるための闘争への能動的な関与へと変容した。すると、次のことは皮肉である。オーウェルは革命的社会主義者となったまさにそのときに、ある内部闘争に巻き込まれてしまった。その内部闘争はあまりにも根深く、長引いているために、彼の経験と発展を明確に見定めることは依然として非常に困難となってしまっているのだ。

一九三七年の最初の数ヶ月のあいだ前線にいた頃、彼は戦争と革命の前途に関する終わりなき議論に耳を傾けた。状況は実際とても複雑だったために、議論にはほとんど限りがなかった。おおまかな概要としては、議論の一方においてはファシズムの軍勢を打ち負かすという責務にすべてが従属せねばならないと語られており、他方においては、ファシズムを打ち負かせるのは社会革命が同時になされる場合のみであると語られていた。後世のさまざまな歴史的説明では、こうした主張がきわめて仔細に、またしばしば敵意を持って、くり返されたり、検討されたりしている。少しでもこの領域に入りこむのは地雷原に踏み込むようなものだ。大半の歴史家たちは、革命――おもにアナルコ・サンディカリスト的なものだが、ＰＯＵＭも参加してした――は、死に物狂いの戦争から注意を逸らしてしまう見当はずれのものだったという見解を取っている。当時においてもその後においても、革命は戦争遂行努力に対する意図的なサボタージュだったと説明する者さえいる。反対側の立場で議論する者はひとにぎりであり、その人々は、共和国軍の主力による革命に対する弾圧は、ソヴィエト連邦の政策と関連したパワー・ポリティックスの一幕だったのであり、それは実質的にスペインの人民たちが奉じて戦っていた大義への裏切りに等しかった、と論じている。

ここまで見てきたように、革命下のバルセロナの経験ゆえにオーウェルは戦闘的社会主義者となった。だが前線での最初の数ヶ月の混乱と停滞のなかでは、彼は通常は共産党の路線を支持していた。統一的かつ有効であることは、実践的な常識の問題であるように彼には思えていた。実際、彼が革命的な民兵部隊の無秩序を描写する箇所には、彼の若き日の士官候補生としての訓練や帝国警察での訓練の残響がたびたび聞き取れる。それと同時に、民兵部隊の革命精神、その実践的同志愛の経験は、彼にとって至上のものだった。すべてに先んじて、これこそが彼が戦っているそもそもの理由だったのだ。

もし状況が変わらなかったとしたら、この葛藤がいかに解決に至ったのかを語るのは困難である。オーウェルの心のなかの正反対の衝動は、目前の切迫した状況のなかにありありと映し出されていた。自分の受けた教育と訓練のゆえに、彼は有効性をほかの要素からは切り離された価値として信じていた。イングランドにおける放浪の年月のあいだの彼の社会的成長ゆえに、彼は被抑圧者たちの共通の大義を深く信じるようになり、その発現を遅らせたり妨げたりするさまざまな政治的分析にいらだちを覚えていた。この両方の点で彼は根っからの人民戦線支持者[☆5]であり、共和国の公式の主張に感服していた。だが、以前は受動的なものだった共通の大義への信頼は、革命的経験――あたらしい人間世界に生きているという感覚――によって実現され、解き放たれていた。前線で過ごした三ヶ月半ののちバルセロナに戻ったとき、この都市が変わっていることに彼は気づいた。そこは一九三六年一二月には「階級差別もいちじるしい貧富の差もほとんど存在しない」場所だった。いまや「事態は通常の状態にもどりつつある。高級レストランやホテルは高価な食事をむさぼる金持ちであふれ、一方、労働者階級の人々にとっては食料品価格が大きくはね上がり、それに見合った賃金の上昇はなかった」[★10]。革命的な雰囲気はほとんどあらゆる点で消えつつあり、もはや労働者階級が実権を握っているように見えることすらなかった。これは政治的変化の帰結であるのみならず、それは人民義勇軍の終わりと集権化された軍隊や統治機構の再編成へとつながった。だがこうした変化に潜在していた権力闘争がいまや「通常の」都市に見えたものに噴出したとき、次の事実をまったく分けて考えたとしても、オーウェルの共感の所在は疑いようがなかったことだろう。POUM民兵部隊で戦ってきたために、彼は非合法との宣告を受け弾圧された運動の一員であったという事実である。この闘いについての彼の説明はその異常なまでの複雑さをあきらかにしており、彼はすみやかにこう断っている。自分にできるのは見たことを報告することだけであり、ほかのあらゆる説明同様、自分の説明もまた党派的で、バイアスや誤りを免れない、と。だが前線からもどってきた彼と彼の同志たちに降りかかったことはきわめて恣意的かつ残忍であったために、彼が選んだ行動は避けがたいものだった。市街戦のはじまりとその政治的動機の数々については、いくつものことなる説明がなされてきたし、依然としてなされている。オーウェルが知ったこと、知りえたことはただ、前線からもどったぼろぼろの男たちが、ふたたび階級分化した都市で、ファシズムに抗する闘争を名目として、また多くの説明が語っているように、社会主義と人民の真の大義を名目として守備隊や警官隊に検挙されていた、ということだった。この経験はおそらく決して癒えることのない傷を残した。実際、それがもし癒えてしまったら、彼の印象が悪くなってしまうほどに。

『カタロニア讃歌』はいくつかの点でオーウェルのもっとも重要かつもっとも感動的な本だ。これはある革命と内戦についての、忘れがたいほど鮮明な個人的説明である。だが二重の政治的理由ゆえに、この作品は彼のそれ以前とそれ以後の著作のいくつかよりも高い評価を受けてはいない。この内部闘争に関する彼の説明は不可避的に論争を招く性質のものであり、それゆえにこの本は、当時もそれ以降も、左翼の読者たちの多くを遠ざけるものとなってしまった。だがまた、これよりも注目されることは少ないが、革命的社会主義への彼の公然かつ感動的な傾倒（コミットメント）ゆえに、この本はこれよりも大きなべつの読者層を遠ざけるものともなっている。この読者たちは彼ののちの作品ゆえに、オーウェルについて、政治的幻滅を語る声、革命と社会主義の不可避の失敗を語る声であるという固定観念を抱いている。『カタロニア讃歌』のなかには、革命精神の喪失やそれに対する弾圧を説明したところにこの見解の材料となるものがある――「これは、地球の全表面で行われている巨大なゲームの、一時的で地方的な局面にすぎないのだ[★11]」。

だがスペインに関する彼のどの文章でもオーウェルは、のちの見地からは右翼的結論と見なしうるような見解を引き出してはいない。彼が属した革命運動は弾圧されてしまったものの、彼はスペインから確信ある革命的社会主義者となって帰還した。「実際の生身の労働者が彼の生来の敵である警察官と戦っているのを見ると、わたしがどちらの側につくかは自問するまでもないことだ[★12]」。スペインに赴く以前からそうだったように、彼はたしかに「ブルジョワ共産主義」と彼が呼ぶものと、それによって理想化された「労働者」像を疑わしく思っていた。だが実際の戦闘では彼はみずからの選択をおこなった。スペインにおける共産党の公式路線、ならびにスペインでの闘争に関する外国報道を彼はとても苦々しく思っていた。彼がすでに「スターリニズム」と呼んでいたものに対する嫌悪は決して消えなかった。だがスペインでの経験後の彼は、革命的社会主義者の立場に立っている。それは現在ならば外部からは「急進主義者（ウルトラ）[☆6]」と呼ばれる立場である。スペインでの闘争に関する彼の説明は、ブダペストやパリにおける闘争に関してのちになされたさまざまな説明に非常に似通っている。それらはいずれも、革命的社会主義の立場から書かれ、資本主義秩序と正統派共産主義に同時に激しい敵意を持っている。オーウェルの政治的発展のこの段階は、特に重視せねばならない。

オーウェルがこの立場から晩年の立場へとどのように、いつ移行したのかを理解することはおそらくさらに興味深いことだ。例えば一九四二年に「スペイン戦争回顧」を書いたとき、また、共産主義系新聞の公然の嘘と彼が見なしたものとの論争からかなりの時間が経ったあとでも、彼が全体主義の危険と見なしていたのは依然としてファシズムだった。「客観的真実という概念そのものがこの世からなくなりかけている」[★13]という省察のきっかけになったのは、ファシズムのプロパガンダ、『デイリー・メイル』紙や『カトリック・ヘラルド』紙がおこなったようなフランコ支持のプロパガンダだった。次のような悪夢の世界の着想を彼が得たのは、ナチズムの理論からだった――「総統とか支配層とかが未来だけでなく過去までも支配する悪夢のような世界である。総統がしかじかの事件について「そんなことは起こらなかった」と言えば――さよう、それは起こらなかったのである。総統が二足す二は五だと言えば――さよう、二足す二は五である」[★14]。『一九八四年』をまさに予期するこうした記述は第一にファシズムに対する応答だったのであり、「奴隷制度の復活」[★15]――彼はそれも起こっていると見ていた――はナチズムの強制労働収容所にもとづいている。オーウェルが幻滅した社会主義者としてスペインから戻り、それから全体主義的な社会主義の未来に対する警告に精力を注いだなどというかなり一般的な考えほどに、事実とことなる見方はない。

だが現実の展開を追うのはたしかに難しい。一九三八年にオーウェルは独立労働党に参加し、こう説明した。「たんに社会主義に共鳴しているのではなく、積極的に社会主義者にならなければならない。そうでないと、常時活発な敵の手中にはまってしまう」[★16]。彼はこうも述べていた。「ほぼ過去十年にわたって」自分は「資本主義社会の真の姿についていくぶんの理解」を持っており、労働党が次の総選挙に勝利することを願う一方で、その社会主義について幻想は抱いておらず、「資本主義的民主主義という名目には決してまどわされない」つもりだ、と。[★17]

一九三八年にはまた、平和主義は知識人向けの軟弱な選択肢だというほのめかしに抗して、彼は反戦運動を擁護していた。

真実は、次の点にある。すなわち、真に革命的な変革はもちろんのこと、どのような現実の進歩も、多数の人々がきっぱりと資本主義‐帝国主義戦争を拒否するとき……にのみはじまるのだ。「民主主義を守るため」とか、「ファシズムに抗して」とかいうたぐいのウジのわいたスローガンのためにすすんで戦っているうちは、人々はくり返し同じごまかしにはめられてしまうだろう。[★18]

フランツ・ボルケナウ[☆7]の『世界共産党史』の書評では、彼はこう書いた。

西欧資本主義のさまざまな問題を解決するには、第三の選択肢を取らねばならないだろう。それは本当に革命的な運動で、すなわち思い切った変革と、もし必要ならば暴力に訴えかけることもいとわないが、共産主義やファシズムがしたように、民主主義の本質的な価値観との接触を失ってしまうことはない。そのような選択肢は決して考えられないことではない。そんな運動の萌芽は数多くの国々に存在するし、それらには成長する力もある。[★19]

一九三九年一月に彼はハーバート・リード宛の手紙[☆8]でこう書いた。

わたしたちのように来るべき戦争に反対しようと思う者は、非合法の反戦活動をするための組織作りをはじめることが絶対に必要であると思います。……人々が、とりわけ少しでも悪名を知られている人々が、公然と戦うことによっていちばん望ましい結果が得られるということにわたしは心底同意しますが、地下組織のようなものを持つことは同じようにきわめて有益であると分かってくるかもしれません。[★20]

リード宛のこの手紙とその次の手紙で彼は、次のような政治状況における地下活動に向けた実践的な提案をしている。その状況下では、左翼の大半は妥協を強いられるだろうし、「わたしたちのような反体制左派」だけがファシストたちへの唯一の代替的な対抗勢力になるだろう、と。[★21]一九三九年七月にイギリス帝国主義について書くなかで、彼はこう問いかけていた。「たとえヒトラー体制の打倒に成功したとしても、それがいっそう巨大で、ことなる点では同じくらいに悪い体制を安定させるためだとしたら、そこにはどんな意味があるだろうか?」。[★22]

この革命的反戦社会主義の時期をつうじて彼は、彼がたびたび批判したジャーゴンで言うところの「トロツキスト」ではなかったと附言する価値はあるだろう。この表現はいい加減な悪口でしかない、と彼はしばしば論じていた。とはいえ、彼自身「スターリニスト」という表現を使っていたのだが。しかしまさにこの時期に、ソヴィエト連邦のさまざまな欠陥は「ボルシェヴィキ党の目的と性質」にまで遡るものと信じていると彼は表明していた。「トロツキーは亡命中にロシアの独裁体制を公然と非難しているが、おそらくそれについては、彼にも、いま生きているだれにもおとらず責任はあるのである」[★23]。

革命的社会主義にあらたな定義を与えることを試みつつも、オーウェルはどんな有効な組織的拠点を見いだすこともできなかった。

そして変化が起きた。それを望み、計画し続けたにもかかわらず。それはあたかも一夜のうちに起こったかのように思われる。それはたんに戦争勃発やスターリン―ヒトラー協定[☆9]への反応にはとどまらなかった。実際、

独ソ不可侵条約が発表される前夜に、わたしは戦争がはじまる夢を見た。その夢というのは、そのフロイト的な内なる意味とやらがどんなものかは知らないが、ときとして自分の心の奥にひそむ本当の気持ちを明かしてくれるような夢のひとつだった。それは二つのことを教えてくれた。ひとつは、長いこと恐れていた戦争がはじまれば実にほっとするだろうということ。もうひとつは、自分は心の底では愛国者なのであって、サボタージュをしたり、味方に不利な行動に出たりはせず、戦争を支持し、できれば自分も戦いに加わりたい、ということである[★24]。

三月後半以来、彼は〔モロッコから〕イングランドに戻っていた。彼の父は六月に死去した。この夢の説明が含まれている「右であれ左であれ、わが祖国」において彼は、一九一四年から一八年まで続いた戦争のときは参戦するにはまだ若すぎたと語り、さらにこう述べていた。「その経験がなかったた

めに、自分がどこか一人前の男ではないように感じられた★25」。子供時代や警察学校の教練以来、彼はひんぱんに軍事訓練を受けていた。そして「スペイン内戦がわたしくらいの年代の人々を魅了した理☆10由のひとつは、それがあの大戦にとてもよく似ていたからだ★26」。翌年春にはマルカム・マガリッジの『イギリスの三〇年代』を書評するなかで、彼はこう書いていた。

これは軍人の伝統のなかで育った中流階級男性の感情で、このような人は危機の瞬間には、結局自分は愛国者なのだ、と悟ってしまう。「進歩的」だったり「啓蒙的」だったりするのもいいだろう、ブリンプ大佐☆11を鼻で笑うこと、あらゆる伝統的な忠誠心から自由であるとのたまうのもけっこう。だが、砂漠の砂が赤く染められるときがくれば、イングランドよ、わがイングランドよ、我は汝のためになにをかなせし。わたしは自分自身、軍人の伝統のなかで育ってきたので、奇妙な偽装の奥に隠されているこの感情を認めることができるし、それに共感もする。なぜかといえば、どれほどに愚劣で感傷的であっても、この感情は左翼知識人の浅はかな独善性に比べれば、見苦しくないものだからだ。★27

この説明によれば、オーウェルの急変はたんに類型への先祖返りだったことになる。ある意味でこれは本当だ。だが、このような単純な再調整は伝統的におこなわれうるものだった一方で、その裏では、もっと根の深い失意の過程が起こっていた。これは（『空気を吸いに』に続いて）☆12一九三九年夏に書かれた「鯨の腹のなかで」でまさに示されている。ここで彼はヘンリー・ミラーと関連づけて、受動性について共感を込めて書いている。

それは、世界の動きが自分の意志を越えているものと信じ、世界を動かすなどということをいかなる場合においてもほとんど望みさえしない人の持つ見方である。……進歩と反動とは、両方ともまやかしだということがはっきりした。残された道は静寂主義しかないようだ。それは現実にたいして素直に従うことによって、現実の恐ろしさを奪い去る方法である。鯨の腹のなかにはいれ。というよりも、自分が鯨の腹のなかにいるということを認めることにしよう（もちろん、もうすでに自分はそこにいるのだから）。世界の動きに対して自分を譲り渡してしまおう、それに反抗して戦ったり、それを統制したりできるようなふりをすることをやめよう。それを単純に受け入れ、それを忍び、それを記録しよう。★28

これは、自分が直面する危機の時代のなかにいる作家に向けた彼の処方箋であるが、より一般的なかたちでは、彼自身の現実の失意を特徴づけている。彼は大変な苦難に身をさらし、懸命に戦った。スペインでは喉に銃弾を受けた。結核性の病変のために重い病に苦しんだ。さまざまな政治的幻想、嘘、自己欺瞞の砂漠のように思えたものにあれほど多くの精力をそそいだ。「イングランド」の神話と、この深淵なヨーロッパ的幻滅とのあいだで、彼はなんらかの解決を見つけねばならなかったのだ。

わたしの考えではこれが、彼のそれ以降の政治的展開をたどるための正しい道である。オーウェルの戦時中のジャーナリズムの多くは活力のあるものだが、彼の最良の仕事ではない。一九三七年から三九年のあいだに彼自身が取った立場と同じ立場か、それに近い立場を取りつづけた人々、あるいはそうした立場をあらたに取るようになった人々を、彼は〔戦時中に〕批判している。そのような批判には、いくぶんは活力のある論争があるものの、悪意や無造作な悪口すらも数多く含まれている。ほかのだれとも同様に彼自身もわきまえていたように、当時の絶望的に切迫した状況のなかでは、いかなるものであれ品位ある一貫した立場を見いだすことはほぼ不可能だった。党派的な小競りあいをしたり、「敗北主義」集団という烙印を押して非難したりすることには、ときには彼も認めていたような狭量さや卑劣さがあらわれている。一九四二年四月二七日の日記で彼はこう書いていた。「われわれはみんな泥にまみれている。野心家と話したり、野心家の書いたものを読んだりしていると、知的な正直さとか公正な判断といったものが、この地球の表面からまったく消えてしまったような気がする。だれの考えることも三百代言的になっている……」[★29]。これは彼が批判した者たちが戦時中に書いたものと同じくらいに、彼自身が戦時中に書いた記事についても当てはまるようにわたしには思える――もっとも、完全にそうではないが。ここには、誇張気味の説明やヒステリーを面前にしてなされた、ヒステリー的な誇張がある。公的な面では、「敗北主義者」への攻撃とはべつに、またBBCでの仕事――彼はそこで、インド向けのプロパガンダを「品位ある(ディーセント)」なものにとどめようと心底から努力していた――などとはべつに、しばらく彼は戦争支持と、その戦争を革命戦争へと転換するプログラムとを組みあわせようと試みていた。つまり、ヒトラー打倒とイングランドの階級システム打倒を同時におこなう、ということだ。ほかのいかなるものとも同様にそれはひとつの希望だったが、一九四四年末にはオーウェルに特徴的な調子が戻ってきている。この時点で、その時期をつうじて彼がおこなってきた分析のあやまちをすべておおやけに省みて、彼はこのように結論した。「戦争に「反対」であっても「賛成」であっても、まず第一に、*われわれはみなまちがっていた*、ということを認めなければならないのではないかとわたしは思う[★30]」。ある面ではこれは理にかなった告白であり、オーウェルの深い誠実さや率直さを典型的に示している。だがべつの面においてはこの告白は、もっと奥深くに隠された絶望とのちに結合する、ある要素を導入している。それは、あらゆる政治的思考、あるいはほぼあらゆる政治的思考は、自身のさまざまな願望や幻想への適応の方法だ、という考えである。一九四六年には彼は次のように書いた。

> 文明がまだ生き残っていると信じることは容易ではない。……医者がたぶん死ぬ運命にある患者の生命を救う努力をしなければならないのとまったく同様に、人は政治的闘争を続けてゆかねばならないのだとわたしは考えている。しかし、政治的行動は大いに没理性的であること、世界はある種の精神病にかかっており、これは治療する前に診断しなければならないことを、まず最初に認識してかからないかぎり、われわれはどうしようもないのではないか[★31]。

彼の最後の作品〔『一九八四年』〕を理解する上でこれは重要な結論だ。たしかにそれを土台としてある政治的上部構造がもたらされており、その鍵となる要素は、全体主義の脅威として、ファシズムに代えて共産主義を据えることだった。冷戦初期において、これは当時の動向の一部だった。だがオーウェルの経験と展開を考えれば、これは決定的なものだった。彼は原爆を主要な転換点と見なしていた。「われわれがそれを放棄するか、それがわれわれを滅ぼすか、ふたつにひとつしかない」(一九四五年一一月)。[★32] だが政治状況は変化しつつあった。一九四三年には彼はこう書いた。

アメリカの百万長者たちやイギリスにいる彼らの取り巻き連がわれわれに押しつけようとしている荒涼とした世界がただちに明確なかたちを取りつつある。イギリス国民は大衆的には、そうした世界を望んでいるわけでもない……。感情的にはイギリスの大部分の国民はアメリカとよりは、はるかにずっとロシアと親しく結びつきたいと考えているのだから。[★33]

だが一九四七年末にはこれが逆転していた。

「もしソ連とアメリカのいずれかを選ばねばならぬとしたら、あなたはどちらを選ぶか?」……われわれはもはや孤立していられるほど強力ではなく、もし西ヨーロッパ連合を実現することに失敗すれば、結局のところ、いずれか一方の大国の政策にわれわれの政策を従属させざるを得なくなるだろう。しかも、現在流行の考えがこれほど喧伝されているにもかかわらず、だれしも心のなかではわれわれがアメリカを選ぶべきだと理解している。[★34]

こうした政治的調整の根底には、世界が二つか三つの超大国へと分断され、それぞれが原爆を保有し、そうした国々それぞれのなかにあたらしい権威主義が確立されるのではないか、というより深い恐怖があった。ボルケナウの言葉を借りて、彼はこの権威主義を「少数独裁制集産主義」と呼ぶようになった。もちろん、これは『一九八四年』の世界であるが、まさにこの決定的な時代にオーウェルが、パワー・ポリティックス、永続的な戦争経済、権威主義――あらゆるところ、ほぼあらゆる政治的題目の裏に彼はそうした傾向を見ていた――を基礎にした未来の接近を診断し、それからその未来をまさにソヴィエト体制だけと同一視したことは重要である。彼は民主的社会主義者であり続けた。彼はひろい範囲で最前線に立ち、市民的自由の擁護にほとんどの政治的活力を注ぎ込んだ。しかし来るべき世界に関する自分の深奥の展望においては、彼はある全面的な悪夢をただちにありありと描き、それから、当時の政治的潮流のなかにおいてその指示内容を〔ソヴィエト体制へと〕狭めた。ついには、その悪夢そのものが、そうした悪夢自体を形成する諸要素のなかのひとつになってしまったのだ。

第六章　想像(プロジェクションズ)された世界☆1

オーウェルは一九四三年一一月に『動物農場』を書きはじめた。それは三ヶ月後に完成した。いくつもの出版社がその刊行を拒否し、その理由には政治的なものもあった。支配的な世論の動向に逆行して書かれたこの本が、一八ヶ月後に出版されたときには政治的情勢が変化しており、冷戦に入りつつあった状況のなかで、熱心に利用されうるようになっていたのは皮肉である。☆2

この本は長いあいだそうした皮肉な政治的文脈から不可分だった。左翼の側では「資本主義出版社の腕のなかへ金切り声をあげて」飛び込んでいった、とオーウェルを描くものがあったが（『マルクシスト・クォータリー』誌、一九五六年一月）、それは当時の彼の感触とはたしかにことなるものだった（「ふだんならわたしのものを出版するのになんの苦もないのですが、今度の作品ばかりは、出版社を見つけるのにひどい苦労をしています」）。★1 同時に、この本はオーウェルがなんの共感も抱かない者たちに疑いようもなく利用されたのであり、それに続いて『一九八四年』が出版され、それもさらに広範に利用されるようになったときには、ひとつのオーウェル像が定着してしまうことになった。少なくとも彼自身はそのようなオーウェル像は誤解を招きかねないものだと考えたことだろうが。『動物農場』が受けた出版拒否と、それに続く宣伝活動の顚末は全体としてオーウェルが当時まさに憂慮していた種類のさまざまな皮肉にあふれている。例えば、ウクライナ人難民向けの『動物農場』特別版はほぼ半数がドイツに駐留していたアメリカ当局に押収され、ソ連の役人たちに引き渡された、という逸話がある。[★2]

『動物農場』はオーウェル自身になぞらえられる人物像がいないという点で、オーウェルの著作のなかでもユニークである。この意味でこの作品は彼が書いたほかのどの作品と比べても、世界を理解する彼の方法をより完全に客観化（プロジェクション）したものである。しかしながらこの客観化の条件は、オーウェル自身になぞらえられる人物像が創造されたときに取り組むことを目的としていた意識を、限定的なものにした。それは、良い意味でも悪い意味でも、単純化による作品なのである。

オーウェルはこの作品を軽い諷刺と説明したこともあるが、[★3] それは終始もっと真剣なものだった。ウクライナ語版への序文で彼はこう書いた。

> ロシアは社会主義国であって、その支配者たちのすることは、模倣はしないまでもすべて許されねばならないという信念くらい、本来の社会主義の概念を堕落させるのに役立ったものはない。だからこそ、わたしはこの十年間、社会主義運動を蘇生させたければまずソヴィエト神話を打破することが根本だと、固く信じてきたのである。スペインから戻ったわたしは、ほとんどだれにでも容易に理解でき、ほかの諸言語にも容易に翻訳できるような物語によって、ソヴィエト神話の正体をあばこうと思いついた。[★4]

彼の政治的目標は明確なものだったが、それにもかかわらず単純さや一般性を追求したことによって、そこにはいくらかの不可避の矛盾がもたらされている。おそらく、より重要なのは、ソヴィエト社会の神話——この神話は西洋の左翼に共有されていると彼は信じていた——の破壊をオーウェルが重視していたことのほうだ。おそらくこの意図は、いずれかの段階においては、ほかに優先するものだったのだろう。というのも同じ序文で彼は次のようにすら述べているのだから。

たとえ自分に力があったとしても、ソヴィエトの国内問題に干渉しようとは思わないし、スターリンとその一派を、彼らが取った野蛮で非民主的な方法だけを理由に弾劾する気はない。最善の意図があったとしても、ソヴィエト国内の情勢ではあれしかやりようがなかったということも十分ありうるのである。★5

しかし、このような種類の認識はこの作品自体にはあらわれていない。そればかりか、一般的な寓話として構想され執筆されたいかなる作品においても、この発言に見られるような現実の情勢や特定の歴史的状況への強調はそもそもあらわれようがなかっただろう。実際、具体的な状況があれほど一般性へと翻訳されてしまうと、ソヴィエト社会主義の神話のみならず、革命の神話までもが事実上「破壊」されてしまうことは、いつでも起こる可能性はあったし、現実に起こりそうなことですらあったのである。

『動物農場』はたしかにこのようにひろく解釈されてきた。あたらしい革命志向の世代に反対する「証拠」としてオーウェルは提出されている。社会主義運動の復興——彼はそれを望むと述べていた——は、彼の晩年の想像力の悲しい亡霊と対峙させられている。おそらくこれは、冷戦期の政治による文学の利用という状況において不可避だったのだろう。だがもっと深い問題に直面せねばならない。それは、この寓話自体の現実の意識である。安易な利用も、同様に安易な拒絶も越えたところで、『動物農場』の寓話は、興味の尽きることがない肯定的証拠と否定的証拠の両方を提供している。

　オーウェルがこの寓話の着想を得たのは、次のような場面を目撃したときだった。

> 十歳くらいだろうか、ある小さな男の子が狭い道を馬車用の大きな馬にまたがって、馬が向きを変えようとするたびに鞭で打ちながらやってくるのに出会ったのだった。とたんにわたしは、もしこういう動物たちが自分たちの力を自覚しさえしたら、わたしたちには動物たちを押さえつけることなどできまい、そして人間たちが動物たちを搾取しているやり方は、金持ちが労働者階級（プロレタリアート）を搾取するやり方と同じではないかと思いついたのである。★6

この洞察からしてすでに、その結果としてなされた客観化（プロジェクション）とはややことなる種類のものである。動物から労働者階級（プロレタリアート）へと彼が比喩表現をもちいて思考を移行させる速さは興味深い——これは実際に、貧者を動物と見なす思考法の残滓を露呈している。この思考法は強力だが愚かしいものだ。もちろん、この場面においても物語においても、人間たちは搾取者と見なされている。またこの物語において、ボルシェヴィキの豚たちの最悪の点は、酔っぱらいで貪欲で残忍な人間たちと区別がつかなくなるところだ。高貴な動物は農耕馬のボクサーである。

この点は、ジョナサン・スウィフトが描いたフウイヌムとヤフー[☆3]に関するオーウェルの発言とならべて考えてみる価値がある。[★7]スウィフトは人間たちを嫌悪し、どうやら動物たちを好んでいたようだと彼はすばやく診断しているが、彼はこれに続けて、実際にはフウイヌムたち――彼はこの生き物たちを魅力的でないと思っている――のほうがヤフーたち――それらは意図的に堕落した存在として描かれている――よりも人間たちに似ていると述べている。ここには非常に複雑な感情がからんでいる。『動物農場』の力強いが愚かな馬たちは、大きな尊敬と哀れみを込めて見られている。人間たちと豚たちは知的で、計算高く、貪欲で、残忍だ。このような考えは、たしかに単純で効果のあるアナロジー以上のものだ。これは実質的であり、身体的ですらある反応なのである。

このアナロジーのもうひとつの要素は搾取だ。もし彼らが自分たちの力を自覚さえしたら、わたしたちには彼らを押さえつけることなどできまい。ここでオーウェルは政治的出来事よりも大きなことを考えており、それは人間が動物と自然を利用するうえでのさまざまな関係性に関するものだ。これに続いて彼が提起する論点は、ほかのいかなる観点から見ても非常に驚くべきものだ。

わたしは動物たちの観点から見たマルクスの理論の分析にとりかかった。動物たちには、人間たち同士の階級闘争という概念など幻想にすぎないことがはっきりわかっている。動物たちを搾取する必要があるとなれば、すべての人間たちは動物たちの敵にまわって団結するのだから。真の

闘争は動物たちと人間たちのあいだにあるのだ。こう出発点が決まれば、物語の構想をするのはむずかしくはなかった。★8

動物たちと人間たちのあいだの真の闘争――これが、『動物農場』の本当のテーマなのか？　この物語の表層の大半を崩壊させることなしに、そのように述べるのは困難だ。わたしの考えでは、ここで本当に起きたのは、労働し搾取される動物たちと労働し搾取される貧者たちとのきわめて深い同一視が、ほとんど気がつかれないままに、「人間たち同士の階級闘争」を「幻想にすぎない」ものとして暴露する身振りの土台として維持されたということである。ここでいう人間たちとは資本家たちと革命家たち、古い支配階級とあたらしい支配階級であって、彼らはたがいにどれほどことなり争いあっていても、自分たちがその背中にまたがっている生き物たちをまちがいなく搾取し続けるだろうし、『動物農場』の結末におけるように、動物たちの敵にまわって団結することだろう。ここでオーウェルが反対しているのは、ソヴィエトやスターリニズムの経験以上のものである。ある重大なやり方で、労働者たちの意識と真の革命の可能性の両方が否定されているのだ。

わたしの考えでは、こうした否定は非人間的なものだ。だが、この絶望的な土台から、直接的で実践的な人間性を生み出しうるということが、オーウェルのパラドックスの一部である。それは苦しんでいる者たちの仲間意識であり、彼はそれをとても深く感じ取っている。さらに、彼がもっと積極的に感じているのは搾取される者たちの批判的懐疑主義であり、このような予想だにできない種類の意識はこの物語を特徴づけている。『動物農場』はオーウェル自身になぞらえられる人物像、服従状態から脱却するものの、すぐに敗北して再吸収される孤立した人物像を含まないという点で、オーウェルの著作群のなかでもユニークだとわたしはすでに指摘した。むしろ、この人物像は、ある集団的行動へと客観化（プロジェクト）されたのである。これこそ、この動物たちに起きていることなのだ――この動物たちは自己解放を遂げるものの、そのすぐあとで、暴力と詐術によって、ふたたび奴隷化の憂き目をみてしまうのである。

集団への客観化はさらなる結果を生んでいる。ここで起きるのは、その悲痛さにもかかわらず、孤立した経験というよりは共通の経験である。ぼろぼろになった神経の哀訴や孤独な軌跡の絶望感の代わりに、ある活発なコミュニケーションがあらわれており、それは批判的な語りの基調となっている。敗北の経験をするどく洞察し、暴露するまさにそのただなかで、ある逆説的な自信、確信に満ち、かつ活発で笑いの精神に彩られた知性があらわれている。このきわめて独特な様式をつうじて、オーウェルは例外的に強く純粋な散文を解き放つことができる。「すべての動物は平等である……しかしある動物はほかの動物よりももっと平等である」[★9]。この一節が、革命に対する裏切りについての単純な諷刺よりもずっと強い意味を持って日常言語に加わったことは、驚くべきことではない。この一節は、きわめてはばひろい範囲において見られる、見せかけと実情とのあいだの食い違い、公言されることと実践されることとのあいだの食い違いについて語る耐久性のある発言のひとつだ。『動物農場』の全篇をつうじた数多くの箇所で、この力強い解放的な知性は、悲痛な認識を積極的で刺激的な批判へと変容させている。〔ロシア革命についての〕限定的なアナロジーの細部を越えて、また逆説的ながら、より根源的な絶望を越えて、この生き生きとした意識は結びつきを生み出し、生気を吹き込んでくれる。この物語の結末には、排除された動物たちが人間から豚へ、豚から人間へと視線を移して、どちらがどちらやら見分けがつかなくなるという場面があるが、この悲しい結末ですら、幻滅や敗北以上の感情を伝えている。やつらは同じように行動しているからには同類だと分かる、ならばレッテルやしきたりなど気にするな。それは意識が獲得される瞬間であり、潜在的に解放をもたらす発見だ。この小さなスケールとこの限定的な条件の枠組みのなかでは、『動物農場』は、その執筆のきっかけとなったものをはるかに超える根元的な活力を持っており、それ独自の永続性を獲得している。

『一九八四年』はあきらかに大きく異なっている。孤立した感情、ぼろぼろで息切れした身をさらけだす経験が曲線を描くように回帰しており、それは決定的なものだ。だがこの小説にはなおも、さらに解放的な意識に属する多くの要素がある。附録「〈ニュースピーク〉の諸原理」はこの小説の架空世界には決して完全に組み込まれはしなかったが、この附録の核心にある、言語的諸形式と社会的諸形式との関係についての認識は強力である。「〈ニュースピーク〉のある種の語――「旧思考」もこのなかに含まれる――の特別な機能とは、意味を表現するというよりは意味を破壊することであった」[★10]。〈ニュースピーク〉の単語のいくつか――「プロールの餌（prolefeed）」、「スピード方式で（speedwise）」、「性犯罪（sexcrime）」――などは一世代後の現在〔本書初版の出版年である一九七一年〕に読むと、不吉なほど耳慣れた響きをすでに持っている。あたらしい政府部局の名前もそうだ。〈ニュースピーク〉でいう〈真理省(ミニトゥルー)〉、〈平和省(ミニパックス)〉、〈愛情省(ミニラヴ)〉、〈潤沢省(ミニプレンティ)〉である。[★11]〈技術省(ミンテック)[☆4]〉を喧伝したコピーライターたちはオーウェル賛美者だったのではないかと思うが、彼らはオーウェルを読んだことがあっても、きちんと理解していなかったに違いない。「近代化（モダナイゼーション）」のジャーゴンの大半——一九六〇年代にイギリス労働党政権が社会民主主義の奇妙な代替物として採用し、喧伝したもの[☆5]——はほとんど完全に〈ニュースピーク〉だ。報道操作のテクニックには、同様に耳慣れたものがある。〈虚構局〉が制度として実在したとしても、現代なら気づかれることすらないだろう。またウィンストン・スミスが典型的な映画上映を描写するとき——「ヘリコプターが彼ら〈難民たち〉目がけて二十キロ爆弾を投下、恐ろしい閃光、ボートは木端微塵。その後に子どもの腕が上へ上へと空中高く舞い上がる素晴らしいショットが続くヘリコプターの機首に据えたカメラで追いかけたに違いなくて」[★12]——彼はあたかも、ベトナム戦争のTV報道映像を見たことがあったかのようだ。爆弾の重量だけは不条理なほどに過小評価されているが。

ややことなる仕方ではあるが、「ビッグ・ブラザーがあなたを見ている」もまた、懐疑主義的な抵抗のモットーとして日常言語の一部となった。こうした非常に単純かつ力強いやり方で、オーウェルはわたしたちの持続的な社会的危機のある種のきわめて明白な諸要素を巧みに表現することに成功した。あらゆる種類の〈思考犯罪〉と〈二重思考〉の妥協なき敵として、オーウェルはいまなお非常に身近であり、生きつづけている。

パワー・ポリティックスに関する彼の見方もまた〈わたしたちにとって〉身近なもので、説得的である。公的な「同盟国」と「敵国」の反転は、彼が書いて以来一世代のうちに、ほとんどおおっぴらに起きた。三つの勢力圏に分割された世界という彼の考え——同盟関係は変化するとしても、オセアニア、ユーラシア、イースタシアという超大国のうち、二つがつねに三つ目と戦争状態にある——もまた、不快なほどに身近なものだ。また、「イングランドとかブリテンとかいう名だった」[★13]ものがたんなる〈第一エアストリップ〉になってしまっていると信じられるような場合もある。

この未来像（プロジェクション）のこうした諸要素が、すくなくともそれらの概略という点ではこれほどに見覚えのあるものであるからには、そのほかの多くの要素がなぜこれほどにあやまっているのかを問う必要がある。統制された軍事社会というモデルを、オーウェルがソヴィエト共産主義から取ったことは重要である。そこには、例えばスターリンとトロツキー（〈ビッグ・ブラザー〉とゴールドスタイン）との対立といったような、その過去の詳細な要素までもが含まれている。〈第一エアストリップ〉のイデオロギーは〈イングゾック〉――イングランド社会主義（イングリッシュ・ソーシャリズム）[☆6]――である。そのため、この本がアメリカ合衆国で成功したとき、これは戦後労働党政権に関するものであることを否定する声明を彼は出さねばならなかった。

> わたしの最近作の小説は絶対に社会主義やイギリス労働党（わたしはその支持者です）を攻撃しようとするものではなく、部分的にはすでに共産主義やファシズムに現実にあらわれている、中央集権的経済がおちいりやすいゆがんだ状態を暴露しようとするものです。[★14]

それならば、次のように言われるかもしれない。〈イングゾック〉がイングランド社会主義ではないのは、〈ミニトゥルー〉が真理の省ではないのと同様のことだ、と。だがこのような同一視は実際になされたし、深刻な打撃を与えてきた。それがソヴィエト社会について述べること――この社会に関するオーウェルの立場は明確で一貫していた——においてではなく、それが社会主義や「中央集権的経済」について一般に含意してしまったことにおいて。これはオーウェルの未来像（プロジェクション）のもっとも明白なあやまちと関連している。そのあやまちとは、統制された恒久的な戦争経済はみずぼらしく、供給不足の状態にあるという考えである。わたしたちは現在、軍事優先型の経済と統制された豊かな消費経済とのあいだの構造的諸関係を目の当たりにしており、それはオーウェルが予期しなかったひとつの歴史的展開以上の重要性を持っている。こうした諸関係が示しているのは、イデオロギーに執着するようになったあまりに彼が考慮に入れなかったいくつかの社会的事実である。無理もないことだが、彼は豊かな軍事優先型資本主義を予期することも、彼が想像（プロジェクト）した〈党〉と非常に似たやり方で国内的にも対外的にも機能する多国籍企業群の世界を予期することもなかった。だが、例えば政治警察が、あるいはプロパガンダ、検閲、秘密工作員などが、社会主義や共産主義が発明したものではないと彼は確実に——直接的な経験において——知っていたはずなのだ。あらゆる近代的な形態の抑圧と権威主義的支配を単一の政治的傾向の属性としたことによって、彼はそれをあやまって表象してしまった。そればかりか、こうした非人間的で破壊的な諸力が、いかなる場所で、いかなる名前で、いかなるイデオロギーの仮面をかぶってあらわれようとも、それと認識しうるような分析を彼は途中で切り上げてしまったのだ。というのも、たしかに今日では、こうした諸要素の唯一のみなもとが社会主義の一形態だと考えることは〈二重思考〉であろうからだ。それは、「自由世界」のようなプロパガンダ用語が〈ニュースピーク〉のきわめて明白な実例だと認識することを妨げうるものが〈思考犯罪〉のみであることとまさに同様である。あまりにも見覚えのある世界を想像（プロジェクト）することをつうじて、オーウェルはその世界のさまざまな構造、さまざまなイデオロギー、さらにそれに抵抗するさまざまな可能性についてのわたしたちの認識を混乱させてしまったのである。

　オーウェルのこれ以前の作品を想起するならば、この抵抗に関する論点はさらなる重要性を帯びる。もっとも一般的な水準では、彼の未来像（プロジェクション）は疑問の余地のないほどに反証がなされてきている。彼の未来像と同じくらいに支配が浸透し、また同じくらいに残酷な支配の状況下にあっても、多くの男女たちがたがいへの信頼を堅持し、勇気を持ちつづけ、いくつかの場合においては非常な困難をものともせずに立ち上がり、体制を破壊ないし変革しようとしてきた。オーウェルの描いた受動性の余白に、ベルリン、ブダペスト、アルジェ、アデン、ワッツビル、プラハ[☆7]を書き込むことができる。彼自身、サンクトペテルブルグ、クロンシュタット、バルセロナ、ワルシャワ[☆8]を書きこむこともできただろう。こうした蜂起の多くが敗北に終わったことを認めるのは正当であろうが、オーウェルはそこからさらに進んで、希望の活力を断ち切ってしまった。彼はあらゆる抑圧された者たちに巨大な無関心を投影（プロジェクト）した。そんなものがあったとしたら、これこそが人為的に作りだされたムードだ。人口の八五%が無関心な大衆と見なされており、この人々を描く言葉としての〈プロール〉は、〈党〉のジャーゴン以上のものであるように思える。〈党〉は彼らを「生まれながらに劣った存在……動物同様[★15]」と見なしているが、オーウェルはこの人々をどう見ているのか？　街頭で叫び声をあげる愚劣な群衆として。酒を飲み、賭け事に興じる人々として。「アリと同じ、小さなものは見えるが大きなものは見えないのだ[★16]」。「考える術など身につけたことはない人々[★17]」。それは、一九一四年以前に私立初等学校の少年が見た労働者たちの世界だ。「幼年時代のわたしにとって、あるいはわたしのような家庭のほとんどすべての子どもたちにとって、「平民」はほとんど人間以下のものと思われた」[18]。だが、若い頃に経験したほかの出来事と同じように、この「ほとんど人間以下」の世界は、彼自身の階級への嫌悪の瞬間には、未来の希望、「神秘的な崇敬の念」[19]とともに注視すべき救済者のようにも見えてくる。「考える術など身につけたことはないのだが、だれもが胸と腹と筋肉のなかにいつの日か世界を転覆させる力を蓄えつつある人々」[20]。「あの力強い腰からいつの日か意識を持った人間の集団が生まれてくるに違いない」[21]。

この陳腐な革命的ロマン主義は、最初にあった観察と同じくらいに侮辱的である。それは寓話で書かれたような動物たちの蜂起なのだ。「ことばに出すと、これ〔「希望があるとするなら、それはプロールたちのなかにある」というウィンストンの信念〕は理にかなっているように響く。それが信仰を要する行為となるのは、舗道ですれちがう人々を見るときなのだ」[22]。どれほど辛辣であろうと、次のことは言わねばならない。もし一九八四年の圧政がついに到来するとしたら、それをイデオロギー的に準備するための主要素のひとつはまさに、こうやって「大衆（マス）」、「舗道ですれちがう人々」――その八五％は〈プロール〉だとされる――を見るやり方であるだろう、と。この多数派に属する人、あるいはこの多数派の人々を人間として知っている者ならばだれも、通りの向こう側にいる人影がこの人々のことを服従させるべき動物と見なしていようが、やがて力強い腰から未来を生み出す思考力のない生き物と見なしていようが、気にも留めないだろう。そのような不完全な人間性は、興奮した身振りで観察する者自身のなかにこそ、あまりにも明白に見て取れることだろう。

政治的には、はじめから終わりまでこのような調子が続く。オーウェルは複数の国家集団に分断された世界を明敏に察知した。しかし、「タンジール、ブラザヴィル、ダーウィン、香港を四隅に据えた大略四辺形」に住む「低賃金で骨身を惜しまず働く何億もの苦力」[★23]はやはり受動的である。「仮にそれらの人々が存在しなくても、世界社会の構造と、その構造を維持する過程に本質的な変化はないだろう」[★24]。これらの人々についてだけではなく、大都市（メトロポリス）／中核地域の諸国を維持する搾取の構造についても、これはひどい過小評価である。無関心な大衆の理解を越えたひとにぎりの人々のあいだの闘争として闘争をとらえることで、オーウェルは敗北と絶望におあつらえ向きの条件を作り出してしまったのだ。

　彼は過少評価を続ける。一般的なものであれ個別的なものであれ、忠実さゆえに逮捕のおそれをかえりみずにスペインへと戻る人々を彼はかつて見てきた。彼は、抑圧下における何百もの忠誠の実例を見てきた。彼の妻は、そばにとどまって彼を助けるためにバルセロナに滞在し、警察が彼女の部屋を捜索する最中にベッドに横たわったままでいたことすらあった。にもかかわらず、

おおきな栗の木の下でー
なーかーよーくー裏切ったー

　彼はこれを「耳障りで聞き手を馬鹿にしたような音調、黄色い調べ」[★25]と的確に描写できているが、それでもこれは彼が起こしたことなのだ。勝ち残り競争（ラット・レース）の立てるシニカルな金属音――それと似たような音が、政府機関のオフィスや政党のほうから聞こえてくるのをそれ以来ずっとわたしたちは耳にし

ている——は、一〇一号室のなかのネズミの悪夢へと一直線に続いている。もちろん、人は拷問に屈するが、すべての人が屈するわけではない。薄汚い抑圧的な世界にあっても、ウィンストンとジュリアのあいだの一時の恋愛関係よりも深い個人的抵抗のかたち——オーウェルもたしかにそれを知っていたはずだ——は存在するのである。

〈党〉によるセックス抑圧キャンペーンはこの未来像(プロジェクション)のなかでも、とても奇妙な要素のひとつである(この要素がザミャーチンの『われら』[☆9]からの影響であるように思えることは、妥当ではあっても二次的なことでしかない)。このキャンペーンの目標はコントロールの効かない忠実さの形成を妨げることであるが、さらに大きな目標は「性行為からすべての快楽を除去すること」である。[★26]そのようなキャンペーンは実際に存在したこともあるが、ある種の搾取をおこなう体制においては、第一の目的は第二の目的を抽象的に反転することで達成される。忠実さのない快楽は売買可能で、制度的でもある商品ですらある。オーウェルがさまざまな統制とゆがんだ状態に対抗するものとして、ウィンストンとジュリアとのつかのまの情事しか提示できなかったのは奇妙なことだ。この挿話のはじまりは『葉蘭をそよがせよ』における情交を目的とした田園地帯への旅[☆10]に似ているが、それはすぐに、いかなる相互を承認しあう個人的な経験ともかけ離れたものになる。

彼は胸が躍った。彼女は何十回とやったのだ。何百回と、いや何千回とやってくれたらよかったと思う。なんであれ堕落を匂わすものによって、彼の心は無謀な希望で満たされるのだ。[★27]

友情や結婚で結ばれた男女たちの普通で持続的な愛ではなく、意図的な堕落や無差別的なもの――「単純な相手構わぬ欲望」[★28]――こそが、あの喜びのない世界に対抗するものとして〔それは通常、この世界の一部であるにもかかわらず〕提示されている。ウィンストンの結婚は冷たく惨めな日課になっていた。堕落の気配だけが快楽をもたらせるのだ。

『一九八四年』の数多くの失敗のなかでも、おそらくこれがもっとも深刻なものだ。私的生活のなかにある普通ならば頼みの綱となるものがすべて、〈プロール〉と同じくらいにあっさりと無価値なものと見なされている。未来を生み出す「力強い腰」についての孤独な幻想は、思春期の孤独な混乱と結びついている。この混乱のなかでは、情交はあまりにも罪深いものと考えられるために、その対象の堕落は快楽にとって必要な要素なのである。ウィンストン・スミスはまったく人間らしくない――その意識、人間関係、愛するための、庇護するための、耐え忍ぶための、忠実であるための能力において。彼は〔それまでのオーウェルの小説群に登場する〕一連の切り詰められた人物像の最たるもの――彼を創造した者よりも、経験、知性、忠実さ、勇気において劣る存在――であり、彼を媒介として、拒絶と敗北がもたらされるのである。

『一九八四年』における未来の展望についての問いは、メルシエ[☆11]やウェルズの楽観主義から、ハクスリーやオーウェルの悲観主義への変化についての抽象的な問いではない。抽象的な楽観主義も悲観主義も、ほとんどひとしく見当違いなものであり、一般化された未来を暗いものと考えるにせよ、明るいものと考えるにせよ、どちらであれもっともらしい根拠は存在している。押しつけられた全般的なムードよりはるかに重要なのは、〔作品において〕活用される経験の大きさである。経験を制約する期待や警告には、限られた妥当性しかない。ゆえに『一九八四年』についての問いは、オーウェルのそれ以前の小説群についての問いと同様に、なぜ彼が創造した状況や人物たちは、彼自身の観察を書いた著作と比較して、深みがなく限定的になっているのか、ということだ。これは第一には政治の問題ではなく、自我と社会のより拡張された経験にかかわる問題である。彼の唯一の成功したキャラクター「オーウェル」――身体的にも知的にも生き生きとして、意識的で、タフで不屈の男――の力強さと明敏さの下には、これらのより弱々しく、より小さな意識しか持たないキャラクターたちが、画一的で芝居じみた世界のなかをうごめいている。核心的に重要なのは、個人的な矛盾の数々ではなく、ある社会とその文学とのずっと深いところにある諸構造である。オーウェルはこのような世界を想像すること（プロジェクションズ）をつうじて、彼自身よりもずっと大きなものを表現していたのだ。

第七章　さまざまな連続性

死後すぐに、オーウェルは実質的に象徴的な存在となった。彼は実践において生きることと書くことを切り離すことができない者の一人だったのであり、ほかの者たちが生き、書くうえで利用できるひとつのスタイルを彼はもたらしているように思われた。彼が幻滅し、人間らしく（ディーセント）、質素に生きる反共産主義者――時代が求めた人物像――だったことがその理由だと述べるのは安易だろう。もちろんこうしたイメージは喧伝されていたが、彼の読者たちの大半はそのようなイメージにまどわされることはなかった。彼を尊敬した人々が、徹底的な社会変革への関与を放棄した者たち、その口実としてオーウェルの幻滅を利用していた者たちばかりではなかったということは重要だ。そうした者たちは山ほどいたし、このような過程をみずからの生においてくぐり抜ける必要すらなかったのにオーウェルの幻滅を口先だけで受け入れた者たちもいた。だが、オーウェルが歩みを終えた地点から政治参加をはじめた者たちもおとらず多かった。この者たちはスターリニズム、帝国主義、イングランドの既成権力（エスタブリッシュメント）については彼と同意しつつ、彼の挫折感から脱出してあらたな社会主義の政治を作り上げたのだ。

たしかに、オーウェルの「鯨の腹のなかで」や『一九八四年』からありきたりの北大西洋〔条約機構〕的なムードへとつうじる明白な線が存在する。このムードのなかでは、あらゆる人道的で肯定的な信念、とりわけ徹底的な変革への信念は、なんらかの個人的ないし社会的な不適応の投影か、そうでなければ世間知らずで、素朴で、青くさい理想論であるとはなから決めつけられてしまう。それを奉じる者たちの意志や洞察力にもかかわらず、そんな理想論は実践においては権威主義へとまっすぐにつながってしまうし、そのような無垢な見せかけの背後ではより邪悪な者たちがつねに権威主義を準備しているものだ、というわけだ。こうした説明や警告は、過去数年間にわたる〔一九六〇年代末の〕学生運動に向けてなされたように、ときとしてオーウェルの名前を挙げて、いまもなお自信たっぷりに提示され続けている。これと多分に関係して、「ライオンと一角獣」やこれと類似のエッセイにおけるオーウェルの社会思想から五〇年代と六〇年代のイギリス労働党の修正主義者たちへとつうじる明白な線もたしかに存在する。社会主義とは平等の追求だとするこうした人々の定義は伝統的な響きを持っていたものの、それはもっとはっきりした現代的意味を持っていた。豊かな産業社会の発展は、かつて社会主義経済として理解されてきたものを時代遅れにした（と彼らは論じた）。あらたな無階級性（クラスレスネス）が自然に台頭しており、さまざまな実践的な社会改良施策はその流れを強めるだろう。オーウェルの言葉で言えば、「家族のまちがった構成員たち」、古い「封建的」ないし「貴族的」諸要素は、あたらしい男たち、「あらたなイギリス」に取って代わられるだろうし、そうすればこの国はもっと文明的でもっと人道的になり、もっと全般的かつ平等に繁栄することだろう――これはまさにはやくも『ウィガン波止場への道』の時点からオーウェルが望んでいたことだ。これは政治的議論に直接に関与していなかった急進派の者たちが抱いていた次のような感情と関連している。ほかの社会主義作家たちとはちがって、オーウェルはイングランド的生活――そのペース、寛容さ、抽象的な議論や極端なほどにつきつめられた理論に対する不信――をよく理解していたという感情だ。それは良識、穏健さ、人間らしさ（ディーセンシー）を特徴とする生活であり、いかなる性急ないし過激な変革もそのような生活を乱し、危険にさらしてしまうことだろうが、それでもなお、それは人間味にあふれた責任ある生き方の順調な拡大の基礎であるのだ、と。

　こうした見解やムードはオーウェルの遺産だと呼べるだろう。しかし、だとすると、スエズ、ハンガリー、そして原爆を契機として政治活動を再生させた世代もまた彼に尊敬のまなざしを向けたということは、なおさらに注目に値する。この世代が信奉したのは、あらたな社会主義運動であるばかりではなく、デモ、直接行動、街頭や個々の地域での政治活動などといった攪乱を土台とする運動だった。このニューレフトは、とりわけその初期において、オーウェルをまさに尊敬していた。スエズ侵攻は[☆1]、彼が一貫して攻撃していたイギリス帝国主義のおおっぴらな行動だった。ハンガリー革命は、官僚主義的で権威主義的な共産主義に抗する民衆的で社会主義的な蜂起であり、それは、彼がスターリニズムについて述べてきたことを裏づけるものであると同時に、カタルーニャで彼が讃歌を送ったような真正な運動の実例でもあった。原爆の危険――「われわれがそれを放棄するか、それがわれわれを滅ぼすか」――は、彼が理解したとおり、文明を破滅させうる兵器であるのみならず、その脅威のもとに権威主義的な戦争経済の発達と拡大をうながすものでもあった。そしてこうしたさまざまな政治的立場と密接に関連して、労働について、貧困について、民衆文化について書いたオーウェルがいた。イングランドの大多数の人々が生きて感じていた場所で、生きて感じようとしたオーウェルである。それは、既成権力（エスタブリッシュメント）の文化の領域を越えたところで報告し、理解し、敬意を払うことであった。イギリスのニューレフトのものであると認めうるこうした諸要素は、それと同じくらいあきらかにオーウェルの実質的な遺産だったのだ。

それでは、同じ人間、同じ作家がこれほどにことなる諸傾向を象徴し、対立しあう集団に奉じられ、敬意を払われるとき、この現象はいったいどんなものなのだろうか？　オーウェルの遺産をめぐって論争をはじめるのは簡単だが無益なことだろう。それは死体や衣鉢の奪いあいのようなもので、継承者と称する者たちに威厳を与える人物像やスタイルとして彼の遺産を争うことでしかない。有益な分析であろうとするならば、そんな論争に立ち入ることは決してできない。逸話から物真似に至るまで、すでに飽和状態だ。「父はジョージ・オーウェルの知りあいだった」は調子外れの古謡でしかない。

なんらかの還元的な分析を試みるのも、あまり有益ではない。こうしたことなる諸傾向を時系列的に整理できると言うのは安易だろう。例えば三〇年代のオーウェルは社会主義者、四〇年代のオーウェルは反動、そのあいだのどこかに急進主義的なオーウェルが、といったぐあいに。だがわたしは彼の著作を仔細に検討し考えてみたが、この説明は有効ではないと確信している。いずれの時期からもこうした立場のそれぞれの証拠となるものを導きだすことは可能だが、当然ながらそれらにはさまざまにことなる強調点が附随している。二〇年代初頭には反帝国主義者、三〇年代後半には革命的社会主義者、三〇年代後半から四〇年代にかけては急進主義的なエッセイストの立場が存在している。

だがこれらそれぞれと同じ時期には、敗北のパターン、社会主義の空論の先を見とおす孤立した誠実な男という人物像、イングランド神話の宣伝が存在している。あるいは四〇年代には幻滅し苦々しい気持ちを抱いた予言者も存在し、進歩はいかさまであり、革命は自滅的であると見なしている。だがこの同じ人間は『トリビューン』紙の急進主義的なエッセイストでもあり、彼はスターリニズムの犠牲者たちを擁護することのみならず、「あらゆるイギリス帝国市民の市民的自由」[★1]を擁護することにも活動し、さらにみずからの疑念や留保を越えて、ソ連に原爆の機密を漏洩したために有罪を宣告された者までをも擁護したのである。[★2／☆2] オーウェルの成長にはさまざまな段階が存在することはじゅうぶんにあきらかだが、いずれの時期にも同様の矛盾が存在しているのだ。

著作の形式による還元的な分析もまた、もっともらしく思えるかもしれないが、やはり真に有効ではない。急進派の者たちの多くは彼のエッセイを好んでいるようだ。「ドナルド・マッギルの芸術」とか「チャールズ・ディケンズ」とか「貧しき者の最期」とか「ラッフルズとミス・ブランディッシュ」とかが、どういうわけか彼の主要作品のような扱いを受けている。こうした作品やそのほかのエッセイの多くをわたしも評価しているが、彼のほかの作品からそれらを切り離せるとは思わないし、こうした小品だけに限定されると、オーウェルはずっと小さな存在になってしまうだろう。『空気を吸いに』までの小説群はどうだろうか。それらは一般に意識されているよりもずっと影響力を持っている。実際それらは、五〇年代のふらふらしたアンチ・ヒーローを扱ったイングランド小説のスタイルを創造したと言うこともできよう。[☆3] もっともオーウェルの小説自体、ウェルズ、ジョイス、ギッシング、サマセット・モームなどから多種多様な影響を受けているのだが。だが大事なのは、この小説群のなかには矛盾する諸傾向がすべて内在しているということだ。口語的なスタイルや普通の生活の探究のみならず、敗北、自己嫌悪、そして〔社会への〕再吸収を隠すためになされる漠然としたののしり言葉からなるパターンもそこにはある。日記や調査報告にはたいていの場合、より強く、より一貫した立場が存在するが、『カタロニア讃歌』を除くほぼすべての作品のなかには基本的にあいまいな点のいくつかが明白に存在している。「オーウェル」──あの誠実な観察者──の創造は、フィクションにおけるキャラクター創造よりも成功しているが、それでもなお、あの中心的意識に内在する矛盾をわたしたちは説明せねばならない。

それどころか、こうしたさまざまな矛盾、オーウェルのパラドックスは、ほかにまさる重要性を持つものと見なされねばならない。あれこれの傾向を選んで「本当の」オーウェルとしたり、あれこれの時期やジャンルを区別して断片化したりすることによって矛盾を平板化してしまう代わりに、最終的に重要なのはこうしたパラドックスなのだと言うべきだ。こうした矛盾を単純に説明してしまうならば、これほど複雑な人間を正当に評価することは絶対にできないだろう（彼は表面的にはわかりやすく見えるだけに、余計に複雑なのだ）。どんなものであれ完全な説明のために必要な概念のいくつかは、まさにわたしたちがオーウェルと共有するものゆえに、手の届かないところにあるのかもしれない。特定の歴史的苦難や、さまざまな反応や反応の失敗から構成される特定の構造を、わたしたちは彼と共有しているのである。だが、二つの論点を示唆することはできよう。

第一に、個人としてのオーウェルを論じるための鍵はアイデンティティの問題である。彼はある特定の意識を形成するための教育を受けたが、彼の全体的な成長への鍵は、それを放棄したということ、あるいは放棄することを試みたということ、そして、あらたな社会的アイデンティティを見いだすためにいくつもの試みをしてきたということである。この過程ゆえに、通常の人生の軌跡においてはありえないほどに多くのもの――帝国の警察官、臨時浮浪者収容所の住人、革命的民兵、脱階級化した知識人、中流階級のイングランド作家――へと連続的に変化した一人の作家をわたしたちは目前にしている。そして彼の作品の力強さは、放棄するために発揮された活力をつうじて、自分が直面するあたらしい経験のひとつひとつに対して、彼が例外的に開かれていたということにある。さまざまなことなる種類の人生が彼の内部を流れていたが、それらはより確立したアイデンティティからは最小限度の抑制しか受けることはなかった。そして彼が編みだしたスタイル――考え抜かれた簡潔さ、「意味に語を選ばせること」[★3]――が示しているのは、つねに真剣に旅をする一方で、彼がつねに身軽に旅をしていたということだ。この性質に関連づけることができるのは、自分の以前の態度や経験をみずからすすんで放棄する彼の姿勢、そして、自分の以前の態度や経験――あるいはそうした態度や経験をまさに取っているほかの人々――にたいして、あたかも自分とは関係ないまったく別個のものであるかのごとく、いそいそと軽蔑や怒りを込めて書く彼の姿勢である。しかしながら例外的な流動性の時代にあって、これには否定的要素と肯定的要素の両方がある。オーウェルが実際にしたように、あれほどまでに親密に、またあれほどまで多くのことなる人々と結びつくことができたのは、まさしく彼の持続的な流動性ゆえ、彼がさまざまな役割を次々に真剣に引き受けたことゆえであった。ある状況のなかにいるとき、彼はそこにとてもうまく溶け込んでいるので、彼は例外的なほどに説得力のある存在となり、そして、彼が書く種類の文章は、同じことが自分自身にも降りかかっているのだと読者が信じることを容易にしてくれる。根を持たないことは、障壁を持たないことでもあるのだ。

これは、キーツがかつて書きしるした作家の「消極的能力(ネガティヴ・ケイパビリティ)」であると言うことは可能だろう。[☆4]だが「作家」なるものの不変の心理状態は存在しない。これはある特定の時代におけるある特定の種類の作家の社会的心理状態なのである。オーウェルの時代においては、これはひとつの階級的心理ですらある。オルダス・ハクスリー、W・H・オーデン、グレアム・グリーン、クリストファー・イシャウッド[☆5]などは、それぞれさまざまなちがいはあっても、この立場を構成する重要な諸要素をオーウェルと共有している。身軽かつひんぱんに旅をすること、それが彼らの公然たる社会的履歴だった。それは、自分たち自身の立場をさまざまに変えながら否定をくり返すことをつうじて、他者たち——さまざまなほかの人生、とりわけさまざまなほかの信念、ほかの姿勢、ほかのムードなど——を理解／具現化(リアライズ)することだった。この感情構造は「消極的能力」という言葉でキーツが言わんとしたものではない。それはより先鋭であると同時に、より小さなものでもある。こうした次々になされる理解／具現化(リアライゼーション)は明晰かつ記憶に残るものであり、そうした性質はたしかな達成である。しかしそこには典型的な冷たさも、一人の他者の完全な人生を理解／具現化することの不可能性も存在している。他者はむしろ、その人の前に開けてゆく風景のなかの人影としてしか見られていない。オーウェルの場合、この冷たさは彼の小説群に歴然とあらわれている。そこにおいては、旅の途上で出会った他人、あるいは目撃した他人以上の存在感を持つ他者が予期されるものの、そのような存在が現実にあらわれることはない。そこに描かれる関係性はその特色として、貧弱で、つかのまで、不承不承で、幻滅を誘い、裏切りをはらむことすらあるが、これほど寛大な人間の作品のなかにあっては、これはきわめて驚くべきことだ。だが少なくともこの点においては、オーウェルは自分の時代の気質にならって書いていたのだと、とても明確に気づかされる。彼の小説中の関係性は、ある一時代のフィクションに典型的な関係性なのだ――この時代を特徴づけていたのは、いまやこれこそがあらゆる関係性の実像なのだという確信、あるいはドグマとすら呼べるものだったのだ。これこそ、オーウェルのパラドックスを説明するためには意識や彼の時代の社会構造を越える諸概念が必要となると述べたときにわたしが言わんとしたことである。いま提案できるのは経験のみである――ほかの、もっと充実した、もっと持続的な関係性が存在するという経験、このような疎外すらも越えてゆく道があるという経験である。

だがオーウェルは命がけで、肯定することをくり返し試みていた。これこそが、この支配的な感情構造のなかで彼を受動的な人物像よりもはるかに重要な者としたのである。彼はこの感情構造を共有はしていたが、それを乗り越えようとしていた。同じ世代のだれにもおとらず明確に、結局のところこれは歴史的な危機であり、人間の条件や形而上学的事実ではないということを彼は感じ取っていた。それゆえに、彼の流動性はあきらかな社会的意図を持っていた。彼は身軽に旅をしたが、彼の時代におけるあらゆる決定的な場所を彼が訪れ、あらゆる決定的な経験を彼がしたのは、たしかな本能ゆえであり、偶然ゆえではなかった。しかも、彼はたんなる訪問者であるだけにもとどまらず、参加することを欲し、希望する者でもあった。彼はただひとつの人生に、帝国主義、革命、貧困の直接的経験を詰めこんだ。彼にはそれらの経験を説明する理論も、彼自身の役割を越えたひろがりを持つ、なにかに根ざした肯定的信念もなかった。だがたいへんな執拗さ、粘り強さ、勇気をもって、彼は自分自身を決定づけていた歴史を経験するため、そしてその決定のあり方を変えようとするために、その歴史の中心の数々へと赴いた。彼はすすんで苦労を引き受け、訪問と参加を続け、そして、まさにこのような探究の一機能として書くことを学んだ作家であったのだ。

しかしそれゆえに、これはひとつの個人的履歴以上のものである。彼と同じ時代を生きた者、あるいは彼と部分的に時代を共有した者ならばだれであれ、彼が直面した危機をひとつの個人的展開へと切り詰めることは、誠意をもってできることではない。彼の数々の成功と失敗には重要な個人的要因が存在してはいるが、その最深部にある諸矛盾のいくつかはある共有された歴史の一部なのであり、あたかも彼が抽象的な批評の問題でもあるかのように、自分たち自身を一段高いところに置くことはできないのだ。

したがって〔オーウェルを〕理解するための第二の鍵は、社会主義革命、帝国主義、ファシズム、戦争の時代における資本主義的民主主義の本質である。三〇年代には、資本主義的民主主義を、政治的帝国主義と経済的不況の文脈で理解することは困難ではなかった。そのファシズムとの共犯性、あるいは寛大に見ても、それが社会主義を共通の敵としてみずからすすんでファシズムと取引をしたということは、そのソヴィエト連邦との関係においてのみならず、スペインにおいても見てとることができた。ソヴィエト共産主義の本質やスペイン共和国の内部政治についてさまざまな留保をつけることはできたが、〔それらの〕一連の方向性は有効であった、あるいは有効であるように長年にわたって思われていた。資本主義的民主主義はファシズムと戦おうとはしなかったし、植民地の人々を解放しようとも、みずからの社会における民主主義の体裁を損なっていた貧困を終わらせようともしなかった。

社会主義には深刻な内的差異があり、それ自身深いところにゆがみを持っていたが、あらゆる場所でそれは、あの危険で搾取を続ける連合勢力に対抗するための名前だったのだ。

強大な歴史的苦難のもと、非常に複雑な因果関係の作用のなかで、この世界観は深刻な修正を受けた。ソヴィエト連邦とスペインにおける革命の展開はそれ自体、それに敵対する連合勢力の性格と、それ自身が存続する絶望的な必要性によって、深く痛切な悪影響をこうむった。たかだか数年のうちに、起こりえないとかつて思われていたことが不可避の歴史となった。それはスターリン裁判におけるソヴィエト共産主義のさらなる堕落や、スペインの裏切りばかりではなく――それだけでも痛切なのだが――一九三九年の世界を変える出来事でもあった。スターリンとヒトラーのあいだに結ばれた独ソ不可侵条約、そしてファシズムと資本主義的民主主義との戦争勃発である。現在の観点からは、この過程を理解するためになんらかの視野を獲得することも、以前よりは容易であるかもしれない――旧来から積み重ねられた裏切りと怠慢の長い歴史のなかに信じがたいことの影を見いだすこと、潜在していたさまざまな矛盾がついに明るみに出てきたものとしてこの過程を理解することである。

だが重要なのは当時のこの衝撃ばかりではない。オーウェルがいた立場に立っていただれにとっても、そのもっとも重要な結果は、そこから帰結する資本主義的民主主義に対する反応だった。というのも、旧来の矛盾や幻想の数々を越えて、あらたな矛盾や幻想の数々がほとんど気づかれないうちに生じていたのは、まさにこの地点であったからである。オーウェルにとって対ファシズム戦争の物理的不可避性は第一に、すでに見たように、祖国に対する伝統的な愛着と結びついていた。オーウェルの成熟期のイングランド神話は、まさにこの地点で書かれた。だが問題なのはイングランドばかりではなく、資本主義的民主主義の本質でもあった。イングランドに適応し、対ファシズム戦争に適応するなかで、過剰適応におちいるのはたやすかった。「民主主義」の修飾語として「資本主義的」を事実上書き落とすこと、あるいはその現実を過小評価することは可能だった。同様に、幻想のなかでは対ドイツ戦争を革命戦争に転換することは可能だったし、より深く、はるかに存続している幻想のなかでは、きわめて迅速かつ大きな混乱もなしに、消耗した古めかしい体制の薄い上皮のような上流階級を突き破って、真のイングランド——民主的なイングランド——を浮上させることも可能であったのだ。「民主主義」のみを〔資本主義から〕分離することは対ファシズム戦争の連携関係ではもっともらしく思われたが、それが可能であるかぎりで、この「民主主義」は、長い歴史的苦難のなかで権威主義へと転化してしまった社会主義体制にたいする争う余地のない批判の根拠へと仕立てあげられた。民主主義の経験はかつて現実のものであったこともある——リベラル資本主義の遺産、そして事実上民衆的で反資本主義的な文化であったものが激しく求めて戦った自由、その両方の面において——が、もしそうでなかったならば、これはそれほど意味のあることにはならなかっただろう。それは物理的にそこに存在していたが、その根本的に多様な諸要素は混ざりあい、見たところ解きほぐせないように思えた。だが民主主義体制と権威主義体制のあいだの対照関係だけを分離して特定すること、それぞれの現実の社会システムの発展しつつある矛盾をかかえた性格からこれらの体制を抽象化することをつうじて、一連のあらたな幻想、あたらしくはあっても歴史的には永続しなかった世界観が現実に準備されることになった。実際、その構造と効果という点で、これはかつてなされた「社会主義」の分離と抽象化に類似していた。

ほかの西欧諸国においては古くからの秩序の構成分子がファシズムと協調しており、必要な抵抗運動のなかであらたな連携関係が形成されねばならず、そこではほかのさまざまな選択肢が可能だった。だがイングランドでは資本主義的民主主義が存続しており、その主要な諸矛盾は手つかずのままであったにもかかわらず、それは現に社会民主主義である――あるいは社会民主主義になろうとしているところである――という見せかけや希望が、だれの言い訳としても役に立たないくらいに長続きしてしまった。一九四五年から五一年にかけての、そして六四年から七〇年にかけての深刻な幻滅を経たあとでも、この見せかけや希望は存続した。だがこのような幻想は決して変化のないものではない。「民主主義」と「共産主義」との社会的対照が唯一有効なものだったならば、資本主義――社会民主主義に転化する「まぎわ」の資本主義――とのなんらかの和解は、最初のうちは一時的に、そしてそのあとは習慣的に考えうるものとなった。この和解をしたあとでは、しかもそれと対応して「共産主義」を唯一の脅威として認定したあとでは、資本主義的帝国主義には依然としてなにができるのかを理解し、認めることは困難になってしまった。オーウェルの死以来の年月のなかで、資本主義的帝国主義は抑圧や戦争において、そのようなことをくり返してきたのだ。

これこそが一九四〇年代なかばに、硬い結び目が作られるかのように成立した困難だった。そしてオーウェルは、実際にその成立を助長してしまった。そのうえオーウェルは最後の小説で、この幻想のなかの肯定的に思える要素――社会民主主義がすぐにでも実現するという信念――を放棄してしまい、彼にはその否定的な効果だけが残された。彼は未来に権威主義的共産主義だけしか見ることができず、そこには、それに代わる社会勢力や対抗的な勢力は存在しなかった。最終的に『一九八四年』

となった著作の当初のタイトル案は『ヨーロッパ最後の人間』であったが、あきらかにそれが実感だったのだろう。この小説には一定の厳然たる誠実さがあるが、さまざまな政治的矛盾と、それらにともなう分離や抽象化が、あらゆる独立した社会的アイデンティティの欠如と結びつくときに、真の恐怖が生みだされる地点をそれはあきらかにしている。

もしこうした諸矛盾がこれほど全般的なものでなかったら、このことがこれほど多くの人々の心に届くことはなかっただろう。だがオーウェルにとっては最後の絶望的な賽の一振りだったものは、不条理にも多くの人々にとっての生活様式へと転化した。彼の徹底的な悲観主義は、資本主義への順応と、社会民主主義がすぐにでも実現するという幻想とに結びついた。オーウェルにとって恐怖とともにゆきづまりを迎えたものは、居心地のよい永続的な世界観となった（上の世代にとっては、ベトナム戦争が起こったのちですらそれは存続している）。

現在、唯一有益なのは、それがいかに起こったのかを理解することだ。混乱した流動的な歴史のなかにおいて、彼が経験したようなアイデンティティの喪失は起こりつづけている。彼が作りあげようと試み、そのために命を捧げる用意のあったアフィリエーションの形成は、当時のさまざまな政治的矛盾によって妨げられてしまい、それは最終的には幻想と恐怖のなかに失われてしまった。この作家は、政治の闘士との乖離を余儀なくされた。民衆に対する信頼は、進化を経た遠い将来へと投影（プロジェクト）されねばならなかった――「思考力のない人間以下の存在」という彼が最初に抱いていた階級的観念が、無関心で辛抱強い大衆という幻滅した見方へとあれほど安易に変換されなければ、それほど遠くに投影される必要はなかったはずなのに。彼を越えたその先で、彼が経験した数多くの矛盾のなかをくぐり抜けて、現実の民衆的諸勢力は運動を続けてきたし、彼が参加したものの絶望した闘争は再生され、拡大され、重要なあたらしい拠点を獲得してきたのである。

彼の率直さ、彼の活力、みずからすすんで参加する彼の姿勢を無くしても大丈夫な時代には、わたしたちは決して到達しそうにはない。ほかのいかなる点でことなる結論に達しようとも、彼のこうした資質をわたしたちは尊敬し続けるだろう。だがそれらが本物の資質であるのは、それらが独立不羈で活動的であるかぎりにおいてだ。わたしたちは彼の作品、彼の歴史を模倣するのではなく、読まねばならない。喉に受けた傷、悲しく強い顔、困窮と無防備に身をさらす経験のなかで書かれた平明な言葉とともに、彼はいまなお、触知できるほどにそこにいる。だが手を伸ばし彼に触れようとするとき、わたしたちは彼の厳しさ、必要な厳しさに気づかされる。わたしたちはこの存在と距離を認めている。それはことなる名前、ことなる時代、敬意を払い、記憶にとどめ、そこから出発すべき歴史なのである。

第二版へのあとがき　一九八四年の『一九八四年』

1

なんらかの実在する社会が一九八四年において、オーウェルの小説が描いたこの世の地獄によく似た状態になることは、まったく起こりそうなことではなかった。彼はいずれにせよ、その種の未来像（プロジェクション）を作っていたわけではなかったのである。

> わたしが描いたような種類の社会がかならず到来するだろうとは思いませんが、（もちろん、あの本が諷刺であるという事実は割り引いたうえで）それに似たものが到来する可能性はあると信じています。★1

このただし書きは重要である。これ以前には、彼は次のように書いていた。

これは未来についての小説──つまり、ある意味ではファンタジーだが、自然主義小説の形式をとった作品──です。そのことが、この本を書くことをむずかしくしているのです──もちろんただの未来予測の本であれば、書くことは比較的単純なのでしょうが。[★2]

彼が恣意的に設定した年〔一九八四年〕において彼の洞察の再評価を試みるとき、この形式上の困難は強調する必要がある。この形式は、彼の言葉でいう「ファンタジー」と「自然主義小説」との組みあわせよりも実際にはずっと複雑である。というのもここには第三の要素が存在しているからであり、この要素をもっとも明確に表現しているのは、悪名だかい〈あの本〉[☆1]からの抜粋と「〈ニュースピーク〉の諸原理」についての附録である。〈あの本〉の場合にはとりわけ、その執筆の方法は議論の方法、すなわち歴史的・政治的エッセイの方法である。

したがって、この小説には実質的に三つの層が存在する。第一の層は下部構造で、これはオーウェルのほかの小説を例としても、すぐさま認識できるものだ。この層においては、主人公－犠牲者はうすぎたない世界のなかでさまざまな誤解や失望を次々と経験しながら、より甘美な生──記憶でも想像でもあるもの──の可能性にすがりつこうと試みるものの、それは失敗に終わる。第二の層は議論の構造、さらに言えば未来予測の構造である。それは〈あの本〉からの抜粋のなかと、この社会の現実をかなり一般的に描写するいくつかの場面のなかに存在する。第三の層は上部構造であり、もっとも記憶に残る要素の多くがここに含まれている。この層においては、ファンタジーから諷刺やパロディまで多岐にわたる方法によって、この社会の残酷さと抑圧が、滑稽であると同時に容赦のないほどに不条理なものとして示される。

　これら三つの層は当然ながら相互と連続的であるが、彼自身が認めていたように、その連続性は不完全なものでしかない。主人公‐犠牲者の人物像には連続性がある。それは彼の記憶ないし想像力の核心には真実という観念があり、この社会秩序はそれを断固破壊しようとしているからである。日常のみすぼらしさにはもっと全般的な連続性がある。それは、恒久的な戦争状態は民衆たちを貧困にとどめるために制度化されたという議論においてだけではない。権威主義的ユートピアの標準的な状態——そこでは物質的な豊かさがありふれている——を辛辣に反転させたものとしても、この日常のみすぼらしさには全般的な連続性がある。同様に、上部構造のなかにあるもっとも風変わりな要素の数々——監視用テレスクリーン、〈ニュースピーク〉、〈記憶穴〉、〈二分間憎悪〉、〈反セックス青年同盟〉——は、中核的な社会秩序の精神状態を諷刺的に客観化（プロジェクション）したものである。

> わたしは……さまざまな全体主義的観念があらゆるところで知識人たちの精神のなかにすでに根をおろしていると信じており、このような観念を、それらの論理的帰結まで引き伸ばしてみようとしたのです。★3

議論の箇所に関しては、オーウェルはアメリカの出版社からのこの部分を短縮すべきという示唆を受けたが、それに強く抵抗した。

そんなことをしたらあの本の全体的な特色が変わってしまいますし、本質的な部分の多くが削られてしまうでしょう。★4

イングランドの出版社による広告案について意見を述べたとき、彼は同様の論点を提起していた。

あれではまるで、あの本が恋愛小説がかったスリラーであるかのように見えますが、そもそものようなものにする意図はありませんでした。あの本が実際にやろうとしていることは、世界を複数の「勢力圏」に分割することのさまざまな含意を検討することであり（一九四四年のテヘラン会談☆2の結果として、わたしはこのことを考えました）、それに加えて、それらをパロディ化することによって、全体主義のさまざまな知的含意を示すことなのです。★5

したがって、オーウェル自身のこの本のとらえ方には、こうした中心的な議論の構造、つまりこの考え抜かれた未来予測の要素を重視するための証拠を見いだすことができる。さらに言えば、一九八四年においてこの小説を読みなおすにあたって、わたしたちが第一に関心を向けるべきなのは、なによりもこの中心的構造なのである。

いくつかの形式上の困難にもかかわらずわたしたちはそうすべきなのだが、こうした形式上の困難については簡潔に注記できるだろう。オーウェルは病気のために非常に苦労して執筆しており、こうした議論の諸層を統合するうえで確実にいくつもの問題をかかえていた。このことは「ニュースピーク〉の諸原理」についてのエッセイを附録に収録せねばならなかったという事実にとりわけ明瞭にあらわれている。もっとも、このエッセイのいくつかの部分は、彼が物語の本体に含めた説明や事例をさらに発展させたものなのだが。これはオーウェルのもっとも活力のあるエッセイのひとつではあるものの、この物語の附録とされているために位置づけの問題が生じている。例えばこのエッセイの最初の二ページのなかで、オーウェルは次の二つの立場のあいだを揺らいでいる。まず〈イングゾック〉と〈ニュースピーク〉の歴史家としての立場──

本稿でわれわれが関心を持っているのは、辞典の第十一版に反映されているような〈ニュースピーク〉の最終的な完成態である。[★6]

そして次に、おそるべき未来像(プロジェクション)を省察している現代のエッセイストとしての立場──

〈ニュースピーク〉はわれわれが現在知っているような英語を基盤にしたものだった。とはいえ、多くの〈ニュースピーク〉の文は、新造語を含んでいない場合であっても、われわれの時代の英語の話し手にはまず理解できないことであろう。[★7]

この種の不確実性は実際には具体例の数々が惹きつける関心ですぐに乗り越えられるものの、この不確実性は〈あの本〉からの抜粋においてより深刻なやり方で再現されている。一方でこれから示すように、この抜粋は当時のオーウェル自身の政治思想にきわめて近く、彼があきらかに参考にしたいくつかの文献にはさらに近い。いずれにせよこの箇所は〈ブラザー同盟〉という地下抵抗組織の秘密の〈あの本〉からの抜粋という体裁を取っており、あしざまな非難を浴びるゴールドスタインがその執筆者とされている。他方、はじめは希望的かつ信頼できるように思えるほかの数多くの要素と同じように、この抜粋は〈党〉による完全な瞞着を構成する要素であると最終的に示される。〈党中枢〉の拷問者であるオブライエンは次のように述べる。


「わたしが書いたのだ。つまり、共同執筆者の一人だったということだ。君にもわかるだろうが、個人によって生産される本は存在しないからな」

「真実なのですか、あそこに書かれていることは？」

「現状の記述としてならそうだ。だがそこで提示されている展望はナンセンスだな」★8

瞞着と裏切りとの錯綜状態、そして真実と虚偽との計算づくの混同による錯綜状態は、この地点ではあまりにも大きいために、読者がどちらの解釈を信じるようにオーウェルが意図したのかと尋ねても無駄であろう。それよりもずっと重要なのは、この抜粋がこの小説のなかに含まれているということだ――完成済みの罠のなかでこの抜粋を使うことに、どれほどの真実味があるかはともかくとして。というのも、この世界がどのように変わりつつあり、またどのように変わりうるのかについての自分の考えを、一貫した議論のかたちで説明することをオーウェルは望んでいたからである。物語における〈あの本〉の位置づけが重要な問題になるのは、この抜粋やより全体的な物語におけるフィクションによる未来像(プロジェクション)を、こうした特別な形式上の諸問題を介在させずに彼が同じ時期に書いていたことと比較する場合のみである。

　思想の面ではこの本の基礎となっているこの中心的構造には、三つの支配的なテーマがある。第一に、三つの超大国への世界の分割があり、それらの超大国は絶えず同盟関係を変えては、限定的ではあっても恒久的な戦争状態にある。第二に、この超大国それぞれの国内の専制体制があり、そこでは社会階級間の関係についてある特定の解釈が示され、資本主義と社会主義の両方を超えて発達してきた全体主義社会が詳細に提示されている。第三に、思想とコミュニケーション手段をつうじた社会統制が例外的なほどに重視されている。この社会統制は直接的抑圧や拷問によって支えられているが、それはおもに「思考統制」をつうじて機能している。

　これら三つのテーマは、オーウェルがそれらを提示するやり方と、それらがかかわろうとしている現実の歴史の両方の点において、詳細に考察される必要がある。これら三つすべてを考察すること、またオーウェルがいかにしてこの三つが本質的に相互関係していると考えたのかを考察することはとりわけ重要である。しかしながら皮肉なことに、彼が期待したような真剣さでそれらを考察することが可能になるのは、次のことをおこなう場合だけである。これら三つのテーマを小説の実際の構造から一時的に切り離し、しかも、もっと恒常的には、それらを出版以来この小説を取り巻いてきた反響から切り離す場合である。

　例えば、これらの未来像(プロジェクションズ)をばかげたチェックリストにかけてみることもできるだろう。〈反セックス青年同盟〉は存在するか？　家庭内の人々を監視するための二方向スクリーンは存在するか？法が定める〈二分間憎悪〉は存在するか？　存在しない？　ならば、当時そのように述べた者たちがいたように、この本は狂気じみたホラー漫画か、せいぜい愚かなほどの誇張でしかないと証明された、というようなぐあいに。だがこうした諸要素はパロディ的な上部構造に属するものだ。それでは〈議論の〉構造はどうか？　だがこの小説を取り巻いてきた支配的な政治的反響においては、現実の世界にすでに証拠が与えられているからには、こうした議論の数々は検証する必要すらないとされてきた。「社会主義は世の中をこんなふうにしてしまう」とか、「ロシアや東欧ではすでにこんな状態になっている」とか。このような解釈はこの本の当初の成功の大半の理由であったし、これは疑問の余地のない解釈であるかのように依然として提示されているものの、オーウェル自身はこうした解釈からはすぐさま距離を置いていた。

> わたしの最近作の小説は絶対に社会主義やイギリス労働党（わたしはその支持者です）を攻撃しようとするものではなく、部分的にはすでに共産主義やファシズムに現実にあらわれている、中央集権的経済がおちいりやすいゆがんだ状態を暴露しようとするものです。★9

スターリンやヒトラーが支配した社会秩序には「部分的には……現実にあらわれている」。完全にゆがんだ状態はそれ以上のものであると示されている。さらに言えば、この本を読むのをやめて「それがすべてとっくに起きている」東欧の方にまなざしを向けるような安易な反応にたいしては、次のようなオーウェルの強調が抑制となるべきだろう。

この本の舞台がイギリスに置かれているのは、英語を話す民族が生まれながらにしてほかのどの民族よりもまさっているというわけではないということ、また全体主義というものは、それに対抗して戦わないでいたら、どんな場所でも勝利をおさめることがありうる、ということを強調するためです。[★10]

この論点は、冷戦時代になされたこの小説の利用や悪用にたいする部分的な修正以上の重要性を持っている。オーウェルの議論にとって核心的なのは、ここで描かれていることは、その主要な諸傾向においては普遍的な危険であるのみならず普遍的な過程でもある、ということである。これこそが彼の恐怖の真の源泉である。敵国を嫌悪しおそれるための土台として、この小説がなにかしらの国家のプロパガンダへと取りこまれ、その敵国にたいする戦争が準備されねばならないとしたら、次のような実に容赦のない皮肉な状況が生じていることになる。一九八四年におけるオセアニアの市民は計画されたとおりの思考におちいっているのに、自分は自由で、ほかの者たちだけがプロパガンダを受けて洗脳されているのだという保証をこの本から与えられていることになるのだ。オーウェルはそのような保証をまったく与えていなかった。超大国、監視国家、仕向けられた思考によって操作される大多数の人々を、彼はこの世界そのものが向かいつつある方向だと見なしていた。そのような方向の果てには、恣意的な敵や憎悪を向けるべき名前や人物は依然として存在しているだろうが、わたしたち自身の置かれた状況――いかなる国家や、いかなる同盟関係のなかにいようとも、わたしたち全員が置かれた状況――についての真実を見いだし、語るための能力はまったく残存していないことだろう。これは、いかなる単純な反社会主義や反共産主義よりもはるかに強硬な立場である。これは、実際きわめて強硬であるために、わたしたちは手はじめに、彼がそのあらがいがたい諸条件だと考えたものを検証せねばならない。まずは超大国と、限定的な恒久戦争という条件である。

2

『一九八四年』は起こりうる最悪の未来世界の想像図としてとてもひんぱんに引きあいに出されているので、少なくともひとつの点においては、オーウェルが全般的な危険をいちじるしく過小評価していたと述べることは奇妙に思われるかもしれない。この小説のなかでは一九五〇年代に原爆による戦争が起きていたことはあまり記憶されていない。原爆がコルチェスターに落とされたという言及はあるものの、それほど多くの詳細は描かれていない。現実の一九八四年の観点から読むと、いくつかの事例ではこの小説はあきらかに一九四〇年代に属していると思わされるが、これはその事例のひとつである。オーウェルはいちはやくこの新兵器の重要性に言及していた。一九四五年一〇月の『トリビューン』紙において、この新兵器が危険であるおもな理由は強国をさらに強くすることであると彼は書いた。製造のむずかしさゆえに、この兵器はすでに高度な工業化を成し遂げたひとにぎりの強国だけに保有されることだろう。「民主主義と民族自決の盛期」は、「マスケット銃とライフル銃の時

代」であった。いまや原爆の発明とともに、

> われわれの前途にあるのは、二つないし三つの途方もない超大国がいずれも数秒のうちに何百万もの人間を一掃できる兵器を所有し、それらのあいだで世界を分割するだろうという見通しである。★11

これは『一九八四年』の世界のあらましであるばかりではない。これはこの新兵器の実際の威力についての聡明な認識でもある。それでもなお、このような認識をしたあとで彼が物語のなかで描いた原爆による戦争は、それ独自のおそろしさがそなわってはいても、戦後には相対的に見覚えのある地表と社会が残存しているというものだった。これはオーウェルにとって不名誉になることではない。これまで実際に起きてきたのは原爆の一方的な使用のみであり、それとはまったくことなるものとして核戦争というものの真の帰結を想像することは、幾度も試みられてはいるが、ほとんど不可能であり続けている。実際、核兵器についてはおなじみの〈二重思考〉が出回っている。この思考においては、核兵器は大規模な破壊、多くの場合には絶対的な破壊をもたらすであろうが、それでも、いかなる種類のものであれじゅうぶんな政治的決意があれば、核兵器による破壊は緩和され、生き残ることができるといったように、二つのことが矛盾したかたちで同時に確信されているのだ。

一九五〇年代に起こる核戦争という考えは、一九四〇年代なかばと後半にはかなり一般的なものだった。いったんひとつ以上の国家が原爆を所有するようになれば、核戦争は実質的に不可避である

と、何人もの作家たち、とりわけジェイムズ・バーナムが考えていた。[☆3]『一九八四年』執筆中に、オーウェルはバーナムについて二篇の重要なエッセイを書いた。オーウェルは一九四六年八月にこの小説を書きはじめ、一九四七年一一月に第一稿を完成した。彼のエッセイ「バーナムと管理革命」は一九四六年五月、「バーナムと現代の世界的闘争」は一九四七年三月に発表された。これらのエッセイにはこの小説のさまざまなテーマが詰まっており、それらと小説中の虚構の〈あの本〉からの抜粋にはいくつかの密接な対応関係が存在する。他方で、バーナムの主張にたいするオーウェルの明敏な議論と、〈あの本〉のなかに含まれる、それとかなり密接に比較可能な考えを相対的に単純化して提示したものとのあいだには、いくつもの重要なちがいが存在している。

例えば、『現代の世界的闘争』においてバーナムは、アメリカ合衆国は原爆を独占する一方で、ほかのいかなる国であってもそれが原爆を決して獲得しないように妨害すべきであると論じている。「彼はロシアにたいする予防戦争の即時開始を要求している、もしくは要求しているも同然である」とオーウェルは述べている。[★12]そして実際、「共産主義」ないし「世界共産主義」を放棄せよとの最後通牒めいた要求を前置きとして、そのような提案は、ほかの者たちによってあからさまになされてきた。そのような議論に抗して、二つめのエッセイにおけるオーウェルは、バーナムが考える期間——「十年先であるかもしれないが、まずおそらくはほんの五年先」[★13]——よりも長い猶予があることを望んでいた。もし実際にもっと長い時間があれば、アメリカによる世界秩序と反共産主義十字軍よりもましな政治的方向がありうるだろう。彼はこうつけ加える。「バーナムや彼に似た人々の悲観的な世界観が広まれば広まるほど、そうした［代替的な］計画が確立するのはますます困難になるのだ[★14]」。

バーナムがおおむね忘れ去られており、〔バーナムについての〕オーウェルのエッセイよりも『一九八四年』がはるかによく知られている現在、この小説の「悲観的な世界観」の形成過程をさかのぼって調べるのは奇妙なことだ。支配的な超大国という考えを再検討することができる。この小説において、それは次のように書かれている。

世界が三つの超大国に分裂することは、二十世紀なかば以前に予測可能であり、実際に予見されていた。ロシアがヨーロッパを、アメリカ合衆国がイギリス帝国を併合して、現存する三大国のふたつ、ユーラシアとオセアニアは、その時点ですでに事実上存在していたのである。第三の勢力であるイースタシアは、さらに十年にわたって混迷きわまる争いを経たあとに、ようやく明確な国家機構として出現した。★15

この一節は、ほとんど直接にバーナムから取られている。

バーナムの地理的新世界像は正しかったことが判明した。三つの大帝国に地表が分割されていく傾向がますますあきらかになっている。それらの大帝国はどれも自己充足的で、外界との接触を絶たれており、なんらかの偽装をまとってはいても、互選的な少数独裁体制によって支配されている。★16

こうした見解は、この小説ゆえに現在ではおなじみのものになっているため、オーウェルの次のような主張が奇妙だったことを理解するにはいくぶんの努力が必要だ。彼は、この世界像が「正しかったことが判明」し、さらにわたしたち自身にもっとも身近な帝国――フィクションにおけるオセアニアを構成するアメリカ／イギリス――が、もっとひんぱんに言及されるソヴィエト帝国と同じように「互選的な少数独裁体制」に支配されている、とその時点で主張していたのである。

オーウェルの思考はこの小説執筆の途中で次の段階へと発展した。それは、三つの政治的可能性として彼が説明したものから帰結している。第一に、アメリカ合衆国による予防戦争だが、それは犯罪であろうし、いずれにせよなんの解決にもならないだろう。第二には、いくつかの国が原爆を保有するに至るまでの冷戦状態であり、そのほとんど直後に勃発する戦争は、産業文明を一掃し、生存すれの農業で生計を立てる数少ない人々を残すのみとなるだろう。でなければ第三には、

原爆や今後発明されるほかの兵器によってかきたてられる恐怖心が非常に大きいため、だれもがそれらの兵器の使用を差し控えるようになる可能性。これはわたしには、なににもまして最悪の可能性だと思える。この結果として生じるのは、たがいに征服することもできなければ、いかなる国内反乱によっても転覆しえないような二、三の巨大な超大国のあいだで全世界が分断されることなのである。十中八九、これらの超大国の構造は階層的で、最上部にはなかば神聖な特権階級、最下部には完全な奴隷制度があるだろうし、かつて世界に実在したいかなる事例よりも徹底的に自由は圧殺されることだろう。各国の内部においては、外部世界からの完全な隔離や、敵国

相手の絶えまない擬似戦争によって、必要な心理的雰囲気が維持されてゆくだろう。こうした種類の文明は、数千年にわたって固定するかもしれない。[★17]

これは実質的にこの小説が取った選択肢である。もっとも、核戦争がそこに介在はするものの、そこまで破壊的な帰結には至らないという考えは以前の立場から存続している。この当時の直接に政治を扱った文章において、オーウェルはこれら三つの危険すべてにたいする代替案を想像していた。「どこかの大きな地域全体に……民主的社会主義」を建設すること、「ヨーロッパ社会主義連邦こそが、現在価値のある唯一の政治的目標のようにわたしには思える[★18]」。だがフィクションにおける大局観のなかには、これは完全に欠落している。

あきらかにわたしたちは、一九八四年において、なぜオーウェルの三つ（ないし四つ）の可能性のどれも現実には起きなかったのかと問わねばならない。だがわたしたちはそれを冷静に問わねばならない。というのも、〔一九八四年という〕フィクションの日付がただ経過することによって、彼やほかの者たちが予見したさまざまな危険のいずれからであってもわたしたちが解放されるわけではないだろうからだ。オーウェルが世界政治の前途を評価するときに彼が見落としたこと、あるいは彼があやまって含めたことをわたしたちは問わねばならない。だがその目的は、あざけるようなやり方で彼がまちがっていると証明するためではなく、彼がきわめて真剣に、絶望的な努力を払って理解しようと試みた歴史的展開の本質を学び続けるためである。

まずわたしたちは、この時代に出現したのは、中央集権的な超大国群や帝国群ではなく、もっと複雑な形態の軍事超大国群と、おもに軍事的な同盟関係であったと気づく必要がある。とりわけ戦争プロパガンダに耳を傾けているときには、「東側」と「西側」がそれぞれ一枚岩的な実体として提示され、どちらかの同盟者としてつねに立場を変える中国をそれらに加えると、バーナム／オーウェル的未来像が実現されてしまったように思える場合がある。だが完全な政治的諸現実は、これとは非常にことなるものだと判明してきている。例えば、日本と西ドイツが主要勢力となる経済的権力によることなる階層性が並行して存在している。旧来からの国民国家形態は存続しており、大多数の忠誠を集めている。「東側」と「西側」とでその存続の度合いはいちじるしく異なってはいるものの、こうした状況はある程度はどこにおいても見られる。もっとも、「西側」の諸国も含む、そのように存続しているあらゆる国民国家においても、軍事同盟の支配的大国の利害の意図的な走狗となっている重要な少数派は存在するのだが。

　それと同時に、オーウェルには予測できなかったやり方で、こうした政治的自律性と多様性を持った諸要素――ワルシャワ条約機構[☆4]のなかでは非常に小さな余地しかなく、自由民主主義から軍事独裁政権まで大半の形態の政治的国家を含む北大西洋条約機構の場合は、もっと大きな余地がある――は、現代的な核兵器システムの本質によって根本的に制限されている。『一九八四年』における核戦争は破壊的ではあるが、破滅的ではない。それは実際には、「恒久的な限定戦争」を引き起こすためになされている。「恒久的な限定戦争」はこの小説の核心的な条件であり、そこでは、超大国それぞれの支配者たちは核戦争を起こす危険をおかせないために、おたがいに征服不可能になっている。実際に起きている戦争は、遠隔地の戦闘やときとして降りそそぐロケット弾ぐらいで、技術的には一九四〇年代に属している。だがそうだとしたら、核戦争の影響が過小評価されているばかりではない。核兵器が相対的に独占されることの軍事的かつ政治的な帰結の数々は、オーウェルやほかの大半の者たちが考えたいかなる状況とも大きくことなっていると判明したのである。

実際にはそうなる見込みがいちばん大きいのだが、残存する諸大国が相互にたいして原爆を絶対に使わないという暗黙の協定を結んだとしたらどうなるだろうか？　それらが、報復能力をもたない人々にたいしてのみ原爆を使用する、あるいは使用すると言っておどすとしたら？　そうなった場合にはわれわれはかつていた地点に引きずりもどされることになる。唯一のちがいは、権力がさらに少数の者たちの手中に収められ、隷属状態にある民族や被抑圧階級の人々の将来がさらに絶望的になるという点くらいだろう。★19

核兵器を実際に獲得した大国間には、相互にたいしてそれを絶対に使わないという正式の協定も、暗黙の協定も存在していない。それどころか、支配的な方針は相互威嚇のそれである。この方針のもとでは、オーウェルが考えたような技術的な停滞は起きておらず、むしろ兵器システムのたびかさなる拡張と増強がなされており、そのいずれも典型的に、敵側の優位性という真偽の疑わしい脅威のもとに開発が進んでいる。現在こうした兵器システムが到達した地点では、同盟関係内での各国の自律性が、ある主要な点においては最新型システムの技術的要請と矛盾するようになってきている。この最新型システムにおいては、敵側による早期の圧倒的優位の獲得を妨げるためには、即時的な反応や、

（幾人かの論者によれば）予防的な核の先制使用すらも求められているのである。

この点からはふたたび、新兵器の産物として、必要とされる統一的指揮系統をそなえたバーナム／オーウェル的な超大国の到来が不可避であると論じるのは簡単だろう。だが、そのような超大国へと移行するとしたら、それが有するあらゆる戦略的利点にもかかわらず、重大な政治的諸問題を——とりわけ、例えば西欧において——引き起こすことになるだろう。そのような諸問題は、残存しているさまざまな自律的政治単位や忠誠と、それらに押しつけられてきた軍事的‐戦略的同盟関係との現在では脆弱になっている妥協的関係を危うくするだろうし、おそらくは崩壊させるだろう。例えばイギリスは、一九八四年の時点で、オーウェルの表現でいう〈第一エアストリップ〉であると同時に、そうではない。イギリスには自国や外国の空軍基地やミサイル基地があふれかえっているが、それは独立した政治国家でもあり、決定的なことに、大多数の人々にはそうしたものとして尊重されている。この疑問を無理に追及してどちらかに決めねばならないとしたら、オーウェルがエッセイでは認識していたが、この小説からは除外してしまったあらゆる勢力を活性化させることになるだろう。準国家的な軍事・経済計画の走狗たちにとっては、イギリスは、まったく〈ニュースピーク〉の模範例であるかのように、連合王国ないし「ユーケイ」と化してしまっている。だが実在する島に住む人々にとっては、そこにはもっと現実的でもっと尊重されているさまざまな名前、関係性、考慮すべき事柄が存在するのである。

論理的な新秩序に思えるかもしれないものにたいする抵抗の拠点となるこうした伝統的な諸要素を、オーウェルは通例はエッセイにおいては除外していなかったが、この小説では除外してしまっている。

彼がもっとも明白なあやまちをおかしたのは、このような除外をおこなったという点である。だが、あらたな抵抗勢力の数々を除外したことはさらに大きなあやまちである。もっとも注目に値するのは、彼が植民地世界として知っていた地域における国民的解放運動と革命運動を除外したことである。彼は「従属民族」たちが置かれた状況はもっと絶望的であると予想していたが、主要な産業諸国による核兵器の独占は、これらの人々の自律へと向けた大きな進歩を妨げることはなかった。この点では、この未来像（プロジェクション）は奇妙にも非現実的である。そこでは、旧来からの世界的大国はあらたに三つの超大国へと再編され、完全に支配的なものと見られており、世界のほかの地域はたんに受動的な鉱物採掘や安価な労働力の源泉とされている。だがふたたび、実際に起きてきたことは複雑である。オーウェルはこの広大な領域を受動性へと還元したが、そこではさまざまな政治的解放がなされてきた。[☆5]だが限定的な意味では、彼が予見したことは実際に起きてきた。それが起きたのは、この領域の支配権をめぐる超大国間戦争においてではなく、次のような諸要素が複合した状況においてであった。超大国のような技術的特性をいくぶん有する準国家的企業群による経済的介入。政治的介入、策略、「不安定化」。最悪の場合には依存国と化してしまった地域に向けた例外的に大きな規模の武器輸出。そして、いくつかの場合においては、軍事的介入――こういった諸要素の複合的状況である。軍事介入においては、激しく血生臭い戦闘は起きてはいるものの、核兵器の使用や、使用するというおどし――一九四〇年代の予測においては、それは征服のためであれ、恐喝のためであれ、決定的だと思われていた――は依然として除外されている。

したがって、オーウェルが起こるだろうと考えた「恒久的戦争」はある意味では存在してきたが、それは全体戦争でも、まやかしの戦争でもなかった。技術的必要性または政治的野心にもとづいて〔未来を〕推論することは簡単であるように思えたが、そこで実際には必要とされた複雑な政治的かつ経済的諸勢力は、その実現の妨げとなったのである。この世界政治的な水準においては、現実の一九八四年が想像された『一九八四年』と比較して、ましなのか悪いのかを述べるのはときとして困難である。現実の一九八四年はこの奇妙な悪夢と比べて、もっと複雑で、もっと動的で、もっと不確実である。この未来像（プロジェクション）が許容していた程度よりもずっと多くの人々が現在においては自由ないし相対的に自由ではあるが、ずっと多くの人々が継続的な「小規模」戦争のなかで命を落としてきたし、あるいは命を落としているところである。しかもはるかに多くの人々が、核戦争による絶滅の危険に瀕している。この未来像における配給制によって操作された物資不足に続いたのは、特権を享受する国々における法外なまでの豊かさであり、拡大し続ける貧困世界の領域における現実的かつ潜在的な飢餓状態であった。したがって、オーウェルを非難できるとしたら、それは彼が危険と恐怖を示したからではない。非難するとすれば、それは単純化され、安易に脚色された危険をそなえたひとつの方向性のみを、彼があまりにも一心に見つめたからである。そのことゆえに、さまざまなほかの諸勢力やほかの展開――最終的にはもっと危険だと証明されるかもしれないもの――から目を逸らす言い訳が生じてしまっているのである。

3

「戦争は平和なり」は〈あの本〉のなかの注目すべき一章である。恒久的かつ常態化した戦争状態、についての見解として、その細部にはあやまりがあるかもしれないが、その感情は正当である。「われわれは平和運動なのだ」――イギリスのある大臣は、次の段階にはいった再軍備を支持しつつ、最近このように言い放っていた。

「無知は力なり」はもうひとつの主要な章である。この章は、ゆくゆくは思考操作の目的と方法の数々を説明しているが、手はじめには一種の歴史-政治理論にもとづいて、超大国の社会構造を分析している。

> 記録に残る時代をつうじて、おそらくは新石器時代の末葉以降、この世界には三種類の人々が存在してきた。すなわち〈上層〉、〈中間層〉、〈下層〉である。これらの集団は、いくつものやり方で下位区分され、それらは無数のことなる名称を持ち、その相対的な人数や集団相互にたいする態度は時代によって変化してきた。だが、社会のこの本質的な構造は決して変わらなかった。途轍もない変動や、取り返しがつかないと見える変化のあとでさえ、このパターンはつねに再出現するのだ。……★20

〈あの本〉の位置づけが、オーウェル自身の思考との関係においてもっとも問題含みとなるのはこのような箇所においてである。彼が歴史を、こうした抽象的なパターンの循環ではなくむしろ変化として理解していたことを示すために、数多くの実例を引用することはできるだろう。〈あの本〉が次のように主張するときもこの論点は妥当である。

どれほど豊かになり、どれほど物腰がやわらかくなり、いかなる改革や革命が実現されようとも、人間の平等の実現には一ミリたりとも近づいてきてはいない。★21

書かれているとおり、この一節はあまりにも明白なナンセンスであるために、この議論全体の位置づけが疑問の余地のあるものとなっている。万が一この主張が本当に真実であるとしたら、〈イングゾック〉を「ゆがんだ状態」と呼ぶ根拠は存在しなくなってしまう。それは不可避の過程、本質的ですらある過程のもうひとつの実例でしかなくなるだろう。

あきらかにオーウェルはこのようには信じていなかったし、〈あの本〉の著者ないし著者集団も、この一、二ページあとの箇所においては信じていなかった。というのも、そこで論じられているのは次のようなことなのだから。過去の時代においては、生産手段の発展段階ゆえに「不平等は文明化の代償であった」★22が、二十世紀には「機械生産」の発達とともに「人間の平等が技術的に可能になった」のだ、と。しかしながら、まさにその時点で「主流の政治思想のすべて」★23が、平等を信奉することを止め、権威主義と化してしまったのである。

議論のこの面はあまりにも倒錯的であるため、これを書いたのはオブライエンであると実際に信じることができるほどだ。だがより重要なことは、これが両立できない三種類の議論を不完全に複合したものであるということだ。その三種類とは、オーウェルの議論と、バーナムの議論と、マルクスの議論である。マルクス主義は、生産手段の発展段階と階級闘争の形成とは不可避的に関連していると主張し、正統的な共産主義は、完全に発達した機械生産はついに平等を可能にするという注釈をこの主張に加えている。このようなマルクス主義的主張はまちがいなく存在している。これにたいするオーウェル的な議論ないし留保は次のようなものだ。この主張を実際に代表する者たちはこの種の空論をおおいに交わしているが、それはあらたな権威主義の陰謀の隠れ蓑でしかなく、それは資本主義を終わらせはするものの、そのすぐあとに労働者階級をはるかに徹底的に抑圧し支配することだろう、と。これもまた歴然としている。だが、本当に不調和な構成要素――もっとも、それは支配的要素になってしまっているが――はバーナムからもたらされている。ひとつめのエッセイでオーウェルが要約しているように、

あらゆる巨大な社会運動、あらゆる戦争、あらゆる革命、あらゆる政治綱領は、どれほどに啓発的でありユートピア的であろうとも、実のところ、自分たちの手に権力を奪取しようとするなんらかの党派の野望を隠している。……したがって歴史とは一連のぺてんから成り立つものであり、そのなかでは、大衆はまずユートピアの約束に誘惑されて反乱を起こし、それから役割を果たしたときには、これらの人々はあたらしい主人によってまたもや奴隷にされてしまう。★24

このエッセイにおいて、オーウェルはこのような粗雑な主張の数々をためらいがちではあるが賢明に論じている。彼は次のようにすら論評している。

> 彼〔バーナム〕は……社会の階級分化はあらゆる時代をつうじて同じ目的に奉仕していると想定している。これは実質的に、何百年もの歴史を無視することである。★25

そして彼は、この指摘から続けて、階級社会とさまざまな生産方法との関係についてのマルクス主義の主張――〈あの本〉のなかでも再現されている――を議論している。

したがって、オーウェルの直接的な議論の面では、最終的に〈あの本〉において強調されていることは、わかったうえでの単純化なのである。だが、『一九八四年』における社会構造を決定づけているのは、このような単純化と、社会主義者たちや、本当は権威主義者である名ばかりの社会主義者たちにたいする彼自身の――しばしば理にかなった――留保や疑念との組みあわせなのである。すると、バーナムによる寄与と比較すると、彼自身が寄与した要素はもっと特定の対象に絞ったものである。

バーナムは「管理革命」を予見していた。オーウェルが要約するように、

> 資本主義は消滅しつつあるが、社会主義はそれに取って代わろうとはしていない。現在勃興しつつあるのは、あたらしい種類の計画的で中央集権的な社会であり、それは資本主義的でもなければ、容認されているいかなる意味においても民主主義的ではないだろう。この新社会の支配者た

ちは、生産手段を実質的に支配する人々であるだろう。すなわち、バーナムが「管理者たち」という名称の下に一括している、企業の経営陣、専門技術者たち、官僚たち、軍人たちである。これらの人々は古い資本家階級を除去し、労働者階級をたたきつぶし、あらゆる権力と経済的特権が自分たちの手中にとどまるように社会を組織するだろう。私有財産の権利は廃止されるが、社会的所有は樹立されないだろう。★26

いかなる完全な意味においてもこれは事態の実際の帰結ではなかったが、承認しうる要素はいくつか存在している。だがオーウェルはあらたな社会秩序を〈イングマナ〉（＝イングランド管理主義（イングリッシュ・マナジェリアリズム））とは呼ばなかった。彼はそれを〈イングゾック〉（＝イングランド社会主義（イングリッシュ・ソーシャリズム））と呼んだのである。バーナムが立てた予測は、より大きな議論のなかの相対的に単純な一段階である。彼の予測もより大きな議論も、あきらかに権威主義的共産主義を標的としていたが、それらは、同じくらいあきらかにファシズムと法人型国家、あるいは、管理型の介入的ポスト資本主義と現在は呼ばれているものをも標的としていた。この予測を、社会主義の伝統内のひとつの発展――それは社会主義の伝統をも裏切るものだったが――へと限定したのはオーウェルだったのである。したがって、一九八四年においては、その完全な文脈へと立ちもどるときにはじめて、この予測を適切に評価できるだろう。

　ある意味では、オーウェルが指示対象を狭めて限定したことを理解することは簡単である。彼が書いていた時点で、ファシズムは軍事的に打倒されたばかりだった。資本主義は瀕死の状態にあり、それは当然だと彼は考えていた。すると、問題だったのはどの種類の社会主義が生きのびるかということとだった。そして、彼が選んだ立場は民主的社会主義を支持するものであったために、ほかの政治的動向を除外してでも彼がおもに対抗しなければならなかったのは、権威主義的社会主義だったのである。

本当の問題は、次の五十年のあいだにわれわれを虫けら同然に扱う人々が、管理者、官僚、政治家のうち、どの名前で呼ばれることになるかではない。問題は、現在あきらかに死滅の運命にある資本主義が、少数独裁制と、真の民主主義と、そのどちらに道を譲るのかである。[★27]

一九八四年においては、とりわけ〈イングゾック〉と〈党〉に注意を集中せよとわたしたちに命ずるために『一九四八年』があるのだとしたら、この一節は奇妙に読めてしまう。たしかに、現在「現存する社会主義」と呼ばれるものの国々のなかでは、概して事態はこのように進展してきた。実際、あの地域において唯一修正せねばならない点は、あの独特のイデオロギー的な意味での〈党〉は、次の諸勢力の現実の連合体と比較すると、重要性において劣ると証明されたことである。それは、専門技術者たち、官僚たち、そして軍人たちの連合体であり、〈党〉による政治的独占が可能にし、正当化したものである。ポーランドにおける「連帯」[☆6]の危機のあいだ、それまでは有力であったこの支配集団にはことなる派閥が存在し、切迫した状況においては、それぞれが決定的に多様な利害を持っていると示されたことは重要だった。連続して起きた一連の内的な軋轢と対立によって、一枚岩的な〈党〉という印象があやまっていると示されたことは、さらに一般的に重要だった。しかしながら、あの「現在する社会主義」は依然として「私有財産の権利は廃止されるが、社会的所有は樹立されないだろう」という予測の最重要の実例である（もっとも、資本主義的民主主義の「国有」ないし「公有」産業はそれにすぐさま続く実例なのだが）。

しかしながら、この小説においてなされたように、オーウェルの少数独裁制についての予測が「少数独裁制集産主義」に限定されねばならないことをこれは意味していない。少数独裁制にはほかにも数多くの形態が存在するし、長く存在し続けてきた。そのもっとも重要な現代的形態は、実効的な政治的かつ経済的統制を中央集権化することに依拠している。これは、国家型に作り変えられた社会主義と連想されており、事実、皮肉なことに、オーウェルはこの連想を容認し、支持していた。

中央集権的統制は社会主義にとって必要な前提条件ではあるけれども、それが社会主義を生みださないのは、わたしのタイプライターが、わたしが今書いている記事を自力では生みだせないのと同じことである。★28

ここでは、中央集権的社会主義は現代的な逸脱である、もしくはそのような逸脱に至るだろうと考えられているが、そのような考えとはまったくことなって、中央集権的社会主義は現実には古い種類の社会主義であり、ボルシェヴィキの時代のものであると同じくらいにフェビアン社会主義者たちの時代のものでもある。そしてそれは、脱中央集権的政治と経済的自己管理というあらたな社会主義思想によって挑戦を受けることが少なくなるどころか、ますます増えてきているのである。オーウェルは、その意味では、彼自身の時代にすらも遅れているのである。

だが、オーウェルの予測の土台を真に掘り崩したものは、彼が「死滅の運命にある」と見なしていた資本主義の目を見張るような復活だったにもかかわらず、これではいまだに少数独裁制についての議論を社会主義に限定してしまっている。一九五〇年代なかばから一九七〇年代初頭にかけてのめざましい資本主義の好況期は、この特定の予測のほとんどあらゆる要素があやまりであると証明してしまった。何百万人もの労働者たちの実際の生活水準が向上した。古くからの産業社会においては、主流の社会主義運動の数々は、あたらしく、豊かな管理資本主義との合意に向けて着々とその立場を変えていた。さまざまな政治的自由がさらに抑圧されることはなかった。もっとも、それらの行使はもっと費用のかかるものになったが。この好況期は消費者金融の途方もない拡大にあらわれており、その主要な原動力だったのは、さまざまな金融機関があらたに獲得した支配的地位であった。こうした金融機関は、政治勢力と産業勢力の両方を犠牲にすることで権力を増進した。好況期が終わりをむかえ、不況と大量失業が回帰したときには、あらたな少数独裁制がはっきりと目前に迫っていた。国内的・国際的な金融機関は、それに対応する巨大な準国家的企業群とともに実践的かつイデオロギー的支配を確立し、それは不況と失業の最初の十年によって揺るがされるどころか、実際にはさらに強力なものとなった。これらこそが、古くからの産業社会とあたらしい旧植民地諸国の両方で同様に、現在「われわれを虫けら同然に」扱っている現実の諸勢力なのである。国内的にも対外的にもそうした勢力は真の少数独裁制のあらゆる特徴をそなえていた。そして、ひとにぎりの人々は、少なくとも、「中央集権化」とは古い社会主義のいかがわしい万能薬であるのみならず、つねに拡大しますます集中する資本主義企業群と金融市場の実践的な過程でもある、と気がつきはじめていた。その一方で国家権力は、従来は公的な社会福祉に資金を注いでいたが、それを撤退しようとしている。にもかかわらず、あたらしい武器システムならびに、それが独自に定義する法と秩序や（徹底的な監視に裏打ちされた）セキュリティの点では、国家権力は軍事面において増大しているのだ。したがって、現在では非常に多くの国々において権力を握っている急進右派が、社会福祉や経済的公正の面では国家を非難しつつ、愛国的な軍事優先政策、統一的忠誠、地域の民主的諸制度への統制の面では国家を称賛することは、あきらかな〈二重思考〉の事例である。こうした二枚舌的な人々のなかでも、もっとも声高な者たちに耳を傾けると、〈ニュースピーク〉でいう「超倍良いアヒル話者」がなにを言わんとしたものであるのか理解できるようになる。

だがそれでは、「プロール」についてはどうだろうか？　ここでふたたび、予測はまったくあやまっていた。もっとも、それは正しかったかもしれないと考えている幻滅した人々は少しはいるが。というのも、あらたな資本主義的少数独裁制の鍵となる特徴は、「人口の八五％」を放ってはおかなかったということであるからだ。それどころか、資本主義的少数独裁制はその大半の人々を市場としてまとめあげることに成功し、現在では彼らを「プロール」ではなく「消費者」と呼んでいる（この二つの用語はどちらも同じくらい侮辱的である）。たしかに、新聞やそのほかの少数独裁制のメディアによって、〈党〉が供給すると考えられていた大量の準ポルノグラフィ、ギャンブル、機械生産的なフィクションの供給がなされている。（ついでに言うと、これはソヴィエト共産主義に関するオーウェルの興味深いあやまりのひとつである。そこでは〈党〉は、こうしたおもに「西洋的」現象に対抗してさまざまなイデオロギー的統制をおこなっている。）だが、実際の統制手段はことなっている。統制された賃労働者たちと信用融資による消費とを一直線で結ぶ契約が提供され、それはひろく受け入れられた。不況期には、あの残酷な少数独裁制の用語でいう「余剰人員」になってしまった何百万もの人々にはそれが利用できなくなってしまったが、まさにそのときですらも、その社会的・政治的支配力は、いかなる社会秩序の本質としても、当初ほとんど揺らぐことはなかった。実際、少数独裁制によるイデオロギー的反応は、この契約をさらに安定的なものとする手を打つことだった。その手段となったのは、この取引においては少数独裁制による支配が及ばない独立要素である労働組合を規律のもとに置き、その新聞においては、異を唱える政治活動家たちを社会の敵と認定することだった。活動家たちは「適切な公認の反対者」ではなく、「非公認の」過激派、破壊者、急進派と認定され、まさに『一九八四年』よろしく気が狂っているのか、〈思考犯罪〉を犯しているのかのどちらかだと見なされるのだ。

4

もしある種類の少数独裁制が長期にわたって、もうひとつの種類の少数独裁制の諸特徴を利用して、それ自身の諸特徴から注意を逸らすことに成功しているとしたら、それは驚くべきことだろう。しかしながら一九八四年において『一九八四年』は主としてまさしくこの目的のために利用され続けている。そのような利用は、皮肉なことに、この小説が暴露し、攻撃するまさに同じプロパガンダの方法のいくつかによってなされている。オーウェルが普遍的傾向として示そうと望んだものは社会主義の実践に結びつけられてしまった（彼はそれに抗議したものの、それは彼自身の選択だった）。そのため、いかなる反社会主義運動もこの小説を利用することができるようになっている――その利用の仕方には、この小説のもっとも洞察に富んだ警告を裏づけるものさえもあるのだが。東欧における反体制的で批判的な集団の数々が、『一九八四年』は自分たちの状況の根元的真実を示していると述べること――しばしば実際にそう述べる人々がいるように――は、ひとつの事実ではある。ある共産主義国においてわたしは学生たちからオーウェルについて講演を依頼されたことがあり、当局からのいくぶんの非難にもかかわらず、わたしはすすんで講演をおこなった。というのも、わたしはその議論の全体――あざけったり嫌ったりできるものばかりではなく、依然として純粋に信じられるものについても――を徹底的に検証してみたかったからだ。この未来像（プロジェクション）には見えすいた華々しさがある。しかしその向こうでは、どれほどに限定的なものであっても、独力で考えることの価値や、あらゆる支配集団が駆使する公式の単純化を拒絶することの価値が確固として強調されている。いかなる体制においても、あざけったり嫌ったりするべきものが多ければ多いほどに、このような感情が支配的な諸集団の統治の目的のために利用されることにはいっそう抵抗する必要がある。比較的最近では、この小説の次の一場面がわたしの心に焼きついている。この場面においては、反対派の名目上の指導者であるゴールドスタインがスクリーン上にあらわれて、

ユーラシアとの即刻の平和条約締結を要求したり……言論の自由、報道の自由、集会の自由、思想の自由を唱導したりする。……そしてそのあいだずっと、ゴールドスタインが発するうわべば

かりのたわごとが隠蔽する現実がだれから見ても疑う余地を残さないものであるように、テレスクリーンに映しだされた彼の頭の背後では、ユーラシア軍の際限のない隊列が行進を続けている……[★29]

今日、このような奇術はとてもひんぱんに仕掛けられている。東欧においては、非公認の平和運動、公民権運動、労働者運動などが「西側に教唆された」ものとして当局から公然と非難されている。このような非難には確実にこの奇術が見いだせる。だが同じくらい確実に、この奇術は西側においても見いだせる。例えば、無党派的な平和運動が、ロシアの利益や「ユーラシア軍の際限のない隊列」に奉仕しているとしてあからさまな糾弾を受けるような場合である。一方で、敵側の〈ビッグ・ブラザー〉が独裁者でペテン師であると見抜くことはだれにでもできる。ところが、際限なく押しつけられる味方側の支配者たちの顔にたいしては、実際に「愛」を捧げるべきだとされているのである。

『一九八四年』のなかで、現代でも本当に価値を失っていない要素は、プロパガンダと思想統制についてのオーウェルの理解であることは興味深い。その方法や技術はたびたび変化してきたが、少数独裁制の一定の基本的方法――スローガンの際限のない反復、ある種のニュースをべつの種類のニュースとすり替えること、憎悪の対象となる人物像を定期的に設けること――は、依然として明瞭に認識可能である。一九四六年にはオーウェルは次のように書いた。

イングランドにおいては、真実にたいする当面の敵対勢力、したがって思想の自由にたいする当面の敵対勢力は、新聞王たち、映画界の重鎮たち、そして官僚たちである。[★30] こういったおなじみの主張は依然として妥当である。だが、オーウェルによる時代診断にはもうひとつ鍵となる要素がある。

しかし長い目で見れば、知識人たち自身のなかで自由への欲望が衰えつつあるということが、あらゆるもののなかでもっとも深刻な兆候である。[★31]

『一九八四年』にもっとも固有の特徴のいくつかが構成されたのは、まさにこの確信にもとづいてのことだった。ある意味では、その専制体制についてもっとも驚くべきことは、この体制がその人口の八五%をほとんどかえりみず、ある少数派の思考やそれらの人々の記憶そのものを操作することにもっぱら関心を向けているということだ。

この種の予測を徹底的に検証することは難しい。その評価の材料となる明白な客観的事象はまったく存在しない。だがわたしはときおり、ほぼその真逆のことが起きたのではないかと感じてきた。日和見的で欺瞞的ですらある「知識人」たちや、ご都合主義的に選択できる記憶力を持ったさらに大きな官僚集団などが存在していなかった、と言いたいわけではない。わたしは、次のように述べるための論拠はある、と言いたいのだ。すなわち、資本主義的民主主義においては、八五%の人々の精神状態（多数派の世論の正確な割合がどのようなものであれ）が、集中的かつ持続的な注意の対象とされてきた。

ところが、「知識人」たち——かねてから変わり者として区別されてきた——の信念や行動には、この体制は相対的に無関心のままである。「現存する社会主義」の社会においては、事情はことなっているとわたしは理解している。そこでは、まさにこうした少数派の集団に集中的な圧力や、さらにひどい圧力すらも加えられている。資本主義社会は選挙制の民主主義体制であるために多数派への注意は不可避である一方で、少数派は少数派であることを理由に、無視や嘲笑すらも受け、あるいはあいまいなやり方で「まちがっている」と示されうるのだ、と論じることは正当である。だがこうした体制のちがいを越えて、またオーウェルが一枚岩的な一党独裁社会をパロディ化していたという事実を考慮したあとでも、彼が知識人たちの精神状態こそが決め手となると考えたことは事実である。そして彼が正しければ良かったのだが、と述べるいくぶんの根拠は実際に存在する。

この論点は、悪名だかい〈記憶穴〉にかなり密接に関係している。というのも、多数派の意見を操作するうえで必要であると証明されなかったことがひとつあるとしたら、それは、体系的に過去を書き換えることであるからだ。それどころか、過去そのものが一種の〈記憶穴〉と化してしまっており、ひとにぎりの学者たちや研究者たちだけがそこから苦労して事実の数々をあきらかにし、回復しようとしているのである。なぜ最初の原子爆弾は、日本政府が和平のあらましを提示したあとに落とされたのか？　トンキン湾[☆7]では本当はなにが起きたのか？　巡洋艦ヘネラル・ベルグラノ[☆8]は、どちらの方向に向かっており、それはどの和平交渉のあいだであったのか？　これらの疑問（それぞれの全体的状況のなかでは、そのどれにも単純明快な答えは存在しない）には、ロシア革命におけるトロツキーの役割についてとか、中国における毛沢東と紅衛兵の政策についてとか、ほかに無数の疑問を加えることができる。こうした疑問の数々は、ひとにぎりの少数派の人々によって依然として懸命な調査が続けられている。ところが、どの社会秩序においても、公的な態度として支配的なのは、過去のことは偏執狂たちや衒学者たちにまかせて、その日のニュースにかまけていればよい、といったものだ。現在を不可避のものとして、また支配的な未来像を望ましいものとして示すために選別され、きれいな包装がなされた過去についての概略的な解釈は、当然のように動員されている。だが詳細、つまり調査における「2＋2」は、存在することも、存在しないこともある。それは、書籍や研究論文や研究会においては存在するが、「現実世界」として精力的に提示されるものには存在しない。オーウェルがかつて遭遇し、増殖していると見ていた日和見的で、従順で、欺瞞的な知識人たちを彼が攻撃したことはもちろん正当であった。だが『一九八四年』にはもうひとつの面が存在しており、それは彼自身のもっともすぐれた実践とは真逆のものである。そこでは、狡猾で権力に飢えた者たちはこの知識人的な種類の人々であり、これらの人々にたいする唯一の現実的な代替勢力は愚鈍で無知な人々であり、それらの人々は愚鈍さと無知によって守られているとされる。それでは、「無知は力なり」という党のスローガンはどうなのだろうか？

いかなる評価をするにしても、状況はそのような結果とはなっていない。このことはとりわけ、彼が最悪の危険であると考えた権力崇拝において事実である。権力崇拝は実際に数多く存在してきたが、それはなんらかの知識人的な習慣からのみ生じるものではない。軍国主義、熱狂的愛国主義、強権的な治安維持、刑罰における虐待行為は全般的な流行病であり続けている。いずれの社会秩序においても、これらのことを指揮する人々は、自分たちのしていることを知識人たちに正当化してもらう必要性を感じてはいない。もっともいくつかの体制では、これらの人々は用心して売文の徒を雇っているのだが。権力者たちと詐欺師たちはずっとそのようであり続けている。これらの人々にとっては自分たちの利益こそが自分たちの存在理由なのである。彼らには「我思う」と唱える者たちなど必要ではない。

だがこのように考察すると、『一九八四年』を再評価するうえでもっとも困難な問題に逢着する。いかなる表現にともなわれていようとも、権力こそが唯一の政治的現実なのだ、とバーナムは論じていた。この議論にオーウェルは悩まされ、同時に魅了されてもいたのだが、彼は次のように述べた。

奇妙なことに、バーナムは権力闘争についてあれほど語っておきながら、なぜ人々が権力を欲するのかを一度も立ち止まって問おうとはしない。権力への渇望が支配的なのは比較的少数の人々のなかだけであるにもかかわらず、それは説明を必要としない自然の本能であると彼は思っているようだ。[★32]

ウィンストン・スミスは〈あの本〉を読みすすめ、このような権力追求の動機がこれから説明される箇所にさしかかる。ところがそのとき、彼はジュリアがしばらく前から眠りに落ちていたことに気づき、その秘密はいかなるものだろうかとなおも思いつつも本を置いてしまう。この場面は興味をそそってやまないものだ。オブライエンによるウィンストンの拷問のあいだにこの疑問はようやく再浮上し、オブライエンがそれに答えを与える。

迫害の目的は迫害、拷問の目的は拷問、権力の目的は権力なのだ。そろそろわたしの言わんとすることが分かってきたかね？★33

「説明を必要としない自然の本能」？　これは『一九八四年』のクライマックスにおけるぞっとするような非合理主義である。そして、それに哀れみと恐怖を覚えているあいだには、本当の疑問、オーウェル自身の疑問にあくまでこだわり続けることは容易ではない。バーナムの立場の要点は、あらゆる政治的信念や願望はつねにむきだしの権力や権力欲をおおい隠すものであるという理由で、それらから信用を奪うことにあった。だがもしそうであるならば、それは歴史の抹消であるばかりではない――オーウェルが〔バーナムを論じた〕彼のエッセイで続けて考察したように。主張や信念のみならず、現実の出来事は実際にはさまざまに変化してきたが、そうした変化は平板化され、人間の行動は変わらずに無意味かつ低級であり続けるという見方に変えられてしまう。そこでは、探究と議論、またそれゆえに、真理の可能性もまた抹消されている。というのも、いかなる主張も、それが隠していると了解されている卑しく残忍な現実へとたちどころに翻訳されてしまうのだから。迫害や権力や拷問は「それら自体を目的として」（つまり、なんらかの客観的な大義のためではなく、むしろその執行者たちの個人的な欲望を満たすために）追求されることはあるし、またそれは常習的にすら追求されている。権力と政策とのあいだのあらゆるつながりの抹消に抵抗し続けるために、そのことを否定する必要はない。また、このようなつながりの抹消には抵抗せねばならない――そのような抹消がなされたあかつきには、さまざまなことなる社会体制を区別することや、あれこれの体制がどの地点で改善したり、悪化したりするのかを分析的に調査することは無意味になってしまう、ということだけが理由であっても。

さまざまな社会・政治体制が、恣意的な権力、迫害、拷問が起こる可能性を高めるのか、あるいは低めるのかについては意見の相違の余地がおおいに存在している。現実の一九八四年の世界においては、そのような実践の数々は広大にひろがっており、さまざまな社会体制に見いだされる。チリからカンボジアまで、トルコやエルサルバドルから東欧まで、さらにベルファストくらいに身近なところにもその複数の事例が存在している——そうした社会体制は、ほかの点ではおたがいに似てはいないのだが。それゆえに、相違を見分けるためのさまざまな問いを無視して、野獣と化した人間の姿からあとずさることは誘惑的である。だが、もしそうしてしまったらもっとも危機に瀕することになるのは、まさしく「2＋2」といった種類の評価なのである。そのような評価は、その合計がどれほどに複雑なものとなろうとも、執拗に事実にこだわり、真実を求めるものなのだ。さまざまな体制やそれらの局面のなかでは、記録に残る時代をつうじてそうであったように、反対者たちや、不都合な者たちですらも投獄され、拷問され、殺害されている——フィクションの外側の世界ではオーウェルもよく知っていたように、そのような体制や局面が存在することには、さまざまな理由がある。このような非人間的な短絡的手段の事例が少なくなったり、あるいは制御下に置かれたりするほかの体制や、その局面が存在するのとまさしく同じように——そのような体制はそのほぼすべてが現代の産物であるし、そのほぼすべてが、長期的な政治的議論と闘争のすえに達成されたものなのである。もちろんオーウェルは、スターリンやヒトラーすらも超えて展開した現代の全体主義体制にたいして警告を発している。しかし、全体主義にたいして警告する全体主義的なやり方は存在している。あのような相違を見分けるための歴史的分析や、あのような真実についての政治的区別、見せかけの信念や願望とはことなるものとしての、あのような真正な信念や願望などを除外することによって、そのような警告はなされるのである。だがそういった分析、区別、信念や願望などは、恐怖もしくは憎悪をかきたてる非理性的な未来像（プロジェクション）よりも、全体主義に対抗するはるかにすぐれた防衛手段なのである。オーウェルがバーナムについて述べたことを想起するのは有益である。

> バーナムはおそるべき権力像、抵抗することのできない権力像を作りあげようとしている。彼は、潜入行動のような標準的な政治的策略を〈潜入〉とカッコにくくって表現することによって、全体的にものものしい雰囲気を強めているのである。★34

〈イングゾック〉という表記についても同じことが言えるだろう。バーナムの主張について彼がかさねて述べたように、

> 権力崇拝は政治的判断をくもらせてしまう。それというのも、権力崇拝が現在の傾向は続くだろうという信念に結びつくことは、ほとんど不可避であるからだ。★35

オーウェル自身はつねに特権と権力の反対者であったが、それにもかかわらず、フィクションのなか

では彼はまさしくそのような服従的な信念に身をゆだねてしまっている。世界はそのような方向に向かいうるという警告は、フィクションの絶対的領域のなかでは、想像力をもちいたその不可避性への服従と化してしまった。そして、そのうえで鎖をふたたび揺さぶって音を立てることは、数多くの男たちと女たちにたいする敬意をまったく払わないことなのである――依然としてきわめて強力である破壊的かつ無知な諸傾向との戦いをかさね、現在も戦っているあのような男女たち、さらに、人間の尊厳、自由、平和に尽力するのみならず、それらを想像する力を保ち続けてきたあのような男女たちにたいする敬意を。あらゆる記録から判断して、オーウェル自身もその一人であったはずなのだが。

＊文献リスト、出典、謝辞〔原書に附されたもの〕

オーウェルによる著作

DOPL: *Down and Out in Paris and London*; London, 1933.〔『パリ・ロンドン放浪記』小野寺健訳、岩波文庫、一九八九年。〕

BD: *Burmese Days*; New York, 1934.〔『ビルマの日々』宮本靖介・土井一宏訳、晶文社、一九八四年。〕

CD: *A Clergyman's Daughter*; London, 1935.〔『牧師の娘』三沢佳子訳、晶文社、一九八四年。〕

KAF: *Keep the Aspidistra Flying*; London, 1936.〔『葉蘭をそよがせよ』高山誠太郎訳、一九八四年。〕

RWP: *The Road to Wigan Pier*; London, 1937.〔『ウィガン波止場への道』土屋宏之・上野勇訳、ちくま学芸文庫、一九九六年。〕

HC: *Homage to Catalonia*; London, 1938.〔『カタロニア讃歌』都築忠七訳、岩波文庫、一九九二年。〕

CUA: *Coming Up For Air*; London, 1939.〔『空気を求めて』小林歳雄訳、晶文社、一九八四年。〕

IW: *Inside the Whale*; London, 1940.

AF: *Animal Farm*; London, 1945.〔『動物農場』川端康雄訳、岩波文庫、二〇〇九年。〕

NEF: *Nineteen Eighty-Four*; London, 1949.〔『一九八四年』高橋和久訳、ハヤカワ epi 文庫、二〇〇九年。〕

CEJL: *Collected Essays, Journalism and Letters of George Orwell*; 4 volumes, edited by Sonia Orwell and Ian Angus; London, 1968.〔『オーウェル著作集』全四巻、平凡社、一九七〇—七一年　＊ただし、いくつかの部分は省略されている。〕

CEJL 以外の著作からの引用元の頁は、統一サイズ版オーウェル著作集の版のものをもちいている。引用のコピーライトについては、ソニア・オーウェルならびにセッカー・アンド・ウォーバーグへの謝意を表したい。右のリストに挙げられたオーウェルによる著作はすべて、ペンギン・ペーパーバック版でも入手が可能である。

オーウェルに関する著作

Aldrith, Keith. *The Making of George Orwell*. London, Edward Arnold, 1969.

Atkins, John. *George Orwell*. London, Calder, 1954.

Brander, Laurence. *George Orwell*. London, Longman, 1954.

Calder, Jennie. *Chronicles of Conscience* (part). London, Secker & Warburg, 1968.

Crick, Bernard. *George Orwell: A Life*. London, Secker & Warburg, 1980.〔バーナード・クリック『ジョージ・オーウェル　ひとつの生き方』河合秀和訳、上下巻、岩波書店、一九八三年。〕

Greenblatt, S.J. *Three Modern Satirists* (part). New Haven, Yale, 1965.

Gross, M. (ed.) *The World of George Orwell*. London, Weidenfeld & Nicholson, 1971.〔ミリアム・グロス『ジョージ・オーウェルの世界』大石健太郎翻訳監修、音羽書房鶴見書店、二〇〇九年。〕

Hollis, Christopher. *A Study of George Orwell*. London, Hollis & Carter, 1958.

Lee, Robert A. *Orwell's Fiction*. Notre Dame, Indiana, 1969.

Lief, Ruth A. *Homage to Oceania*. Ohio State University, 1969.

Oxley, B. *George Orwell*. London, Evans, 1967.

Rees, Richard. *George Orwell: Fugitive from the Camp of Victory*. London, Secker and Warburg, 1961.

Stansky, P, and Abrahams, W. *The Unknown Orwell*. London, Constable. 1972.

Thomas, Edward M. *Orwell*. Edinburgh, Oliver & Boyd, 1953.

Vorhees, Richard J. *The Paradox of George Orwell*. Lafayette, Indiana, Purdue University, 1961.

Williams, R. (ed.) *Twentieth Century Views: George Orwell*. New Jersey, Prentice-Hall, 1974.

Willison, J. R. *George Orwell: Some Materials for a Bibliography*. School of Librarianship and Archives, University of London.

Woodcock, George. *The Crystal Spirit*. London, Cape, 1967.〔ジョージ・ウドコック『オーウェルの全体像――水晶の精神』奥山康治訳、晶文社、一九七二年。〕

原注・訳注

本書でレイモンド・ウィリアムズは、オーウェルの小説とルポルタージュについてはセッカー・アンド・ウォーバーグ社から一九五四年に刊行が開始された統一サイズ版オーウェル著作集（ユニフォーム・エディション）、そのほかのエッセイ、手紙、日記などについてはソニア・オーウェルとイアン・アンガスが編集して同社から一九六八年に出版された四巻本の著作集（*Collected Essays, Journalism and Letters of George Orwell*, 4 volumes, edited by Sonia Orwell and Ian Angus, Secker and Warburg, 1968）から引用しており、引用元は文中のマルカッコ内に著作の略号、巻数、頁のみを記す文中引用方式をもちいている。

だが、この方法では読者にはオーウェルのどの作品からの引用かが分からず、また四巻本の著作集は、現在はひろく流通していない。そのため本訳書ではエッセイ、手紙、日記の引用元はピーター・デイヴィソンの編集で八〇年代から九〇年代末にかけて刊行された全集版（*The Complete Works of George Orwell*, 20 volumes, edited by Peter Davison, Secker & Warburg, 1998）に差し替え、文末注で作品名を明記する方式に改めた（タイトルに加えてCW＋巻数と頁で引用元を特定する）。また、小説ならびにルポルタージュ作品については比較的入手しやすいペンギン・ペーパーバック版をもちい、書誌情報は初出時の文末注に記載した。

日本語訳については小説とルポルタージュ作品はそれぞれ入手しやすい文庫版の対応頁を〔　〕内に記した。一九六八年に出版された四巻本の著作集は部分的な省略を除いて、『オーウェル著作集』（全四巻、平凡社、一九七〇―七一年）として刊行されているため、エッセイ、手紙、日記については基本的にこの本の対応頁を記した。ただし一部の主要なエッセイは川端康雄編集による『オーウェル評論集』（全四巻、平凡社ライブラリー、一九九五年）に収録されているため、そちらの対応頁を示した。

なお、オーウェルの日記と手紙についてはピーター・デイヴィソンが選択・編集した英語版の訳書である『ジョージ・オーウェル書簡集』と『ジョージ・オーウェル日記』（どちらも高儀進訳、白水社、二〇一一年）に同じものが収録されている場合は対応頁を併記した。

オーウェルの著作からの引用の翻訳は基本的にこれらの既訳における表現を適宜参考にしたが、必要であると思われる箇所については、原文と照らしあわせつつ文脈に応じて変更を加えてある。

第一章　ブレアからオーウェルへ

＊原注

★1　"Shooting an Elephant." *CW10*, pp.501-6, p.501.〔「象を撃つ」、井上麻耶子訳、『象を撃つ　オーウェル評論集1』平凡社、一九九五年、一九―三三頁、二〇頁。〕

★2　"Inside the Whale," *CW12*, pp.86-115, p.86.〔「鯨の腹のなかで」鶴見俊輔訳、『鯨の腹のなかで　オーウェル評論集3』平凡社、一九九五年、九―八七頁、一〇頁、訳文を一部変更。〕

★3　"To Leonard Moore." [19 November 1932] *CW10*, p.274.〔「レオナード・ムアへの手紙」、井上麻耶子訳、『オーウェル著作集Ⅰ　１９２０―１９４０』平凡社、一九七一年、九七頁、訳文を一部変更。〕

★4　"To Leonard Moore." [6 July 1932] *CW10*, p.253.〔「レオナード・ムアへの手紙」、長沼節夫訳、『オーウェル著作集Ⅰ　１９２０―１９４０』、七四―七五頁、七五頁、訳文を一部変更。〕

★5　“To Leonard Moore.” [19 November 1932] *CW10*, p.274.〔「レオナード・ムアへの手紙」、井上麻耶子訳、『オーウェル著作集Ⅰ　1920―1940』、九七頁／ピーター・デイヴィソン編『ジョージ・オーウェル書簡集』、高儀進訳、白水社、二〇一一年、三九頁、訳文は前者にもとづき一部変更。〕

★6　“To Geoffrey Goer.” [10 January 1940] *CW12*, pp.6-7.〔「ジェフリ・ゴーラーへの手紙」、石山幸訳、『オーウェル著作集Ⅰ　1920―1940』、三七三―七四頁、三七三頁／『ジョージ・オーウェル書簡集』、二〇〇―二〇一、訳文は前者にもとづき一部変更。〕

＊訳注

☆1　以下では、区別を明確にするために原文の England ／ English は基本的にイングランド、Britain/British はイギリスとして訳し分けをおこなう。

☆2　レフト・ブック・クラブはヴィクター・ゴランツ（Victor Gollanctz,1892-1967）が一九三六年に創設したイギリスの出版社で、一九四八年まで続いた。会員向けに毎月の選書とニュースレターを発行し、一九三〇年代末には最大で会員数が五万七千人に達するなど、一九三〇年代から四〇年代にかけてイギリスの左翼運動で一定の影響力を持った。

☆3　独立労働党は一八九三年に結成されたイギリスの政党で、労働党よりも左寄りの政策を取った。一九七五年に労働党に合流するかたちで解党した。

☆4　L・H・マイヤーズ（L. H. Myers, 1881-1944）はイギリスの小説家で、『近くと遠く』（一九二九年）を含むインド三部作『花と根』などで知られる。

☆5　『パーティザン・レヴュー』誌は一九三四年に創刊され、発行母体を変えて二〇〇三年まで続いたアメリカの雑誌。当初はアメリカ共産党に結びついていたが、一九三七年からはスターリニズムに反対する社会民主主義の路線を取った。一九五〇年代から六〇年代にかけてはアメリカの冷戦政策の一環としてCIAから秘密裏の資金提供を受けており、それがのちに問題化したが、オーウェルが「ロンドン通信」を寄稿していたのはそれ以前の一九四一年から四六年にかけてであった。

☆6　アナイリン・ベヴァン（Aneurin Bevan, 1897-1960）はウェールズ出身のイギリスの政治家。労働党左派の代表的存在で、第二次世界大戦後のアトリー労働党内閣では国民保健サーヴィス（NHS）の創設に尽力した。『トリビューン』紙は一九三七年創刊のイギリスの左派系の新聞で、二〇〇一年以降は雑誌として刊行された。

第二章　イングランド、だれのイングランド？

＊原注

★1　"The Lion and the Unicorn: Socialism and the English Genius." *CW12*, pp.391-434, p.392.〔「ライオンと一角獣——社会主義とイギリス精神」小野協一訳、『ライオンと一角獣　オーウェル評論集4』九一一一八頁、一一一頁　訳文を一部変更。〕

★2　*The English People*. *CW16*, pp.199-228, p.200.〔「イギリス民族」小野協一訳、『オーウェル著作集Ⅲ　1943―1945』三―三七頁、三頁、訳文を一部変更。〕

★3　"Review of *Union Now* by Clarence K. Streit." *CW11*, pp.358-61, p.360.〔「黒人は抜かして」長沼節夫訳、『オーウェル著作集Ⅰ　1920―1940』三六一―六五頁、三六四頁、訳文を一部変更。〕

★4　*The Road to Wigan Pier*. Penguin, 1989, p.134.〔『ウィガン波止場への道』土屋宏之・上野勇訳、ちくま学芸文庫、一九九六年、一九三頁　訳文を一部変更。〕

★5　Ibid., p.131.〔同、一八八―八九頁、訳文を一部変更。〕

★6　Ibid., p.113.〔同、一六四頁、訳文を一部変更。〕

★7　"Awake! Young Men of England." CW10, p.20.

★8　*The Road to Wigan Pier*. p.138.〔『ウィガン波止場への道』、一九八―九九頁、訳文を一部変更。〕

★9　"The Lion and the Unicorn: Socialism and the English Genius." *CW12*, p.398.〔「ライオンと一角獣――社会主義とイギリス精神」、二六頁、訳文を一部変更。〕

★10　Ibid., p.400.〔同、三二頁、訳文を一部変更。〕

★11　Ibid., p.401.〔同、三四頁。〕

★12　Ibid., p.409.〔同、五三頁。〕

★13　Ibid., p.394.〔同、一六頁。〕

★14　Ibid., p.397.〔同、二四頁。〕

★15　*The Road to Wigan Pier*. p.215.〔『ウィガン波止場への道』、三〇七頁、訳文を一部変更。〕

★16　"The Lion and the Unicorn: Socialism and the English Genius." *CW12*, p.408.〔「ライオンと一角獣――社会主義とイギリス精神」、五〇頁、訳文を変更。〕

★17　Ibid., p.401.〔同、三四頁。〕

★18　Ibid., p.402.〔同、三五―三七頁、訳文を一部変更。〕

★19　Ibid., p.412.〔同、六三頁、訳文を一部変更。〕

＊訳注

☆1　「イングランド、僕のイングランド」はイギリスの詩人・批評家ウィリアム・アーネスト・ヘンリー

（William Ernest Henley, 1849-1903）の詩"Pro Rege Nostro"の一節で、特に第一次世界大戦中に愛国詩として有名になった。労働者階級出身のイギリスの小説家D・H・ロレンス（D. H. Lawrence, 1885-1930）は一九一五年にこの言葉をタイトルにした短編小説を発表し、第一次世界大戦で戦死する若者を主人公として愛国主義を批判的に描いた。オーウェルは「イングランド、君のイングランド」を第二次世界大戦中のパンフレット『ライオンと一角獣』（一九四一年）第一部のタイトルに掲げている。

☆2　親子など血統にもとづく関係性を意味するフィリエーション（filiation）とは対照的に、アフィリエーション（affiliation）とは、しばしば主体的な選択による密接な関係の構築を指す。文脈に応じて協力関係、提携、加入、参加、養子縁組などを意味する。

☆3　北大西洋条約機構（NATO）は一九四九年に発足した軍事同盟で、当初ヨーロッパとアメリカ合衆国の十二カ国が参加、冷戦期にはソヴィエト連邦を中心とした共産圏に対抗した。欧州経済共同体（the Common Market）は一九五七年にフランス、ドイツなどを中心に発足した国際機関で、その後一九九三年発足の欧州連合（EU）に発展的に解消された。ここでいう「連邦計画」とは一九三八年十一月にイギリスで発足した政治団体の連邦連盟（the Federal Union）が目標として掲げた、第二次世界大戦後のヨーロッパ統合計画を指す。

☆4　否定的同一化（negative identification）はウィリアムズが『文化と社会』（一九五八年）においてイギリスの自然主義作家ジョージ・ギッシング（George Gissing, 1857-1903）や一九三〇年代のマルクス主義系の作家たちの分析に用いた概念。否定的同一化においては、みずからの出身階級にたいする否定（離脱や価値観の拒絶）をつうじて下層階級や被抑圧者たちへの同一化が試みられるが、それは否定を出発点にする限りで不安定なものであり、しばしば幻滅や挫折に終わるとされる。

☆5　「二つの国民（the two nations）」は、特にヴィクトリア朝以降のイギリスにおいて、上・中流階級の人々と労働者階級の人々との根本的な分断を指すためにしばしばもちいられた言葉。首相にもなった政治家・小説家ベンジャミン・ディズレーリ（Benjamin Disraeli, 1804-1881）の小説『シヴィル、あるいは二つの国民』（一八四五年）が有名。

☆6　第二次世界大戦後、特に一九五〇年代から一九六〇年代にかけてのイギリスでは、好況期において労働者階級の階級意識の希薄化が見られたとされており、無階級性（classlessness）はそのような問題を指す言葉。例えば、ニューレフトの代表的論客の一人であるスチュアート・ホール（Stuart Hall, 1932-2014）には"A Sense of Classlessness"（1959）という論考があり、ウィリアムズも『長い革命』（一九六一年）においてこの問題を論じている。詳細は附論の第三節を参照。

☆7　六〇年代の労働党政権とは、一九六四年から七〇年まで続いたハロルド・ウィルソン（Harold Wilson, 1916-1995）を首相とする労働党政権のこと。一九五一年の総選挙敗北以来、久しぶりに成立した労働党政権であったが、ウィルソンは五〇年代なかばから台頭した労働党内の修正主義を受けて、「あらたなイギリス」、「科学革命」、「近代化」などを標語に掲げて中道左派的な立場を取り、効率重視の経済政策ばかりに注力していたため、ウィリアムズは批判的であった。ウィルソン政権への言及については、本書第六章と第七章および「附論」の第三節も参照。

☆8　バービカンはロンドン中央部シティに位置する地区。第二次世界大戦中に爆撃被害を受けたのち、一九六五年から七六年にかけてシティ・オブ・ロンドン自治体によって富裕層向けの高層住宅バービカン・エステートとして再開発された。この一段落は自治体による住宅供給事業であったにもかかわらず高級志向だったバービカン再開発にたいする諷刺的言及と理解できる。

第三章　作家であること

＊原注

★1　"Review of *the Novel Today* by Philip Henderson." *CW10*, pp.532-34.〔「書評　P・ヘンダーソン『現代の小説』」井上麻耶子訳、『オーウェル著作集Ⅰ　1920―1940』二三九―四一頁、二三九頁、訳文を一部変更。〕

★2　"Why I Write." *CW18*, pp.316-21, p.317.〔「なぜ私は書くか」鶴見俊輔訳、『象を撃つ　オーウェル評論集1』一〇五―二〇頁、一〇七―八頁、訳文を一部変更。〕

★3　"Inside the Whale." *CW12*, pp.86-115, p.86, pp.97-8.〔「鯨の腹のなかで」鶴見俊輔訳、『鯨の腹のなかで　オーウェル評論集3』、九―八七頁、一〇、四五頁、訳文を一部変更。〕

★4　"Why I Write." *CW18*, pp.316-21, p.319.〔「なぜ私は書くか」、一一二頁。〕

★5　Ibid., p.318.〔同、一一二頁。〕

★6　"Writers and Leviathan." *CW19*, pp.288-93, p.288.〔「作家とリヴァイアサン」小野協一訳、『水晶の精神　オーウェル評論集2』、一〇〇―一三頁、一〇二―三頁、訳文を一部変更。〕

＊訳注

☆1　『パンチ』誌は一八四一年創刊のイギリスの週刊誌で、諷刺的ユーモアの効いた挿絵で有名。オーウェルがここで言及した挿絵は一九二六年十月十三日の記事に掲載されている。

☆2　ジェイムズ・ジョイス（James Joyce, 1882-1941）はアイルランド出身の小説家で、モダニズム文学を代表する長編小説『ユリシーズ』（一九二二年）や『フィネガンズ・ウェイク』（一九三九年）を書いた。ヘンリー・ジェイムズ（Henry James, 1843-1916）はアメリカ出身の小説家。モダニズムの先駆者としてキャラクターの内面心理の精密な描写をおこない、小説の芸術化に貢献したと言われている。

☆3　チャールズ・ディケンズ（Charles Dickens, 1812-70）、エリザベス・ギャスケル（Elizabeth Gaskell, 1810-1865）、ジョージ・エリオット（George Eliot, 1819-80）、トマス・ハーディ（Thomas Hardy, 1840-1928）はいずれも一九世紀に活躍したイギリスの小説家。ウィリアムズは『イングランド小説――ディケンズからロレンスまで』（一九七〇年、未邦訳）において社会意識の観点からこの作家たちを論じている。これに続く部分における本文の議論は、『イングランド小説』におけるウィリアムズの議論と密接に関係している。この詳細については附論を参照。

☆4　H・G・ウェルズ（H. G. Wells, 1866-1946）は『タイム・マシン』（一八九五年）などで知られるイギリスの小説家。ウェルズは一九一五年の小説『ブーン』においてジェイムズを諷刺し、文学をつうじた社会改良を目指す前者と、芸術志向の後者とのあいだの論争に発展した。ウィリアムズは『イングランド小説』第五章「道のわかれ目」でこの論争に触れている。

第四章　観察と想像

＊原注

★1　"Review of *Black Spring* by Henry Miller; *A Passage to India* by E. M. Forster; *Death of a Hero* by Richard Aldington; *The Jungle* by Upton Sinclair; *A Hind Let Loose* by C. E. Montague; *A Safety Match* by Ian Hay." *CW10*, pp.499-501.〔「書評　H・ミラー『暗い春』ほか」小野修訳『オーウェル著作集Ｉ　１９２０―１９４０』二一一―一三頁、二一一頁、訳文を一部変更。〕

★2 "To Brenda Salkeld." [10? December 1933] *CW10*, pp.326-29, p.328.〔「ブレンダ・サーケルドへの手紙（抜粋）」横山貞子訳、『オーウェル著作集Ⅰ　1920—1940』一一三—一一七頁、一一六頁、訳文を一部変更。〕

★3 "To Eleanor Jaques." [19 October 1932] *CW10*, pp.270-71; "To Eleanor Jaques," [18 November 1932] *CW10*, pp.272-73; "To Eleanor Jaques," [19 September 1932] *CW10*, p.269.〔「エレノア・ジェイクィーズへの手紙」井上麻耶子訳、『オーウェル著作集Ⅰ　1920—1940』九三—四頁、九二—三頁、九六—七頁、九二頁／最初の手紙のみ『ジョージ・オーウェル書簡集』、三七—三九頁にも収録されている。訳文は前者にもとづいて一部変更。〕

★4 "Hop-picking Diary." [25 August-8 October 1931] *CW10*, pp.214-26.〔「ホップを摘む」小野修訳、『オーウェル著作集Ⅰ　1920—1940』四五—六五頁／「ホップ摘み日記」『ジョージ・オーウェル日記』ピーター・デイヴィソン編、高儀進訳、白水社、二〇一〇年、一一—三五頁。〕

★5 "To Brenda Salkeld." [10? December 1933] *CW10*, pp.326-29〔「ブレンダ・サーケルドへの手紙（抜粋）」横山貞子訳、一一三—一一七頁。〕

★6 "To Stanley J. Kunitz and Howard Haycraft." "[Autobiographical Note]" *CW12*, pp.147-48, p.148.〔「私の略歴」上田和夫訳、『オーウェル著作集Ⅱ　1940—1943』二三—二五頁、二四頁、訳文を変更。〕

★7 "*The Road to Wigan Pier* Diary." *CW10*, pp.417-67〔「『ウィガン波止場への道』日記」小野修訳、『オーウェル著作集Ⅰ　1920—1940』一五二—九五頁／「『ウィガン波止場への道』日記」、『ジョージ・オーウェル日記』、三六—九二頁。〕

★8 *The Road to Wigan Pier*. p.13.〔『ウィガン波止場への道』、二四頁、訳文を変更。〕

★9 Ibid., p.161.〔同、二三〇頁、訳文を一部変更。〕

★10　"*The Road to Wigan Pier* Diary." *CW10*, pp.417-67, p.421〔一九三六年二月六日から十日にかけての記述「『ウィガン波止場への道』日記」小野修訳、一五五―五六頁／「『ウィガン波止場への道』日記」、『ジョージ・オーウェル日記』、四四頁、訳文は前者にもとづいて変更。〕

＊訳注

☆1　イアン・ヘイ（Ian Hay, 1876-1952）はイギリスの作家、第一次世界大戦の従軍記『最初の十万人』（一九一五年）で人気を博した。

☆2　レオポルド・ブルームはジョイスのモダニズム小説『ユリシーズ』の主人公の一人で、広告取りを職業とするユダヤ人の中年男性。

☆3　アンソニー・トロロープ（Anthony Trollope, 1815-82）、サミュエル・バトラー（Samuel Butler, 1835-1902）、オルダス・ハクスリー（Aldous Huxley, 1894-1963）はいずれもイギリスの作家。トロロープはヴィクトリア朝地方中流階級の生活を描く数多くの小説を書いた。バトラーの代表作は諷刺的ユートピア小説『エレホン』（一八七二年）や『万人の道』（一九〇三年）など。ハクスリーの代表作はオーウェルの『一九八四年』と双璧をなすディストピア小説『すばらしい新世界』（一九三二年）。

☆4　『牧師の娘』（一九三五年）の主人公ドロシーは記憶喪失を契機とした浮浪生活の果てに、ロンドンのトラファルガー広場で一一人の浮浪者たちと野宿する。この様子を描いた第三章第一節は幻想的な戯曲形式で描かれており、ダブリンの夜の街を描いた『ユリシーズ』第一五挿話「キルケ」の実験的形式を踏襲している。

☆5　アーノルド・ベネット（Arnold Bennett, 1867-1931）はイギリスの自然主義作家で、代表作は『二人の女の物語』（一九〇八年）。ジョウゼフ・コンラッド（Joseph Conrad, 1857-1924）はポーランド出身のイギリスの作家で、『闇の奥』（一八九九年）など帝国主義批判の小説を先駆的モダニズムの実験的手法で書いた。ラドヤード・キプリング（Rudyard Kipling, 1865-1936）はインド生まれのイギリスの作家・詩人で、代表作に『少年キム』（一九〇一年）など。イギリス帝国の賛美者として批判されたが、オーウェルはキプリング文学を評価するエッセイを書いている。

☆6　T・S・エリオット（T. S. Eliot, 1888-1965）はアメリカ出身の詩人で、代表作はモダニズム詩の傑作『荒地』（一九二二年）。

☆7　ウィリアム・シェイクスピア（William Shakespeare, 1564-1616）はイギリス・ルネサンス最大の劇作家。ジョナサン・スウィフト（Jonathan Swift, 1667-1745）は一八世紀に活躍したアングロ・アイリッシュの作家で、代表作は『ガリヴァー旅行記』（一七二六年）。ヘンリー・フィールディング（Henry Fielding, 1707-54）はイギリスの作家で、代表作に『トム・ジョウンズ』（一七四九年）など。チャールズ・リード（Charles Reade, 1814-84）はイギリスの作家。エミール・ゾラ（Emile Zola, 1840-1902）、ギュスターヴ・フローベール（Gustave Flaubert, 1821-80）はともにフランスの作家。

☆8　ウィリアム・サマセット・モーム（William Somerset Maugham, 1874-1965）はフランス生まれのイギリスの作家。特に短編小説を得意とし、しばしば植民地を舞台とした人間観察的な物語を書いた。

☆9　『ビルマの日々』（一九三四年）の主人公フロリーはイギリス領ビルマでの孤独な生活からの救いを求めてイギリス人女性エリザベスとの結婚を夢みるが、現地の有力者の策略にはまって最後には自殺する。

☆10　ジェイムズ・ジョイスの半自伝的小説『若い芸術家の肖像』（一九一六年）において主人公スティーヴン・デダラスが語る芸術理論を踏まえた表現。James Joyce, *A Portrait of the Artist as a Young Man* (Penguin, 2000), p. 233 を参照。この部分の邦訳については、ジェイムズ・ジョイス『若い芸術家の肖像』大澤正佳訳、岩波書店、二〇〇七年、四〇一頁の訳文を踏まえつつ、文脈にあわせて変更を加えてある。

☆11 『葉蘭をそよがせよ』(一九三六年)の主人公ゴードン・コムストックは「金銭崇拝」に抵抗するために広告会社での仕事を辞め、詩人志望の若者として生きることを志向するが、恋人ローズマリーの妊娠を知って文学的野心を捨て、最後にはコピーライターの仕事に復帰する。

☆12 『空気を吸いに』(一九三九年)の主人公で平凡な中年男ジョージ・ボウリングは息の詰まる日常から逃れるために子供時代を過ごした故郷ロウアー・ビンフィールドへと旅行するが、開発によって様変わりした田園地帯を見いだして幻滅し、最後には日常に復帰する。

☆13 「感情構造(the structure of feeling)」は初期の著作から『長い革命』(一九六一年)などをつうじてウィリアムズが彫琢した用語。「感情」という言葉から分かるように、ある歴史的時点の社会に存在する特殊な意識や感じ方、関係性のありようを示しており、支配的なイデオロギーや思想ほどに公式化・明確化はされてはいないが、なおも「構造」として、その時代の文学・文化テクストに見られる特徴的なパターンや約束事のなかに読み取ることが可能なものとされる。

第五章　政治

＊原注

★1 "Notes on the Spanish Militias." *CW11*, pp.135-45, p.136.〔「スペイン民兵についてのノート」塩沢良典訳、『オーウェル著作集Ⅰ　1920—1940』二九一—三〇二頁、二九一頁。〕

★2 Ibid.〔同、二九一頁、訳文を変更。〕

★3 *Homage to Catalonia. Penguin*, 1989, p.96.〔『カタロニア讃歌』都築忠七訳、一四〇頁、訳文を一部変更。〕

★4 Ibid., p.2.〔同、一五頁。〕

★5 "Notes on the Spanish Militias." p.136.〔「スペイン民兵についてのノート」、二九一頁、訳文を変更。〕

★6 *Homage to Catalonia*. p.2.〔『カタロニア讃歌』、一五頁。〕

★7 Ibid., p.83.〔同、一二二頁、訳文を一部変更。〕

★8 Ibid., p.83-4.〔同、一二三頁、訳文を一部変更。〕

★9 "Letter to Cyril Connolly." [8 June 1937] *CW11*, pp.27-8, p.28.〔「シリル・コナリーへの手紙」宇田佳正訳、『オーウェル著作集Ⅰ　１９２０—１９４０』二四八頁、訳文を一部変更。〕

★10 *Homage to Catalonia*. pp.92-3.〔『カタロニア讃歌』、一三五—三六頁、訳文を一部変更。〕

★11 Ibid., p.83.〔同、一二二頁。〕

★12 Ibid., p.104.〔同、一四九頁、訳文を一部変更。〕

★13 "Looking Back on the Spanish War." *CW13*, pp.497-511, p.504.〔「スペイン戦争回顧」小野協一訳、『象を撃つ　オーウェル評論集1』五七—九四頁、七四頁。〕

★14 Ibid., p.504.〔同、七六頁。〕

★15 Ibid., p.504〔同、七七頁。〕

★16 "Why I Join the I.L.P." *CW11*, pp.167-69, p.168.〔「なぜ私は独立労働党にはいったのか」塩沢由典訳、『オーウェル著作集Ⅰ　１９２０—１９４０』三〇九—一一頁、三一〇頁、訳文を一部変更。〕

★17 Ibid., pp.168-69.〔同、三一〇—一一頁、訳文を一部変更。〕

★18 "Letter to the Editor, *New English Weekly*." [26 May 1938] *CW11*, pp.152-54, p.153.〔「『ニュー・イングリッシュ・ウィークリー』の編集長への手紙」塩沢由典訳、『オーウェル著作集Ⅰ　１９２０—１９４０』三

〇四―五頁、三〇五頁、訳文を変更。〕

★19 "Review of *The Communist International* by Franz Borkenau." *CW11* pp.202-4.〔「書評　フランツ・ボルケナウ『世界共産党史』」塩沢由典訳、『オーウェル著作集Ⅰ　1920―1940』三二〇―二二頁、三二二頁、訳文を変更。〕

★20 "Letter to Herbert Read." [4 January 1939] *CW11*, pp. 313-14, p.313.〔「ハーバート・リードへの手紙」石山幸基訳、『オーウェル著作集Ⅰ　1920―1940』三四三―四五頁、三四四頁／『ジョージ・オーウェル書簡集』、一八一―八二頁、訳文は前者にもとづき一部変更。〕

★21 "Letter to Herbert Read." [5 March 1939] *CW11*, pp.340-41.〔「ハーバート・リードへの手紙」長沼節夫訳、『オーウェル著作集Ⅰ　1920―1940』三五二―五四頁、三五三頁／『ジョージ・オーウェル書簡集』、一九〇―九二頁、一九一頁、訳文は前者にもとづき変更。〕

★22 "Review of Union Now by Clarence K. Streit." *CW11*, pp.358-61, p.360.〔「黒人は抜かして」長沼節夫訳、『オーウェル著作集Ⅰ　1920―1940』三六一―六五頁、三六四頁、訳文を一部変更。〕

★23 "Review of *Russia under Soviet Rule* by N. de Basily." *CW11*, pp.315-17, p.317.〔「書評　N・ド・バジリー著『ソヴィエト支配下のロシア』」長沼節夫訳、『オーウェル著作集Ⅰ　1920―1940』三四五―四八頁、三四八頁、訳文を一部変更。〕

★24 "My Country Right or Left." *CW12*, pp.269-72, p.271.〔「右であれ左であれ、わが祖国」川端康雄訳、『象を撃つ　オーウェル評論集1』四六―五六頁、五二頁、訳文を一部変更。〕

★25 Ibid., p.270.〔同、五〇頁。〕

★26 Ibid., p.271.〔同、五一頁。〕

★27 "Review of *The Thirties* by Malcolm Muggeridge." *CW12*, pp.149-52, p.151-52.〔「悲観主義の限界」

石山幸基訳、『オーウェル著作集Ⅰ　1920―1940』五〇〇―五〇三頁、五〇三頁、訳文を変更。〕

★28　"Inside the Whale." *CW12*, pp.86-115, p.106, p.111.〔「鯨の腹のなかで」鶴見俊輔訳、『鯨の腹のなかで　オーウェル評論集3』九―八七頁、六九頁、八四―五頁。〕

★29　"War-time Diary." [27 April 1942] *CW13*, pp.288-89, pp.288-89.〔「戦時日記　一九四二・三・一四―一九四二・一一・一五」橋口稔訳、『オーウェル著作集Ⅱ　1940―1943』三九三―四三一頁、四〇五頁、訳文を一部変更。〕

★30　"London Letter." *CW16*, pp.411-16, p.412.〔「ロンドン通信」鮎沢乗光訳、『オーウェル著作集Ⅲ　1943―1945』二八一―八六頁、二八二頁、訳文を一部変更。〕

★31　"As I Please." [*Tribune*, 29 November 1946] *CW18*, pp.503-5, p.503.〔「私の好きなように」鈴木寧訳、『オーウェル著作集Ⅳ　1945―1950』二二九―三二頁、二三〇頁、訳文を一部変更。〕

★32　"Catastrophic Gradualism." *CW17*, pp.342-45, p.344.〔「破産的漸進主義」工藤昭雄訳、『オーウェル著作集Ⅳ　1945―1950』一四―一八頁、一七頁。〕

★33　"A Letter from England, 3 January 1943." *CW14*, pp.292-96.〔「ロンドン通信」鮎沢乗光訳、『オーウェル著作集Ⅱ　1940―1943』二六二―六八頁、二六七頁、訳文を一部変更。〕

★34　"In Defence of Comrade Zilliacus." *CW19*, pp.179-84, p.182.〔「同志ジリアーカスを弁護して」鈴木寧訳、『オーウェル著作集Ⅳ　1945―1950』三七八―八四頁、三八二頁、訳文を一部変更。〕

＊訳注

☆1　ハロルド・ラスキ（Harold Laski, 1893-1950）はイギリスの政治思想家で、ロンドン・スクール・オブ・エコノミクスの教授を務めた。ジョン・ストレイチー（John Strachey, 1901-1963）はイギリスの作家、労働党の政治家。

☆2　一九三七年にレフト・ブック・クラブから刊行された『ウィガン波止場への道』の第二部でオーウェルは主流のイギリス社会主義に対する論争を展開したため、出版者ヴィクター・ゴランツによるオーウェルに対する反論が序文として附された。

☆3　ハリー・ポリット（Harry Pollitt, 1890-1960）はイギリスの政治活動家で、長くイギリス共産党の書記長を務めた。

☆4　ジョン・マクネア（John McNair, 1887-1968）はイギリスの政治活動家で、独立労働党の代表としてスペイン内戦中にはバルセロナでイギリスからの義勇兵を迎え入れた。

☆5　人民戦線とは、特に一九三〇年代のヨーロッパにおいてファシズムの脅威に対抗するために共産党を含む左翼の諸政党が政策の差異を超えて取った協力関係に基づく政治運動のこと。

☆6　ブダペストは一九五六年のハンガリー動乱を指す。親ソ的な政権に対する民衆的な抵抗・改革運動が起こったが、ソヴィエト連邦による軍事介入のため挫折した。パリは一九六八年の五月革命を指す。学生主導でゼネラル・ストライキが起き、新しい価値観の台頭を世界に印象づけた。

☆7　フランツ・ボルケナウ（Franz Borkenau, 1900-1957）はオーストリア出身の政治活動家・思想家で、全体主義に対する初期の批判者・理論家とされる。

☆8　ハーバート・リード（Herbert Read, 1893-1968）はイギリスの美術批評家で、モダン・アートに関する著作のほか、政治的にはアナキストの立場を取った。

☆9　スターリン＝ヒトラー協定とは一九三九年八月に結ばれた独ソ不可侵条約のこと。一九四一年六月にナチス・ドイツがソヴィエト連邦への侵攻を開始したため条約は破棄された。

☆10　マルカム・マガリッジ（Malcolm Muggeridge, 1903-1990）はイギリスのジャーナリスト。

☆11　「ブリンプ大佐」とは、ニュージーランド出身でイギリスで活躍した漫画家デイヴィッド・ロウ（David Low, 1891-1963）が『イブニング・スタンダード』紙などに連載した諷刺漫画のキャラクターで、イギリスの既成権力の反動的な意見を代弁する存在とされる。なお、この直後の「イングランドよ、わがイングランドよ、我は汝のためになにをかなせし」は一九世紀後半に活躍したイギリスの詩人・批評家ウィリアム・アーネスト・ヘンリーの詩 "Pro Rege Nostro" の一節からの引用（第二章訳注1を参照）。

☆12　ヘンリー・ミラー（Henry Miller, 1891-1980）はアメリカ出身の作家で、長くヨーロッパに滞在した。代表作に『北回帰線』（一九三四年）など。

第六章　想像された世界

＊原注

★1　"Letter to Philip Rahv." [1 May 1944] *CW16*, pp.174-75.〔「フィリップ・ラーヴへの手紙」河野徹訳、『オーウェル著作集Ⅲ　１９４３―１９４５』二三三―二三四、訳文を変更。〕

★2　"To Arthur Koestler." [20 September 1947] *CW19*, pp.206-7.〔「アーサー・ケストラーへの手紙」平野敬一訳、『オーウェル著作集Ⅳ　１９４５―１９５０』三六六―六七頁／『ジョージ・オーウェル書簡集』三九二―九三頁。〕

★3　"Letter to Gleb Struve." [17 February 1944] *CW16*, p.99.〔「グレーブ・ストゥルーヴェへの手紙」河野徹訳、『オーウェル著作集Ⅲ　１９４３―１９４５』八九頁／『ジョージ・オーウェル書簡集』二六五頁。〕

★4　"Preface to the Ukrainian Edition of *Animal Farm*." *CW19*, pp.86-89.〔「『動物農場　おとぎばなし』ウ

クライナ版への序文」小野寺健訳、『象を撃つ　オーウェル評論集1』九五―一〇四頁、一〇〇―一〇一頁／「ウクライナ語版のための序文」『動物農場』川端康雄訳、二〇九―二一九頁、二一五―二一六頁、訳文は前者にもとづいて一部変更。〕

★5　Ibid., 87.〔同、九九頁／二一三頁、訳文は前者にもとづいて一部変更。〕

★6　Ibid., 88.〔同、一〇一頁／二一六頁、訳文は前者にもとづいて一部変更。〕

★7　"Politics vs. Literature: An Examination of *Gulliver's Travels*." *CW18*, pp.417-32, pp.426-27.〔「政治対文学――『ガリヴァー旅行記』論考」河野徹訳、『鯨の腹のなかで　オーウェル評論集3』二五二―八九頁、二七五―七九頁。〕

★8　"Preface to the Ukrainian Edition of *Animal Farm*." *CW19*, p.88.〔「『動物農場　おとぎばなし』ウクライナ版への序文」／「ウクライナ語版のための序文」、一〇一頁／二一六頁、訳文は前者にもとづいて一部変更。〕

★9　*Animal Farm: A Fairy Story*, Penguin, 1989, p.90.〔『動物農場　おとぎばなし』一六一頁。〕

★10　*Nineteen Eighty-Four: the Annotated Edition*. Penguin, 2013, p.311.〔『一九八四年』高橋和久訳、四七三頁、訳文を一部変更。〕

★11　Ibid., 6.〔同、一一―一二頁。〕

★12　Ibid., 12.〔同、一八頁、訳文を一部変更。〕

★13　Ibid., 38.〔同、五三頁。〕

★14　"Orwell's Statement on *Nineteen Eighty-Four*," *CW20*, pp.134-36, p.136.〔「フランシス・A・ヘンソンへの手紙（抜粋）」小池滋訳、『オーウェル著作集Ⅳ　１９４５―１９５０』四八五頁、訳文を一部変更。〕

★15　*Nineteen Eighty-Four*. p.82.〔『一九八四年』、一一〇頁。〕

★16　Ibid., p.107.〔同、一四三頁。〕

★17 Ibid., p.251.〔同、三三八頁、訳文を一部変更。〕
★18 *The Road to Wigan Pier*. p.117.〔『ウィガン波止場への道』、一六九頁。〕
★19 *Nineteen Eighty-Four*. p.251.〔『一九八四年』、三三八頁。〕
★20 Ibid., p.251.〔同、三三八頁、訳文を一部変更。〕
★21 Ibid., p.252.〔同、三三九―四〇頁。〕
★22 Ibid., p.99.〔同、一三二頁、訳文を一部変更。〕
★23 Ibid., p.216.〔同、二八九―九〇頁。〕
★24 Ibid., p.217.〔同、二九一頁、訳文を一部変更。〕
★25 Ibid., p.338.〔同、四五七頁。〕
★26 Ibid., p.75.〔同、一〇二頁。〕
★27 Ibid., p.144.〔同、一九三頁、訳文を一部変更。〕
★28 Ibid., p.144.〔同、一九四頁。〕

＊訳注

☆1 この章の表題ならびに以後の章でウィリアムズはくり返し"project"ならびに"projection"という言葉をもちいているが、原語の多義性を重視して文脈次第で「想像」、「客観化」、「未来像」、「投影」などと訳した。この言葉は一般的には既知の事実からの未来予測や、主体の経験や主観的感情を想像力によってイメージや観念として客観化するプロセスを指す。精神分析ではこの言葉は特に自我の（しばしば無意識的な）欲望を他者に転嫁する作用を意味し、その場合には「投影」という訳語を当てた。

☆2 第二次世界大戦中のイギリスでは戦時の同盟国ソヴィエト連邦に対する配慮からスターリニズムや

共産主義に対する批判は控えられる傾向があり、戦時中には『動物農場』の出版が困難であったのはそのためだと考えられる。ところが、第二次世界大戦終結直後から西側諸国とソヴィエト連邦との緊張が再度高まり、冷戦状態が始まった。

☆3　フウイヌムとヤフーはどちらもスウィフト『ガリヴァー旅行記』の第四部に登場する架空の生き物で、前者は理性を持つ高貴な馬、後者は野蛮状態に堕落した人間を表現している。

☆4　〈技術省〉(Mintech) はハロルド・ウィルソン率いる労働党が一九六四年の総選挙マニフェストで提唱し、内閣成立後に設立した政府部局。正式名称は The Ministry of Technology で、しばしば略称〈ミンテック〉と呼ばれたが、一九七〇年に成立したエドワード・ヒース保守党政権によって整理統廃合の対象となった。ウィルソン政権については本書第二章訳注7も参照。

☆5　ハロルド・ウィルソン労働党内閣は「テクノロジー革命」や「モダナイゼーション」を謳って中道左派的な政策を取ったが、六〇年代末からの景気悪化に対応した緊縮財政政策ゆえに大衆的な支持を失った。

☆6　戦後労働党政権は一九四五年の総選挙勝利を受けて成立したクレメント・アトリー (Clement Atlee,1883-1967) を首相とする労働党政権を指す。一九五一年総選挙での保守党勝利まで続き、さまざまな福祉国家政策を導入した。

☆7　ベルリンは一九五三年六月の東ベルリン暴動を指す。賃金カットに対する労働者の抗議運動だったが、ソヴィエト連邦軍によって鎮圧された。ブダペストは一九五六年のハンガリー動乱のこと（第五章訳注6に既出）。アルジェはアルジェリアの首都で、フランスによる植民地支配に対して一九五六年から五七年にかけてゲリラ戦が続いた。アデンはアラビア半島南端の港湾都市で、イギリスの植民地支配下にあったが、一九六三年から六七年まで続いたアデン危機を受けてイエメンの一部として独立した。ワッツビルは南ウェールズの小村で、一九六〇年代後半の炭鉱閉山に際して抵抗運動が起きたらしい。プラハは旧チェコスロヴァキアで一九六八年に起きた変革運動「プラハの春」を指す。

☆8 サンクトペテルブルグは一九一七年までロシア帝国の首都、ソヴィエト連邦時代の一九二五年にはレニングラードに改称されたが、一九九一年に旧称に戻った。一九〇五年の血の日曜日事件以後、ロシア革命の中心地となった。クロンシュタットはフィンランド湾のコトリン島の軍港都市で、一九二一年に独裁を進めるボリシェヴィキ政権に対する水兵たちの反乱が起きた。ワルシャワはポーランドの首都で、ナチス・ドイツ占領下の一九四四年八月に市民による武装蜂起が起きた。

☆9 『われら』はロシアの作家エヴゲーニイ・ザミャーチン（Yevgeny Ivanovich Zamyatin, 1884-1937）のディストピア小説で、一九二〇年頃に執筆されたが、反体制的な内容を疑われて当時のソヴィエト本国では出版がかなわず、はじめての活字化は一九二四年にアメリカで出版された英訳版。オーウェルは一九四六年にこの小説の書評を執筆しており、さまざまな点で『一九八四年』への影響が指摘されている。

☆10 『葉蘭をそよがせよ』の第七章でゴードンとローズマリーは田園地帯に出かけ、雑木林のなかで性交を試みるが、妊娠を恐れて中断する。ここでウィリアムズはこの挿話と『一九八四年』第二部第二章のウィンストンとジュリアのはじめての逢瀬に類似性を見ている。

☆11 ルイ＝セバスチアン・メルシエ（Louis-Sébastien Mercier, 1740-1814）はフランスの作家で、一七七一年に『二四四〇年』という未来を舞台としたユートピア小説を出版した。

第七章　さまざまな連続性

＊原注

★1　"Freedom Defence Committee to the Public." *CW19*, pp.33-34.〔「ジョージ・ウッドコックへの手紙」平野敬一訳、『オーウェル著作集Ⅳ　１９４５―１９５０』三六二―六四頁、三六四頁の注（1）に引用　訳文を変更。〕

★2　"Letter to Vernon Richards." [6 August 1946] *CW18*, pp.367-68.〔「ヴァーノン・リチャーズへの手紙」小池滋訳、『オーウェル著作集Ⅳ　１９４５―１９５０』一八〇―一八一頁。〕

★3　"Politics and the English Language." *CW17*, p.421-32, p.429.〔「政治と英語」工藤昭雄訳、『水晶の精神　オーウェル評論集2』九―三四頁、三一頁。〕

＊訳注

☆1　スエズ侵攻は一九五六年のスエズ危機のこと。スエズ運河周辺地域は戦略的要衝としてイギリス軍が長く駐留していたが、一九五六年にエジプトのナセル政権がスエズ運河の国有化を宣言すると、イギリス軍・イスラエル軍対エジプト軍の紛争が勃発した。

☆2　「あらゆるイギリス帝国市民の市民的自由」を擁護するための活動とは、オーウェルもその一員であった「自由擁護委員会」による活動を指す。自由擁護委員会は一九四五年から四九年まで続いた文学者中心の組織。一九四六年には核兵器開発に携わっていたイギリスの物理学者アラン・ナン・メイ（Allan Nunn May, 1911-2003）がスパイとして核兵器の開発情報をソヴィエト連邦に流した容疑で逮捕されたが、オーウェルはその嘆願書に署名した。

☆3　「五〇年代のふらふらしたアンチ・ヒーロー」とは、当時流行した「怒れる若者たち」小説にしばしば登場するキャタクター類型を指す。キングズリー・エイミス（Kingsley Amis, 1922-95）の『ラッキー・ジム』（一九五四年）やジョン・ウェイン（John Wain, 1925-94）の『急いで降りろ』（一九五三）の主人公などがその典型。

☆4　「ネガティヴ・ケイパビリティ」とはイギリスロマン主義の詩人ジョン・キーツ（John Keats, 1795-1821）が一八一七年一二月二一日付の手紙で用いた表現で、しばしば「消極的能力」や「否定的能力」などと訳される。明確な答えの出ない困難な事態においても安易な結論に飛びつかず、不確かな状態に耐えて留まり、さまざまな可能性にみずからを開くことのできる能力を指す。

☆5　W・H・オーデン（W. H. Auden, 1907-73）はイギリス出身の詩人で、一九三〇年代には世代を代表する詩人として名声を博した。グレアム・グリーン（Graham Greene, 1904-91）はイギリスの小説家、代表作に『ブライトン・ロック』（一九三八）など。クリストファー・イシャウッド（Christopher Isherwood, 1904-86）もまたイギリス出身の作家で、代表作に『さらばベルリン』（一九三九）など。

あとがき　一九八四年の『一九八四年』

＊原注

★1　"Orwell's Statement on *Nineteen Eighty-Four*." *CW20*, pp.134-36, p.136.〔「フランシス・A・ヘンソンへの手紙（抜粋）」小池滋訳、『オーウェル著作集Ⅳ　１９４５―１９５０』四八五頁、訳文を一部変更。〕

★2　"Letter to Fredric Warburg." [31 May 1947] *CW19*, pp.149-50, p.149.〔「F・J・ウォーバーグへの手紙」小池滋訳、『オーウェル著作集Ⅳ　１９４５―１９５０』三一三―一四頁、三一四頁／『ジョージ・オーウェ

ル書簡集』三八六—八七頁、訳文は前者にもとづき一部変更。〕

★3 "Orwell's Statement on *Nineteen Eighty-Four*." p.136.〔「フランシス・A・ヘンソンへの手紙〔抜粋〕」四八五頁、訳文を一部変更。〕

★4 "Letter to Leonard Moore." [17 March 1949] *CW20*, pp.66-67, p.66.〔「レナード・ムアへの手紙」小池滋訳、『オーウェル著作集Ⅳ　1945—1950』四六六—六七頁、四六六頁／『ジョージ・オーウェル書簡集』五〇三頁、訳文は前者にもとづき一部変更。〕

★5 "Letter to Roger Senhouse." [26 December 1948] *CW19*, pp.487-88, p.487.〔「ロジャー・センハウスへの手紙」小池滋訳、『オーウェル著作集Ⅳ　1945—1950』四四三–四四頁／『ジョージ・オーウェル書簡集』四六八頁、訳文を一部変更。〕

★6 *Nineteen Eighty-Four*. p.343.〔『一九八四年』高橋和久訳、四八一頁、訳文を一部変更。〕

★7 Ibid., p.344.〔同、四七九—八〇頁、訳文を一部変更。〕

★8 Ibid., p.300.〔同、四〇五頁、訳文を一部変更。〕

★9 "Orwell's Statement on *Nineteen Eighty-Four*." p.136.〔「フランシス・A・ヘンソンへの手紙（抜粋）」、四八五頁、訳文を一部変更。〕

★10 Ibid., 136.〔同、四八五頁、訳文を一部変更。〕

★11 "You and the Atomic Bomb." *CW17*, pp.319-21, p.319, p.320.〔「あなたと原子爆弾」工藤昭雄訳、『オーウェル著作集Ⅳ　1945—1950』六—九頁、七頁、八頁、訳文を一部変更。〕

★12 "Burnham's View of the Contemporary World Struggle." *CW19*, pp.96-105, p.98.〔「現代の世界的闘争に対するバーナムの見解」鈴木寧訳、『オーウェル著作集Ⅳ　1945—1950』二九七—三一〇頁、三〇〇頁、訳文を一部変更。〕

★13 Ibid., p.96.〔同、二九八頁。〕

★14 Ibid., p.104.〔同、三〇八頁、訳文を一部変更。〕

★15 *Nineteen Eighty-Four*. p.214.〔『一九八四年』、二八六 - 八七頁、訳文を一部変更。〕

★16 "You and the Atomic Bomb." p.320.〔「あなたと原子爆弾」、八頁、訳文を一部変更。〕

★17 "Toward European Unity." *CW19*, p.163-67, p.163.〔「ヨーロッパの統合のために」鈴木寧訳、『オーウェル著作集IV　１９４５―１９５０』三五六―六二頁、三五七―五八頁、訳文を一部変更。〕

★18 Ibid., p.163.〔同、三五八頁、訳文を一部変更。〕

★19 "You and the Atomic Bomb." p.320.〔「あなたと原子爆弾」、八頁、訳文を一部変更。〕

★20 *Nineteen Eighty-Four*. p.231.〔『一九八四年』、三〇九頁、訳文を一部変更。〕

★21 Ibid., p.232.〔同、三一一頁、訳文を一部変更。〕

★22 Ibid., p.233.〔同、三一三頁。〕

★23 Ibid., p.234.〔同、三一四頁、訳文を一部変更。〕

★24 "Second Thought on James Burnham." *CW18*, pp.268-84, p.281.〔「ジェイムズ・バーナムと管理革命」工藤昭雄訳、『水晶の精神　オーウェル評論集2』二二〇―六〇頁、二五〇―五一頁、訳文を一部変更。〕

★25 Ibid., p.281.〔同、二五二頁、訳文を一部変更。〕

★26 Ibid., pp.268-69.〔同、二二〇―二二頁、訳文を一部変更。〕

★27 Ibid., p.272.〔同、二三〇頁、訳文を一部変更。〕

★28 "Catastrophic Gradualism." *CW17*, pp.342-45, p.344.〔「破産的漸進主義」工藤昭雄訳、『オーウェル著作集IV　１９４５―１９５０』一四―一八頁、一七頁、訳文を一部変更。〕

★29 *Nineteen Eighty-Four*. p.15.〔『一九八四年』、二二―二三頁、訳文を変更。〕

★30 "The Prevention of Literature." *CW17*, pp.369-81, p.374.〔「文学の禁圧」工藤昭雄訳、『水晶の精神 オーウェル評論集2』七五―九九頁、八四頁、訳文を一部変更〕

★31 Ibid., p.374.〔同、八四頁、訳文を一部変更。〕

★32 "Second Thought on James Burnham." *CW18*, p.281.〔「ジェイムズ・バーナムと管理革命」、二五二頁、訳文を一部変更。〕

★33 *Nineteen Eighty-Four*. p.302.〔『一九八四年』、四〇八頁、訳文を一部変更。〕

★34 "Second Thought on James Burnham." *CW18*, p.276.〔「ジェイムズ・バーナムと管理革命」、二三九頁、訳文を一部変更。〕

★35 Ibid., p.278.〔同、二四五頁、訳文を一部変更。〕

＊訳注

☆1 〈あの本〉とは『一九八四年』作中に登場する『少数独裁制集産主義の理論と実践』のことを指し、反体制組織の指導者であるエマニュエル・ゴールドスタインがその著者とされているが、のちに〈党中枢〉のオブライエンがでっち上げた文書であると暴露される。ウィンストンはオブライエンからこの禁書を渡され、第二部第九章でウィンストンが読む箇所として、小説中に長い抜粋が挿入される。

☆2 テヘラン会談とは一九四三年十一月から十二月初頭にイランのテヘランで開催された連合国の首脳会談で、ソ連のスターリン、アメリカのルーズベルト、イギリスのチャーチルが出席して戦後処理の問題が話し合われた。

☆3 ジェイムズ・バーナム（James Burnham, 1905-87）はアメリカの政治理論家で、一九三〇年代にトロツキズムから保守主義に転回し、冷戦時代の主要なイデオローグの一人となった。

☆4　ワルシャワ条約機構はソヴィエト連邦を盟主とした東ヨーロッパ諸国の軍事同盟で、一九五五年から九一年まで続いた。

☆5　第二次世界大戦終了後の旧植民地各国の独立を指す。

☆6　ポーランドの「連帯」は独立自主管理労働組合として一九八〇年に結成され、当時の民主化運動で主要な役割を担ったが、一九八一年から翌年にかけては戒厳令下で多数の関係者が当局に拘束された。

☆7　トンキン湾はベトナムと中国・海南島に挟まれた湾で、一九六四年八月にアメリカのベトナム戦争介入の口実となった「トンキン湾事件」が起きたが、その一部はアメリカ軍のでっち上げであったとされる。

☆8　巡洋艦ヘネラル・ベルグラノはアルゼンチン海軍の巡洋艦で、一九八二年のフォークランド戦争でイギリス軍の原子力潜水艦によって撃沈され、三百人以上が犠牲となった。

☆9　チリには当時一九七三年のクーデター以後に成立したピノチェト将軍による軍事独裁政権があった。カンボジアはクーデターの起きた一九七〇年から九三年まで泥沼の内戦状態にあった。トルコでは一九八〇年のクーデター以後政情不安が続いていた。南米エルサルバドルでは一九七〇年代末から九二年まで内戦状態が続いていた。ベルファストはイギリス・北アイルランドの首府で、当時北アイルランド紛争が継続中だった。

附録〔書評関係〕

ジョージ・オーウェル（一九五五年）

ローレンス・ブランダー『ジョージ・オーウェル』（ロングマン、一九五四年）書評[☆1]

「それは一連の書物というよりも、むしろひとつの世界のようだ[☆2]」――これはディケンズについて述べたオーウェルの言葉だ。「それは一連の書物というよりも、むしろ一人の英雄のようだ」――これが今日のオーウェル自身だ。べつのところには、きわだった勇敢さ、きわだった粘り強さがあらわれており、わたしたちはこういったものに限定つきの敬意を払う。限定をつけるのは、それらは一般に戦争を契機としており、戦争には敬意を払わないからだ。ことなるかたちの美点をわたしたちはべつのところに探し求める。英雄という言葉についての複数の代替的な定義のひとつ――「明敏で、独立独歩の勇敢な人間」――をわたしたちは重視する。オーウェルはわたしたちにとって、もっともよく知られているその実例である。

しかしながら、このようなやり方では文学的判断は混乱してしまう。というのも、現在検討している事例には二つの要素があるからだ。エリック・ヒュー・ブレアその人と、作家ジョージ・オーウェルである[☆3]。記録されてきたあらゆる点から判断して、ブレアはあきらかに真に傑出した人物だった。わたしたち、あるいはわたしたちの多くにとって、彼は亡命者（エグザイル）としての英雄である。彼は、安定した生き方や信念を剝奪されたことによって、あるいは受け継がれた生き方や信念を拒絶することによって、一種の即興的な生き方や自立性の主張のなかに美点を見いだすようになる数多くの人々の一人である。イングランドにおいてはこの伝統は卓越したものである。この伝統の周囲には、経験主義、一定の誠実さ、率直さといったリベラルな美点の多くが引き寄せられている。それはまた、亡命者には通常は付随する美点として、ある種の性質のものの見方をそなえている。それはとりわけ、拒絶された集団のなんらかの欠陥を見分ける能力である。それはまた外側から見た場合には強いものという印象を与えるが、これはおおむね幻想である。こうした性質は有益なものであっても、通常は否定的なものなのだ。それは強硬さ（偽善、自己満足、自己欺瞞などにたいする厳格な批判）の印象を与えるが、これはつねに脆いものであり、ときとしてヒステリックなものとなる。そこには共同体の実質が欠けているのであり、真の才能を有する人々にとっての緊張はきわめて大きい。妥協にたいする粘り強い拒絶はこの伝統に独自の美点をもたらしているが、それとならんで社会的無力という感覚、拡がりゆく関係性を築くことが不可能であるという性質があるのだ。D・H・ロレンスは現代のこうした人々のなかでは依然としてもっとも知的な人物であり、こうした状況を知悉し、それを描いた。エリック・ブレアもこの状況を知っていたかもしれない。少なくとも彼はそうした拒絶を生き方において徹底的に実践したのであり、その徹底性は注目を惹きつける。

もちろん、ブレアとオーウェルとの区別は図式的なものだ。ブレアはそのような拒絶を生きたが、彼を知った者はほとんどいなかったかもしれない。〔ブレアの生きざまを〕伝えたのはオーウェルなのである。ブレアを知っていた者たちにとって彼の重要性は個人的で直接的なものだった。ブレア、すなわち生きられた経験の重要性は、一般的な問題としてオーウェルの世界において図表化されねばならない。それは、より小規模だが、より一般的な読むことと書くことの世界である。この地点においてようやく、それは一人の英雄というよりも、一連の書物のようなものとなるのだ。

浮浪（ヴェイグランシー）の哲学（つまり、それが哲学となった場合のことだ――オーウェルが注記したように、通常の浮浪者（ヴェイグラント）たちは「想像できるかぎりもっとも従順で、活力のない人間」☆4である）は現代においては活気のある流行を形成している。ある程度まで、それは芸術家の必然的条件として自己確立することに成功した。その成功は、ロマン主義的文学理論の残滓や、いくぶんかの趣味の悪い感傷、そしてもっと劣悪な歴史などに助けられていた。この地点において亡命者（エグザイル）は、みずからが拒絶した集団の欠陥についてはきわめて敏感である一方で、彼が現実の共同体の代替物とする抽象的集団のさまざまな欠陥にたいしては死角をはらむようになる。大文字の〈芸術〉、〈文化〉、〈価値観〉、あるいは〈人間らしさ（ディーセンシー）〉などといったものは、特定の技能や特定の行動様式から考えだされたものであるにもかかわらず、それらの代わりとして役割を果たさねばならなくなる。こういった抽象観念は代替物なのだが、差し迫った状況ゆえにそれらは死に物狂いの現実感とともに生きられねばならない。かくして、亡命者たちはいくらかのすぐれた芸術、重要な思想、意義深い道徳原理などを生みだしてきた。だが、彼らにとっては、例えば〈芸術〉と〈社会〉との分離は現実のものであるため、ときとして彼らはひとつの特殊な事例を普遍的な条件に格上げしようとする。特殊な事例はたしかに許容されうる。だが万が一その普遍性が受け入れられたら、社会の終わりがやってくることだろう。いずれにせよこれは起こりえないことだが、この困難はときとして亡命者たち自身が感じるものであり、一般的に彼らの反応は典型的な絶望である（その絶望は、彼ら自身の緊張によって誇張されている）。オーウェルの思想の大半は究極的にこの文脈でのみ理解可能である。

オーウェルの著作のさまざまな美点は全体としてこの伝統からわたしたちが予期し、また評価するものである。だが亡命と浮浪はいつでも同じものではない。亡命には通常は信念があるが、浮浪にはつねに弛緩しかない。オーウェルは彼のキャリアのことなる部分において、亡命者でも浮浪者でもあった。文学的用語では浮浪者とは報告者（レポーター）である。例えばニュー・メキシコのD・H・ロレンスや、パリや失業者たちのなかのオーウェルである。報告者が有能である場合、そういった作品には新奇性、多様性、そして一定の特化した種類の直接性がそなわっている。それは旅行記の様式であり、現在ではとても意味深長なことに流行している。報告者は観察者であり、媒介者でもある。彼が執筆の題材としている生活について深いところまで理解することはありそうもない（彼自身の社会または彼自身の階級からの浮浪者が、もうひとつの社会または階級を注視していても、それは依然として不可避に外側からの注視なのである）。だが落ち着きを失った社会は諸手を挙げてこうした種類の達成を受け入れる。ある面では、それは奇妙なものや異国的なものに関する報告であり、もうひとつの面、つまり〔対象となる〕階級や社会が報告者自身のものに近い場合には、それは洞察力のある批判となる。オーウェルの初期作品の大半はこの二種類のどちらかのものである（『パリ・ロンドン放浪記』、『ウィガン波止場への道』）。ときには、こうした種類の文学は真の芸術になりうる。それは浮浪者から亡命者への移行の段階である。ある男、精神的な自己亡命者（セルフ・エグザイル）が、みずからが受け継いだ社会のなかを転々とする。わたしが知っている最良の例はゴーゴリの『死せる魂』であり、この作品においてはピカレスク小説が芸術としての道徳的安定性を達成している。この方向性でのオーウェルの試みは『牧師の娘』、『葉蘭をそよがせよ』、『空気を吸いに』といった初期の小説群だ。最後に挙げた作品がまさしくこれらの作品群の最良のものである。最初の二つには分離可能な「観察」の数々を寄せあつめたものという印象がある。だが『空気を吸いに』ですらも、想像力による完全な具現化による強さよりも、むしろ名人芸的な報告者のような性質がある（この報告者は、彼が観察から創造した代表的人物像の場にみずからを置いている）。わたしたち読者は、オーウェルのボウリング氏に耳を傾け、彼とともに行動する。大部分において、あきらかにオーウェルがそこに存在しており、自分の報告を提供しているのだ。

彼の初期の著作のなかでは、この標準的な条件からのひとつの例外は『カタロニア賛歌』である。このタイトルそれ自体が視点の変化を示している。さらにこの著作は、信念を共有する共同体の一部となろうとする彼のそれまでの努力のなかでも、もっとも周到な試みの記録である。政治的記録としてこれがどれほど正確なのかはわたしにはわからない。自分には完全な正確性は可能ではないとオーウェルは述べていたし、おもに政治的観点から彼を読む者はそのことをおそらく覚えているだろう。しかしこの著作は多くの点で、拡がりゆく関係性の現実を見いだそうとする試みを生き生きと具現化している。その試みが連続性という見地からすれば失敗したからといって、この賛辞を修正する気にはならない。人間の諸条件としては、浮浪と亡命の双方には限界があることを理解し、それらが自己充足的であるという主張を問いに付すことは必要だ。だが、そこで拒絶されていることの複雑さを理解することもまた必要だ。亡命者たちがこのことを示した場合には、彼らは永続的な価値のある成果を挙げたことになる。

この時点以降、またカタルーニャでの彼の経験の結果として、それ以前の条件に上乗せするかたちで、オーウェルは執筆活動の大半を共産主義批判に捧げることになった。わたしたちの多くがするように、彼はこれを全体主義と呼び、自由の拒絶にたいする彼の非難はひろく賞賛されてきている。もちろん、結社の自由や表現の自由を絶えず擁護し、それらの拒絶をたゆまず攻撃することは正当である。だが亡命者がそうするとき、彼はある奇妙にあいまいな立場にいるのであり、オーウェルは彼の作品が展開するにつれて、たしかにある大きな政治的妥協におちいってしまった。というのも、問題の諸権利は個人的なものと呼びうるかもしれないが、それらの保証となる条件は不可避的に社会的であるからである。亡命者は自分自身の私的な立場ゆえに、いかなる社会的保証をも最終的に信じることができない。これが彼自身の生き方のパターンであるゆえに、彼にとってはほぼあらゆる結びつきが疑わしいものなのだ。彼が結びつきをおそれるのは、妥協を望まないからだ（たいていの場合は、これは彼の美点である。というのも、ある種の妥協がともなう不誠実さを彼はいちはやく見抜くからである）。だが彼がそれをおそれるのは、彼自身の個人性を社会的に承認するためのいかなる方法をも見いだせないからでもある。結局のところ、これこそが亡命者の心理状態である。したがって、自由の拒絶を攻撃するときには、彼はたしかな根拠のうえに立っている。彼は全身全霊を傾けて、自分を巻き込もうとする社会の試みを拒絶する。しかしながら、いかなる方法においても自由を積極的に肯定せねばならないとき、彼はその不可避的な社会的基盤を否定することを強いられる。彼が最後の拠りどころにできるのは、個人たちを放っておくアトム的な社会観だけなのだ。それにもかかわらず、オーウェルの場合のように、自分が目撃した避けられる受難や困難、あるいは解決しうる受難や困難に彼は深く動かされているかもしれない。オーウェルがまたそうであったように、その解決手段は社会的なもので、政治参加や結びつきを必要とし、真剣であるならばそれは彼自身を巻き込むものであることを確信していることもあるだろう。「作家とリヴァイアサン」というエッセイでオーウェルはこの種のゆきづまりを認識しており、そうした状況では解決として人は自己分裂せねばならないと彼は述べている。一方の彼自身は政治参加せず、もう一方は巻き込まれている、という状態だ。実際これは亡命者の破綻であるが、それはおそらく不可避だったのだろう。ある人の個人性が承認を受けるようないかなる安定した生き方が存在することも、彼には信じられなかった（それは知的な信念に左右される事柄ではない。それはその人の深奥の経験と反応の問題なのだ）。作家というものの問題（これを理解することはとても重要だ）はこの全般的問題のひとつの側面にしかすぎず、それはたしかに現代においては深刻なものであり続けている。だが、亡命者の条件を才能ある個人にとっては標準的なものであると容認してきたがゆえに、わたしたちはあまりにも安易にオーウェルの種類の分析を達人めいたものとして受け入れてしまっている。実際には、そこで記録されているのは、達人の経験ではなく犠牲者の経験である。それは、アトム的な社会がもたらすさまざまな帰結を拒絶しながらも、深いところ、彼自身のなかでは、その社会に典型的な意識の様態を保持している人間の経験なのだ。結果としてもたらされるその人格における分裂はまったく絶望的なものである。いかなる客観的な脅威よりも、これこそが『一九八四年』の悪夢なのである。

誤解することが容易になっているのは、オーウェルが、中流階級の読者たちによって、イングランド労働者階級の解釈者として受け入れられているためである。だが、実のところそのような解釈は浮浪者による報告にすぎない。彼はイングランド労働者階級を次の二つのどちらかのやり方で考えるという典型的なあやまちを犯している（このあやまちは、ときおりのドキュメンタリー的な正確性によっておおい隠されているにすぎない）。まずもっぱら政治的観点から考える結果として、彼にとって労働者階級は政治的要素にすぎない（彼は同時に党の指導者たちをおそれている）。あるいは、外面的な文化的証拠からの演繹によって彼は「人類学的」な調子で考えているが、有能な人類学者たちはそれを拒絶することだろう。後者のやり方の良例は「小さな新聞販売店」で扱われているものの内容は「イングランドの人々の大多数（マス）が実際に感じたり考えたりすることを示してくれる、手にはいるかぎりではもっともよい資料[☆5]」なのだという彼の意見である。ここで気づくのはまず、亡命者の状況——自分自身の社会においてある個人が、「大衆（マス）」、すなわち向こう側にいる単一で画一的な集団を研究している、という状況だ。そして第二に、読解の訓練をほとんど受けていない人々が読むものは（こうした読み物の生産者ではなく）それらの人々が「実際に感じたり考えたりすること」を示していると信じるという、おなじみのあやまちである。未開部族の一員が、自分の生活様式について書かれたある人類学者の報告書をどんなふうに考えるのかはわたしにはわからない。だがこの「イングランド労働者階級」（非常に多様な人々の集団）という事柄については、オーウェルの報告書はなるほど記録ではあるが、それは大部分彼自身についての記録なのである。しかしながら、実践的平等の観念、結びつきをつうじた変化の観念、そして結びつきが保証する自由の観念などがすべて、たんなる観念としてのみならず、経験と反応の実質的なパターンとしてもっとも粘り強く保持されてきたのは、これらの人々のなかにおいてだったのだ。オーウェルや、彼の立場を共有するほかの者たちは、実際にはこれは時代遅れの幻想であると説いて、自分たち自身やその同類たちを首尾よく納得させた。彼らは強い確信を持っており、自分たちの現実主義を自己賛美している。だが彼らは自分では経験したことがないことを語っているのであり、彼ら自身のなかでは、それはたしかに幻想だったのだ。そこから帰結する彼ら自身の絶望に、経験したことのある者たちを巻き込めるなどとは彼らにはまったく期待できないだろう。実際オーウェルは『一九八四年』の絶望から、「プロールたち」の「怪物のように大きな」姿に向けて救済を求める叫びを上げているが、この幻想は悪夢の一部なのである。大衆(マス)という人物像は、さまざまな現実に存在する関係性の同じような崩壊をあらわしている。ユートピアとはおそらく、つねに社会的経験の失敗の産物なのだろう。外見的にはその反対物である「腐敗郷(ピュートロピア)」☆6——『一九八四年』はその模範例である——も同じような条件に根ざしている。『一九八四年』を支配する〈イングゾック〉——イングランド社会主義——は、民衆たちの手によっても、あるいは民衆たちのためにでも、実際には決して生みだされることはないだろう——オーウェルはこの民衆たちの社会生活についての公認の報告者だと思われているのだが。

オーウェルのキャリアのすこし以前の段階では、彼の主要な関心事は、ファシズム、国家資本主義、あるいは「管理革命」と呼ばれるあのテクノクラシーの一種を攻撃することなのだとわたしはかつて考えていた。共産主義への彼の攻撃は、彼の第一義的な攻撃のこうした標的と、ロシアにおいて共産主義があまりにも大きな類似性を示してしまっているという信念にもとづいていると考えたこともある。わたしはこのことを信じたいといまだに思っているが、それは難しいとますます強く感じている。事実、『一九八四年』は現存するイングランド社会主義への攻撃や、最近のイングランド労働党政権下における生活の諸傾向についての攻撃としてひろく読まれてきている。オーウェルがこの解釈を拒絶することをわたしは注目して待っていたが、そのような拒絶は見られなかった。[☆7] さて、全般的にオーウェルを賛美する本（ローレンス・ブランダーの『オーウェル』）のなかで、次の事実にはある種の皮肉があるとわたしは思う。この本が見たところ反社会主義者である著者によって書かれえたという事実である。ブランダー氏の本はオーウェルの著作についての簡潔で注意深い解説書であり、いくぶんは入門書としての役割を果たすかもしれない。だが数々の政治的問題については、ブランダー氏は反社会主義者だろうという推測（彼にはそうである権利は十分にある）や、彼がオーウェルの著作からいくぶん自己の信念を補強するための材料を引きだしているという推測を正当化するに足るだけの附随的なコメントを彼はおこなっている。もちろん、これにたいして、自分はつねに「全体主義に反対して、民主的社会主義のために」[☆8] 書いた、というオーウェルの声明を対置することはできるだろう。この声明を決定的なものと受けとることができたら、嬉しく思えたことだろう。だが問題は、わたしが亡命者の基本的にあいまいな点として説明してきたものに戻ってしまう。実のところオーウェルは彼自身の公式の意図にすら逆らって、ブランダー氏や彼のような者たちの（外見上は）非常にことなる見解を正当化したかもしれない。

この問題は最終的に言語との関係で例示することができるかもしれない。わたしがもっとも高く評価するオーウェルの要素は、言語と政治に関する彼の議論である。具体的には「政治と英語」と『一九八四年』における〈ニュースピーク〉と〈二重思考〉に関するさまざまな議論だ。この要素は『動物農場』における有名な革命スローガンの修正にもあらわれており、それはこの小説中の最良の要素であるとわたしには思える。「プロールの餌」、「犯罪思考」「黒白」といったものへの名前を、わたしたちは必要としていた。「倍超良いアヒル話者」への称号（その実例には事欠かなかった）もわたしたちは必要としていた。これよりも前に書かれたエッセイ（「政治と英語」）では、数多くの言語の悪用をオーウェルは現代政治全体の特徴であると見なしている。だが『一九八四年』ではこうした悪用は〈イングゾック〉――イングランド社会主義――の固有の特性、しかも見たところ不可避の特性となっており、ブランダー氏はこの点を強調している。言語の悪用についてはだれもが同意するし、それについてのオーウェルの分析は見事なものだ。だが現代のイングランドで、それらが一種類の政治や、ひとつの傾向に限られた特性であると考えるとしたら、遠慮なく言えば気が違っている。実際、これは実践批評のスローガンのあらたな修正ということになるだろう。「すべての言語の悪用は平等である、しかしある悪用はほかの悪用よりももっと平等である[☆9]」。

しかしながら、こうした種類の政治的言語の分析にはつねに本質的な限界がある。この限界を取り除けるのは、そのような分析を、あらゆる複雑性をともなう言語の作用全体への注意に立脚させる場合のみだろう。政治的精神には「糊づけした言葉の切れ端[☆10]」をもちいて思考し、その糊づけ行為を人間の発話と呼ぶような段階がある。だが次のような例はどうだろうか。

鳥は歌う。プロールは歌う。党は歌わない。世界中で――ロンドンでもニューヨークでも、アフリカでもブラジルでも、フロンティアの彼方の神秘的な禁断の地でも、パリやベルリンの街頭でも、果てしないロシアの草原の村々でも、中国や日本の市場でも――あらゆるところに、強固で不屈の同じ姿が立っている。労働と出産によって怪物のように大きな身体になり、生まれてから死ぬまでこつこつ働きながら、なお歌い続ける姿が。あの力強い腰からいつの日か意識を持った人間の集団が生まれてくるに違いない。[☆11]

この種の外在的な文章は芸術家としてのオーウェルにはきわめて典型的なものだ。ある種の見せかけの感情が、ジャーナリズム的な種類の語句へと固められて、誠実であろうとする彼の試みを制約している。

山高帽をかぶり、型にはまったちゃちで卑劣な人間――シュトルーブの「ちゃちな人間」になることであり、六時十五分には家に舞いもどり、コッテージ・パイととろ火で煮たかん詰めの西洋梨の夕食をとり……[☆12]

あご髭を生やしたしょぼくれ菜食主義者……産児制限狂、労働党の不満分子[☆13]

滅亡する文明の、おそろしく、不吉なきらめき[☆14]

これに類する文章が現代にはとても多いからといって、それがオーウェルの全体的立場の一部であるということの重要性に限定が加えられるわけではない。彼自身の言葉を使うなら、こうした文章は

「プロールの餌」なのだ。そのうえで政治的言語の分析を振り返るならば、オーウェルの批評の経験における基盤について、ふたたび自問せざるをえない。亡命者は自分が拒絶している集団のさまざまな不適切さを理解する。だが、彼自身のなかでは、真理の最終的なよりどころはどこにあるのか？もしも完全に適切な言語が、言葉と、発話の形式と、社会的経験の実質との生きた関係性に依存しているのであれば、いかなる決定的なやり方でも、それは亡命者にはまったく手に入れることはできないものだ。オーウェルの場合、それはたしかに手に入れられるものではなかった。そこにはしばしば亡命者の硬質な明晰さが存在する。しかし、そこにはしばしば、ざらざらした受け売りめいた浮浪者の言語もまた存在するのだ。

ブランダー氏の本はひろく読まれるだろう。この本には良質の要素が含まれており、その大半はオーウェル自身の文章である。もしこの本があたらしい読者にとってオーウェル入門となるのであれば、それは有益な目的を果たしたことになるだろう。それは、一種この人を記念するものとも見なせるかもしれない。優しく、勇敢で、率直で、善良だった人、長く記憶にとどめるべきこの人を記念するものとして。

＊訳注

☆1　初出情報はRaymond Williams, "George Orwell." [A Review of Laurence Brander, *George Orwell* (Longman, 1954)]. *Essays in Criticism*, 1.1 (January 1955), pp.44-52. この論考は "Book Reviews" の

セクションに掲載されており、ローレンス・ブランダーによる初期のオーウェル研究書の書評という体裁になっているが、この本についての実際の言及は後半の数段落にしかなく、ウィリアムズ独自の議論としての性格が強い。なおこの論考の大半は多少の変更を加えて『文化と社会』（一九五八年）の第三部第六章のオーウェル論に組み込まれている。

☆2 George Orwell, "Charles Dickens." *CW12*, pp.20-57, p.48.〔「チャールズ・ディケンズ」横山貞子訳、『鯨の腹のなかで　オーウェル評論集3』平凡社、一九九五年、八八―一九三、一六九頁、訳文を一部変更。〕

☆3 現在オーウェルの本名として認知されているのはエリック・アーサー・ブレアであるが、当時の資料のなかではミドルネームを「ヒュー」としているものもあり、この時点のウィリアムズはそれに従っていたようだ。

☆4 George Orwell, *Down and Out in Paris and London*. Penguin, 1989, p.204.〔『パリ・ロンドン放浪記』小野寺健訳、岩波書店、一九八九年、二七一頁、訳文を一部変更。〕

☆5 George Orwell, "Boy's Weeklies." *CW12*, pp.57-79, p.58.〔「少年週刊誌」横山貞子訳、『ライオンと一角獣　オーウェル評論集4』平凡社、一九九五年、一四六―二〇〇、一四七頁、訳文を一部変更。〕

☆6 「腐敗郷（putropia）」とは腐敗 *putrefaction*＋場所 *topia* を組み合わせたウィリアムズ自身の造語であり、一九五六年の論考「サイエンス・フィクション」でも使われている。『オックスフォード英語辞典』によると現在一般的な「ディストピア」という用語の初出用例は一九五二年であるが、この時期にはまだそこまで一般化していなかった。

☆7 『一九八四年』の出版直後、特にアメリカではこの小説を当時のイギリス労働党政権への批判とする解釈がなされ、『デイリー・ニュース』紙などに掲載された。オーウェルはこの状況を懸念し、またアメリカの全米自動車労働組合からの問い合わせに応じるかたちで執筆意図を明確にする声明を執筆した。この声明は一九四九年七月にアメリカの『ライフ』誌や『ニューヨーク・タイムズ・ブック・レヴュー』紙に掲載されたが、そこでオーウェルは当時の労働党政権への支持と、『一九八四年』の全体主義批判としての意図を明確に表明している（*CW20*, pp.134-36）。だが、一九五五年の本論考執筆当時のウィリアムズはそれを見逃していたようである。この点に関しては附論の第二節も参照。

☆8　George Orwell, "Why I Write." *CW18*, pp.316-21, p.319.〔「なぜ私は書くか」鶴見俊輔訳、『象を撃つ　オーウェル評論集1』一〇五―一二〇頁、一一六頁。〕オーウェルの原文では「反対して（against）」と「のために（for）」がイタリックにされており、既訳でも傍点をつけて強調がなされているが、ウィリアムズはイタリックにせずに引用しているため、この引用の翻訳でも傍点はつけていない。

☆9　『動物農場』における有名な〈戒律〉の改竄「すべての動物は平等である。しかしある動物はほかの動物よりももっと平等である」を踏まえた表現。George Orwell, *Animal Farm: A Fairy Story*. Penguin, 1989, p.90〔『動物農場　おとぎばなし』一六一頁。〕

☆10　原文の表現"gummed strips"は、オーウェル自身の次の表現を踏まえている。"[modern writing at its worst] consists in gumming together long strips of words which have already been set in order by someone else, and making the results presentable by sheer humbug." George Orwell, "Politics and the English Language." *CW17*, p.421-32, p.426.〔「政治と英語」工藤昭雄訳、『水晶の精神　オーウェル評論集2』九―三四頁、二二―二三頁に対応箇所がある。〕

☆11　George Orwell, *Nineteen Eighty-Four: the Annotated Edition*. Penguin, 2013, p.252.〔『一九八四年』高橋和久訳、三三九―三四〇頁、訳文を一部変更。〕

☆12　George Orwell, *Keep the Aspidistra Flying*. Penguin, 1989, p.51.〔『葉蘭をそよがせよ』高山誠太郎、晶文社、1984年、六一頁。〕この引用は小市民的な生活に安住することを恐れる主人公ゴードン・コムストックの内面の思いを描いたもの。ここで言及される「シュトルーブ」とは二〇世紀前半に活躍したイギリスの諷刺漫画家シドニー・シュトルーブ（Sidney Strube, 1891-1956）のことであり、彼は「ちゃちな人間（The Little Man）」と題する連載漫画を『デイリー・エクスプレス』紙に掲載していた。

☆13 George Orwell, *The Road to Wigan Pier*. Penguin, 1989, p.201.〔『ウィガン波止場への道』、二八六—八七頁。〕

☆14 George Orwell, *Keep the Aspidistra Flying*. Penguin, 1989, p.187.〔『葉蘭をそよがせよ』高山誠太郎、晶文社、一九八四年、二一九頁。〕注12の引用と同様に、この箇所は主人公コムストックの内面描写であり、ここで彼は泥酔してピカデリー・サーカス周辺の歓楽街を眺めている。

ウィガン波止場を通り過ぎて（一九五九年）

ジョージ・オーウェル『ウィガン波止場への道』統一サイズ版（セッカー・アンド・ウォーバーグ、一九五九年）書評[☆1]

『ウィガン波止場への道』を書いたときオーウェルは三三歳であり、この本をレフト・ブック・クラブが刊行したのは一九三七年だった。このたび、この本が統一サイズ版オーウェル著作集の一巻として再刊されたことはよろこばしい。この本の第一部は北部工業地帯における炭鉱夫たち、貧困、スラム、失業に関する調査報告であり、それは依然として生き生きとしていて、感動的である。第二部に収められた階級と社会主義に関するエッセイ群は、あたかもつい最近に書かれたものであるかのように持続中の議論に重要な貢献をおこなっている。

オーウェルが描いた人間的窮状は、現在では当然ながら公認のものである。それは一九三〇年代に起きたことであり、周知のように、当時はわたしたちはみな左翼に属していて、激情と哀れみへと駆り立てられていた。しかし、あの今では伝説のような時代のオーウェルの言葉に耳を傾けてみよう。

一世代前は、理知的な人はみなある意味では革命家であった。今日では、理知的な人はみな反動主義者である、と言った方が真実に近いだろう。……社会主義という大義は、前進するどころか、あきらかに後退している。……あらゆる一流の作家と、読むに値するあらゆる作品は反対側に属している。……今日、平均的なものを考える人々は社会主義者ではないだけではなく、社会主義に積極的に敵意を向けている。[☆2]

ここに書かれているのは、一九五九年にわたしたちが立ち至った場所だ。だが、これは驚くべきことではない。どの世代においても最大の政治党派は「懐旧的な急進主義者たち」の党派なのであり、彼らの信条は「ああいうひどい不正の数々には激情や哀れみを覚えずにはいられないが、ありがたいことに、現在はあんなことはまったくない」というものだ。だが懐旧的急進主義――「ああいった素敵な大義は、今はもうどこにもない[☆3]」――は、オーウェルが打ち破っていた安全装置の一部なのである。現在ではそれは、わたしたちがものを読んでいるあいだにも、少なくとも二百万人の貧困層と五十万人の失業者たちがこうむっている人間的窮状を、いかなる活動的な意識からも隠しておくために機能している。三〇年代に実質的には多くの者たちが言っていたように、次のように言う方がまだ誠実というものだろう。「残念ですが、わたしたちは今のままの状態を続けたいのです」、と。ただしオーウェルが述べたように「公然とこれほどの卑劣感であるためには、相当の度胸が必要」なのだが。[☆4]

こんな具合にわたしたちは歴史を追いかけて、現在よりも一時代前の闘争において旗色の良い陣営の分け前にあずかろうとする。オーウェルは、少なくとも自分の時代を生きていた。彼は困難を経て生きた人々に接触し、現実の苦難を受け入れた。この本はそれを記録しているが、それはだれかの気休めにするためのものではないし、再刊することによって、現在以上に多くの懐旧的急進主義者たちを寄せ集めるためでもない。

調査報告にあらわれた人間性は論争へと直接に結びついている。この第二部には二つのテーマがある。イートン校からビルマ帝国警察を経て、とあるウィガンの下宿屋へと至るオーウェルの道程についての自伝的な説明と、あの有名な、さまざまな種類の社会主義者を攻撃することをつうじた社会主義の擁護である。個人的な説明は、今世紀の大きな特徴となっている自己亡命者（セルフ・エクザイル）の心理状態に関する重要な記録である。いかにして自分が、ある抑圧体制に奉仕してきたことに関する罪責感に駆られ、そして同国人のなかでもっとも貧しく、またもっとも虐げられた人々たちと、身体的で、それゆえに並外れて強力な同一化をするに至ったのかをオーウェルは示している。それは自分自身の生活様式からの亡命（エグザイル）による罪の長いあがないだったのであり、稀有な洞察力と勇気をもって彼はそれを生き抜いたのだ。

だが罪責感と自己亡命者との緊張関係は、長所にも短所にも結びついている。オーウェルの作品全体のパラドックスは、良識とヒステリー、極度の寛容さと極度の狭量さ、普通には見られない詳細さと荒っぽい一般化、精密な散文と粗雑な罵声とを組みあわせたことにある。これらのなかでは美点のほうが目立つのはたしかだが、彼の公式の議論が理解されうるとしたら、それはこの立場全体の見地からのみなのである。

＊　＊　＊

彼は中流階級からの反体制者として社会主義に至ったのであり、心身全体にわたる特定の訓練としての階級に関する彼の深い認識は、至るところで歴然としている。現代のほぼあらゆる左翼運動は、組織化された労働者たちとある種の中流階級の反体制者たちの協力関係であったが、そこには協力関係のみならず相互作用もあり、オーウェルが検討したのは基本的にこの相互作用である。専門的な訓練を受けてきたということや、労働者たちが長く排除されてきた権力と学問の世界を経験してきたという点で、中流階級の反体制者たちはこの協力関係に多くのものを提供できる。反体制者たちの多くにとっては、心理的な問題は存在しない。というのも、これらの人々は改革に向けたさまざまな提案をするにあたって、本質的に影の支配集団として自分たちを見ているのだから。自分たちよりも賢明ならざる同等者たちから権力を奪取するとき、労働者たちを含む国全体がもっと豊かになるだろう〔とこれらの人々は考えている〕。

だがこれはオーウェルにとっては、当然ながら容認できないことだった。たしかに真実であること、つまり、普通の人々にたいするそうした集団の態度は現在の支配の諸集団の態度と本質的に変わらないことにオーウェルは注意を向けたのだ。民衆は力づくで変化を起こすかもしれないし、その指導者たちの一部——みずからの階級からの反体制者たちであり、みずからの階級を劣っているとも見なしている——はあたらしい支配者たちに加わるかもしれない。だが民衆はもといた場所、つまり底辺にとどまり続けるだろうし、それはいつものペテンだとオーウェルは力説していた。彼がまちがっていると言う前に、わたしたちはスターリニズムのみならず、労働党の近年の歴史もまた非常な注意を払って検討するべきだろう。

しかし、反体制者たちが皆このような影の支配者であるわけではない。自分たちの階級のありきたりの人生のパターンを受け入れられず、個人的な意見の相違をこうした大きな大義のなかで正当化もしくは実質化する者たちもいるだろう。これらの人々のなかには、オーウェルが狭量にも変わり者たちと呼んだ者たちもいることだろう。「あご髭を生やしたしょぼくれ菜食主義者……サンダルばきの大真面目な貴婦人たち……産児制限狂」などなど。[☆5] ここで大事なのは、普通の「お上品な」基準からすれば、オーウェル自身も変わり者だったということである。そうであっても、その人が善良か性悪かについてなにも言ったことにはならないのだが。だが自己亡命者たちは、実際の亡命者たちと同様に、ほかのなによりもおたがいを軽蔑しているものだ。相手を見ると自分のことを思いだして、痛いところを突かれた気になってしまうのだ。あらゆる中流階級の社会主義者たちをオーウェルが一目見ただけで嫌っているらしいこと、そうした人々を描くために私立初等学校で習いおぼえたスラング――「こんな卑しい小動物ども」[☆6]――に退行してしまうことは、たしかに示唆的である。昔からの意識が、あたらしい罪責感の横を固めているのだ。

わたし自身の最終的な異論は、民衆をおもに犠牲者たちと見なすことで、この相互作用のもう一方の側をオーウェルが過小評価しているという点だ。それは、労働者階級が自立して成長する能力である。もちろんこれは証明できず、ただ生きられねばならない。労働者階級の家庭で育てられたわたしたちの多くは、現在、このことなる立場から〔労働者階級と中流階級との〕協力関係をべつのかたちに作り変えようとしている。だがこの持続的な緊張のなかで、オーウェルとロレンスはわたしたちがもっとも尊敬する作家である。もしオーウェルが生き続けていたら、今年で五六歳になっていただろうとわたしは考え続けている。ウィガン波止場を通り過ぎる道の途上で、彼とはたくさんのことで同意することも、意見を違えることもあっただろうに。

＊訳注

☆1　初出情報は Raymond Williams, "Past Wigan Pier." [A Review of George Orwell, *The Road to Wigan Pier* (Secker and Warburg, 1959)], *The Observer*, May 10, 1959, p.24.

☆2　ここでウィリアムズは『ウィガン波止場への道』の別個の四箇所からの引用をひとまとめにしている。George Orwell, *The Road to Wigan Pier*. Penguin, 1989, pp.187-88, 159, 171, 159.〔『ウィガン波止場への道』、二六八頁、二二七頁、二四四頁、二二八頁、訳文を一部変更。〕

☆3　イギリスの劇作家ジョン・オズボーン（John Osborne, 1929-1994）の戯曲『怒りを込めてふり返れ』（*Look Back in Anger*, 1956）の主人公ジミー・ポーターの劇中での発言を踏まえた表現と思われる。戦後福祉国家の現実にフラストレーションを覚えた彼は、命を賭けるに値する闘争はすべて一九三〇年代と四〇年代に戦われたために、戦後の若者たちにとっては「もういかなる立派で雄々しい大義も残っていない」との嘆きを口にする。John Osborne, *Look Back in Anger*. Penguin 1982, p.84. ここにはいわゆる「怒れる若者たち」世代の作家たちに対するウィリアムズの批判的距離感があらわされている。

☆4　*The Road to Wigan Pier*. p.126.〔『ウィガン波止場への道』、一八一頁、訳文を一部変更。〕

☆5　*The Road to Wigan Pier*. p.201.〔同、二八六―八七頁。〕

☆6　*The Road to Wigan Pier*. p.162.〔同、二三二頁、訳文を一部変更。〕

ジョージ・オーウェルの怒り（一九六一年）

ジョージ・オーウェル『評論集』（セッカー・アンド・ウォーバーグ、一九六一年）／
リチャード・リース『ジョージ・オーウェル』（セッカー・アンド・ウォーバーグ、一九六一年）書評☆1

世代の交代期にあたって、何千もの人々が現在はじめてオーウェルを読んでいる。彼の著作が再刊されるにあたって、何千ものわたしたちがよろこんで彼を再読している。というのも、彼は依然としてきわめて中心的な存在のように感じられるからである。一九三〇年代や六〇年代の通常の公的世界と彼を対置してみると、彼は賞賛に値する必要な人物である。公的な殺人や公的な嘘にたいして、彼ほどに鋭い筆致で挑戦を仕掛けた者はほかにはだれもいなかった。それはひとつの基準として存続している。ほかのさまざまな点においては彼はそれほど例外的な存在ではないものの、彼のさまざまな美点はそれでもじつに明白である。情熱、率直さ、生き生きした独立不羈の精神などの彼の資質はページから目に飛び込んでくる。

しかしながら時代を経るにしたがって、いくつかの点では、こうした資質を対置せねばならない世界の一部に現在ではオーウェルがなっていることをわたしたちは理解している。オーウェル的なやり方――世界をまなざし、それについて書くひとつの方法――は、とりわけそのさまざまな短所においてきわめて安易に模倣可能だとわかってきたのだ。名誉のために上手に嫌うこと、スラングまみれの経験主義、洞察と偏見、率直さとレトリック、謙虚さと傲慢さなどの特徴的な混淆は、それ自体でひとつの正統派的なやり口となってきている。オーウェル的なライフスタイルですらも、その二つの側面で今ではひろく模倣されている。なにか直接的かつ個人的なこと、反抗的で屈辱的なことがなされ、示されねばならないという理由で、タフで、みすぼらしい身なりの決然とした非順応主義者たちは路傍に座っている。あるいは辛辣な言葉遣いを身につけた怒りっぽい個人、だれにたいしても反対する急進主義者は、活字のなかで自分の根本的な幻滅感を生き抜いて、ときにはロンドンのもっとも混雑した通りで自分の孤独な畑を耕すような真似をしている。公的な殺人や公的な嘘は続いている。だが、情熱、率直さ、独立不羈の精神でわたしたちの実際の世界を見るためには、オーウェルの先例に鼓舞されようが、彼の目を借りることはできない。わたしたちは自分自身の目でものを見ねばならないし、わたしたちがまなざす世界は、今では彼自身の作品を包含しているのだ。

＊＊＊

もともとは『イングランド、君のイングランド』、『批評エッセイ集』、そして『象を撃つ』に収録されたエッセイ群がつい最近、統一サイズ版オーウェル著作集の一巻として再刊された。『トリビューン』紙のために書かれた短い記事だけは除外されているが、ほかのエッセイ群は執筆の順序に並べ替えられている。『カタロニア賛歌』や『ウィガン波止場への道』とならんで、これらのエッセイ群はオーウェル最良の作品である。「絞首刑」や「貧しき者の最期」から「イギリスの反ユダヤ主義」まで、あるいは「チャールズ・ディケンズ」や「W・B・イェイツ」から「少年週刊誌」や「ドナルド・マッギルの芸術」まで、その幅のひろさを想起させられることはよろこばしい。時系列的な並べ替えによって、観察から議論への時間にともなう展開が気づけるようになっている。彼の小説群において、ピカレスク風の調査報告から政治的定式にもとづくフィクションへの展開があったのとまさしく同様である。この展開の両方の側にいくつかの例外があるが、いくつものあきらかな理由で転換点は一九三〇年代の終わりにやって来ていた。

この点を認識すると、オーウェルの影響の二つの側面を理解することがもっと容易になる。若い急進主義者たちと中年のもと急進主義者たちは、同じ遺産を共有してはいてもおたがいにたいしてまったく敬意を払っていないが、その両方の人々のなかでオーウェルはあきらかに存在感を持っている。いくつかの点では、このパラドックスははじめからそこにあった。それはオーウェルの緊張感、エネルギー、そして最終的な挫折の原因である。だがそこには、時間上のおおよその境界線も存在している。それは彼が社会主義者となった一九三六年のことではない（今となっては、それは瑣末なことのように思える）。むしろ、三〇年代の世界が崩壊して戦争へと向かい、世界についてのオーウェルの観察とそれにたいする怒りが、世界は不可避にこのようなのだという深刻で不承不承の受容にともなわれるようになった、もっとあとのことである。それは若き日の急進主義者が成熟した保守主義者になるというおなじみの歴史的事例ではない。わたしたちの時代においては、そういった展開は些細なものでしかない。それはもっと複雑で、きわめて定義困難であるが、なおわたしたちの近年の思想史においてじつに核心的な、ひとつの怒りからもうひとつの怒りへの展開の事例である。それは、ひとつの大義と交わる怒りから、さまざまな大義も献身も超えてしまうようなある怒りへの展開なのだ。[2]

実際のところ、若い急進主義者たちと怒れるもと急進主義者たちのなかには、オーウェルの衣鉢はまったくべつにして、彼らが思うよりも多くの共通点を持つ者たちがいる。というのも、彼らは少なくとも次のような考えを共有しているからだ。自分たち自身の外側にある運動への忠誠は、その特性として笑劇やぺてんだと見なされるし、正当性のある異議申し立ては厳密に私的なものだけである、という考えである。[3] 現実の歴史的苦難にさらされて、次のようなパターンがおのずと形成されたのである。それは、わたしたちのもっとも深刻な危機である、個人と社会との真の乖離である。それは、この本の最後に置かれたエッセイの最後の一節で表現されている。そこでオーウェルは私たちの世界における作家の状況を表現している。

彼の半分は、ある意味では彼の全部が、だれにも劣らず決然と、ことによっては猛然と行動することだってできる。しかしその書くものだけは、いささかでも価値のあるものであるかぎり、つねに少し離れたところに立ち、なされることを記録しその必要性は認めつつも、その本性に関してはあざむかれることを拒絶する、正気の自己の産物であるだろう。[4]

この一節は巧みに表現されているし、わたしたちの大半がここで描かれる苦難を感じたことがある。だが、オーウェル自身がそのほかのいかなる定式をも吟味したときと同じくらいの厳密さでこの定式を吟味してみると、そこには次のような確信があるように思える。つまり、正気の自己を保ったままでは行動することはできないという確信であり、それでもなお、そのような下等な世界の必然性を認めねばならない、という確信である。こうした確信を組みあわせると、ある典型的に現代的な立場が得られる。異議申し立てと非難は続けつつも、物事は必然的にそういうものなのだと基本的かつ不承不承に受け入れるといった立場である。すると、乖離こそが唯一可能な解決ということになる。その意味では、わたしはオーウェルを深く尊敬してはいるが、彼はなおわたしが反対する世界の一部なのだ。

＊＊＊

反対の一解釈としては、サー・リチャード・リースのあたらしい研究は心から推薦できる。その大半はよく知られた話題を扱っているが、この本はいくつか重要な個人的回想をそれに加えており、魅力的に書かれている。それは、見た目をあざむくほどうちとけた外見からはわからない洞察力ある判断もそなえている。

オーウェルのパラドックについて、彼はシモーヌ・ヴァーユからある表現を引用して説明している。この説明によれば、彼は「勝利の陣営からの逃亡者」、すなわち、ある種の正気の基準を維持するために、勝利の陣営からは遠ざかり続けねばならない人間らしさ（ディーセンシー）と正義の担い手であったということになる。この説明には真実も含まれているが、それが真実のすべてではないとわたしは考えている。オーウェルは敗北の陣営からの逃亡者でもあったのだ。サー・リチャードの本のなかには、ある絶望的で破滅をもたらす歴史的状況においては、このもっと複雑なやり方でオーウェルを見ねばならないということに彼が同意するかもしれないと思えるいくつかの部分がある。もっともそうしたからといって、この勇敢で、知的で、必要な作家への敬意を失うことにはならないだろうが。

＊訳注

☆1　初出情報はRaymond Williams, "The Anger of George Orwell." [A Review of George Orwell, *Collected Essays* (Secker and Warburg, 1961) and Richard Rees, *George Orwell* (Secker and Warburg, 1961)], *The Observer*, May 21, 1961, p.24.

☆2　ここでの「怒り」への言及は一九五〇年代にイギリス文壇に台頭した「怒れる若者たち（the Angry Young Men）」と呼ばれた一群の作家たちのことを暗示していると理解できる。一九六一年の『長い革命』においてウィリアムズはこの世代を代表するキングズリー・エイミスやジョン・ウェインの小説を批判的に論じている。一九五九年の書評におけるオズボーンの『怒りを込めてふり返れ』への引喩も参照。

☆3　例えばキングズリー・エイミスは一九五七年に発表されたパンフレット『社会主義と知識人』において「最良かつもっとも信頼に値する政治的動機は自己利益だ」と述べており、この箇所はそのような発言を踏まえた議論と理解できる。Kingsley Amis, *Socialism and the Intellectuals*. The Fabien Trust, 1957, p.12.

☆4　George Orwell, "Writers and Leviathan." *CW19*, pp.288-293, p.292.〔「作家とリヴァイアサン」小野協一訳、『水晶の精神　オーウェル評論集2』平凡社、一九九五年、一〇〇頁―一一三頁、一一二頁、訳文を一部変更。〕

コードウェル（一九六五年）

クリストファー・コードウェル『自由の概念』（ロレンス・アンド・ウィシャート、一九六五年）／クリストファー・コードウェル『詩集』（ロレンス・アンド・ウィシャート、一九六五年）書評[☆1]

一九三六年のあの冬、スペイン内戦においてあの二人が出会ったとはわたしは聞いたことがない。だが彼らは両者ともに若い作家で、共和国側の大義へのイングランドからの義勇兵だった。ジョン・スプリッグス[☆2]は二九歳で、エリック・ブレアはそのおよそ四歳年長だった。そのつらく切迫した数ヶ月のあいだ、のちの世代の人々が自分たちを一九三〇年代イギリス左翼の正反対を象徴する存在と見なすようになるとは彼らには予想しようがなかっただろう。だがそれこそ、コードウェルとオーウェルという筆名のもとでわたしたちが彼らを知るやり方なのである。

ジョン・スプリッグスは一九三七年二月、ハラマ川の戦いで戦死した。彼の重要な著作はすべて死後に出版された。彼の著作は、オーウェルの著作がそうであったように、スペイン内戦における敗北の経験や一九四〇年代の非常にことなる世界によって形成されることは決してなかった。しかしながら、そもそも彼らのあいだの大きなちがいを感じ、そして彼らをともにあの決定的な闘争へと導いたものについて省察するためには、わたしたちは彼らが書き残した作品を読みさえすればよい。

もちろんオーウェルのほうがよく知られているが、その名声のおもな理由は、スペインでのあの冬以後に書かれた作品である。しかしながら、いずれにせよ彼の方がもっと尊敬を集めやすい作家ではあっただろう。彼はイングランド的な生活と習慣にどっぷりとつかったイングランド的リベラルであり、良心に駆られて、不安定で非理論的ではあるが、しばしば情熱的な社会主義へと向かった。比較すると、コードウェルにはほとんど先例となる存在がいない。オーウェルは田園地帯、裏通り、おなじみの書物などからなるイングランド的な風景に根ざしている。かたやコードウェルは、ヨーロッパ的な政治思想と国際的科学・テクノロジーからなる世界——〔オーウェルの世界と比較すると〕それほどすぐに認識できるものではないが、なお力強い世界——を重視していた。現在、こうした二者択一的な影響源のさまざまな長所と短所を認識することを試みようとしても、ことは同様である。イングランド的経験に関与するために、オーウェルは一文を書きさえすればよかった。彼の思想と感情の表現はどれも、わたしたちが慣れ親しんだ、見覚えのあるさまざまな言葉や身振りによってなされている。それにたいして、コードウェルを読むことは翻訳を読むようなものだ。彼の思考は、生硬で、抽象的で、人を惹きつける魅力がないという印象を与える。分析においてある主張が考慮されると、それは途方もなくイデオロギー的な注釈をつけることでとことんまで突きつめられている。それはつねに論証しようと試みているが、ほとんど〔わたしたちを〕説得することがない。

この差異を感じると、オーウェルを選んで、コードウェルを脇に置くことは簡単である。だが彼らを何年もくり返し読んだあとでは、これとはちがう反応が適切であるとわたしは言わねばならない。オーウェルはときとして、わたしたちの知的かつ感情的な習慣にあまりにも容易になじんでしまう。

しかも、心温まる語句やなんらかの既知のものへの訴えかけは、偏見を強めたり、混乱状態の認識を遅らせたり、あらたな成長の地点ではわたしたちを感情的にまどわすことがありうる。その声は、感情的にはあまりにも顕著にわたしたち自身の同類であるために、それだけいっそうまどわす力は強いのである。オーウェルに安住していられる読者は、わたしたちの伝統に起きたことにわたしよりもはるかに満足していなければならないだろう。もちろん、コードウェルにも安住することはできない。そこでは政治的経験をも含んだ経験との嚙みあい、あるいは経験との出会いがほとんど提示されないために、わたしたちはその著作を深奥まで探究してみようという気になれない。ある意味では、彼はもっとも政治的ではない作家である。彼の思考は自己没入的で、ある種の観念的な関連性を核としている。しかしながら一定の決定的な点では、この長々しい自己証明（というのも、それはたしかにそのようなものなのだから）――ある硬質なあたらしい精神が閉ざされた部屋のなかに存在して、専門的な論証をおこなっているようなものだ――は、必要なだけの注意を惹きつける。この探求が孤立しているとすれば、そのような孤立もまたイングランドについてのひとつの事実なのである。

『自由の概念』は三冊の本――『没落する文化の研究』、『没落する文化の研究・続』、そして『物理学の危機』――からの選集である。この本は最後に名前を挙げた著作の最初の五章と、ロレンス、フロイト、〈愛〉、〈自由〉、〈美〉、そして〈意識〉についての論考を収録している。この著作のいくつかの部分を評価することはむずかしい。それらの部分でコードウェルは科学についてのみずからの学識を活用し、ある箇所ではそれを事実として、またある箇所では隠喩としてそれを利用することで彼の結論を強引に押しつけようとしている（と感じられる）。その一連の思考は大きくことなってはいるも

の の、わたしはしばしばT・E・ヒュームの『省察』における論調を想起させられた。☆4

一人のマルクス主義者としてコードウェルが自由について言わねばならないことは、あたらしくはないものの、明晰かつ苛烈なやり方で述べられている。それは、人びとは自分たちのさまざまな社会関係をつうじて自由なのであり、社会関係からの逃亡や、逃亡の幻想において自由なのではない、ということだ。この意味で、この選集を編むにあたって、このタイトルを核にしたことは正しかった。わたしがコードウェルにもっとも近しく感じ、オーウェルからもっとも隔たっているように感じるのは、いずれにせよこの点においてである。しかしながら、わたしたちはさまざまな社会関係のなかで実際に自由を取り決めているのだが、そのような社会関係は、コードウェルの議論全体においては（断固たる抽象概念のかたちをのぞけば）きわだって欠如している。数多くのありふれた思想的立場にたいする否定的批評は、確固とした有益なものである。ある不毛なやり方で、コードウェルは既知の不毛さを分析していたのである。だがこの点をのぞくと、わたしはそこには言葉しか見つけることができない（それはわたし自身のせいかもしれないが）。オーウェルがしてしまった種類のよくある後退――理論にたいする愚かしい懐疑、反知性主義のたわむれ、そして「神学」とされるものへの反発――を引き起こすという点では、これはいっそう危険なことだ。イングランドにおいて、わたしたちはこのような後退を、その悦に入った犠牲者たちからたびたび見せつけてきたのである。

それは戦闘で死んだ一人の若者のみならず、ひとつの世代の未完の仕事である。一人の英雄への身振り――それはすでに準備されつつあるし、そんなことをしたら、不適切な仕方、オーウェルのような仕方でコードウェルを復権させることになるだろう――を共有することよりは、このことを強調する方が良い。コードウェルの詩集は韻文としては退屈なものだが、破壊の跡のような感情や解決の不在という点ではおなじみのものである。それらを読んでいると、わたしは共感や自己認識すらも覚えることがある。だがそのような感情を覚えるのは、終わらねばならないものとしてそれを理解するときである。それは真に耐え難いものなのであり、そこでは、スペインにおける死は充足ではなく、ひとつの厳然たる喪失でしかなかった。わたしたちの手元にあるのはある若者の遺稿の数々なのであり、もしそれに敬意を払うのであれば、一定の容赦のない姿勢をもってわたしたちはそれを研究することになるだろう。というのも、それらが達成したものには限界があり、さまざまな欠陥が歴然としているという点で、すでに遅きに失してはいても、これから先も、どれほど多くの思索がなんらかの方法でなされねばならないのかを、それらは思い出させてくれるからである。

＊訳注

☆1　初出情報は Raymond Williams, “Caudwell.” [A Review of Christopher Caudwell, *The Concept of Freedom* (Lawrence and Wishart, 1965), and Christopher Caudwell, *Poems* (Laurence and Wishart, 1965)], The Guardian, November 12, 1965, p.9.

☆2　ジョン・スプリッグス（Christopher St John Spriggs, 1907-37）はイギリスのマルク主義作家クリストファー・コードウェルの本名。コードウェルは若き日からジャーナリストとして活動し、存命中の一九三三年から三五年にかけては探偵小説を出版していた。三四年頃にマルクス主義哲学に関心を持ち、イギリスでは先駆的なマルクス主義文学批評を書いたが、スペイン内戦に義勇兵として参加中に二九歳の若さで戦死した。主著『幻想と現実』は一九三七年に死後出版され、当時は詩人W・H・オーデンなどに激賞された。ウィリアムズは『文化と社会』第三部第五章「マルクス主義と文化」においてはコードウェルをかなり批判的に論じていたが、その時点での批判を踏まえると、六〇年代なかばのウィリアムズの（オーウェルへの距離感と対比した）コードウェルへの再評価は「理論」への姿勢がより積極的になっているという点で興味深い。

☆3　T・E・ヒューム（T. E. Hulme, 1883-1917）はイギリスの美学者・思想家で、二〇世紀初頭のイマジズムや前衛芸術運動に関連づけて独自の美学・政治思想を展開し、一定の影響力を持ったが若くして第一次世界大戦で戦死した。死後には『省察』（一九二四年）などの論集が刊行され、モダニズムの保守主義的傾向に影響を与えたとされる。ウィリアムズは『文化と社会』第二部第六セクションでヒュームを論じている。

父はオーウェルの知りあいだった（一九六七年）

ジョージ・ウドコック『オーウェルの全体像——水晶の精神』（ジョナサン・ケイプ、一九六七年）書評☆1

ジョージ・オーウェルについての著作が出版され続けているが、わたしはそれらのほぼすべてについて複雑な思いを抱いている。明晰さと誠実さ、そしてなによりも直接性、わたしたちの大半の生き方との接触などといった、オーウェルの精神を生かし続けることは根本的に重要である。しかしながら彼は依然として、一九三〇年代、戦争、冷戦初期といった彼自身の時代と切り離すことのできない作家である。彼についての著作のあまりにも多くが、実質的にはその時代を引き伸ばすものとなっている。それはあたかも、オーウェル自身が第一次世界大戦と一九二〇年代のさまざまな苦闘について自分の時間の大半を費やしたかのようだ。もちろん彼はイングランドの過去を大切に思っていたが、彼はその過去を、自分自身と自分の周囲で実際に起きていたことに継続的に生かしていた。しかしながら、彼の批評家たちや伝記作家たちの大半は彼の時代に立ち往生したままである。かつて『ナウ』誌（一九四〇—四七年）の編集者だったジョージ・ウドコックは、彼のあたらしい本のなかで、ごくあっさりと次のように述べている。

この戦争の年月と、終戦直後からオーウェルがヘブリディーズ諸島に出発した頃までの時期は、文学においても政治においても、一九四八年か四九年から現在までの時期よりもはるかに活気にあふれた時期だった。☆2

肝心なのはこのような意見が真実かどうかばかりではなく、これがオーウェルに関するどのような種類の文章に不可避的に結びつくのかである。第一にはもちろん、回想である。オーウェルは遺書のなかで伝記を書いて欲しくはないと述べていた。そしてそういうわけで、彼を知っていた人々が書いたこうした著作の大半においてはこの遺書がまず引用されるが、それからすぐに「作家その人の思い出」といった表題をかかげた章が設けられている。こうした説明のそれぞれが断片的な情報をいくつか提供してはくれるが、それがくり返されると、新聞のインタヴュー記事のような効果が生まれる。そして少々の鮮やかな詳細と、非常に一般的な諸事実、それで記事が終わりといったぐあいである。そして第二には、オーウェルをだしにした一種の政治である。スペインとか、スターリンとか、官僚制についてなんと彼は正しかったことか、わたしたちが現在生きている世界を見てごらん、などといったように。だがわたしたちが今実際に生きている世界は、この世界独自の鋭利で、具体的で、同時代的な反応を必要としている。オーウェルが生きていたらどのように考えたのかはだれにも知りようがないし、いずれにせよそれは肝心なことではない。もしも彼の批評家たちがみな褒めそやすさまざまな美点が、美点としてなんらかの意味を持っているのであれば、それはこのような際限のない過去の回想とか、未来の予測とか、あやふやな不平不満を越えるものであるだろう。あたらしいオーウェルがあらわれるとしたら、その人はオーウェルとはまったくことなった存在だろう。だがこの古いオーウェルがいてくれるかぎりは多くの問題を回避することができる、といったぐあいなのだ。

このように述べるのは不当だろうか？ このような著作の目的はオーウェルの人生と著作をありのままに説明することではないのか？ そうであるべきだとわたしは考えているが、どうやらだれかが新風を吹き込んでくれるまでは、それはなされないのではと思えてくる。ことによるとそのだれかは、今は学校に通っていて、現代の授業科目においては『動物農場』やゴールディングの『蠅の王』がどうしてそれほどまでに重きをなしているのかと疑問に思いはじめているかもしれない。そういった著作は、あの生き残ってそれらを教科書に定めた世代にどんな効果を与えていたのか？ 実際のところ、現在ではそれらはいかなるものなのか？

困難はもうひとつあるだろう。オーウェルの著作はそれほどの説明を必要としていない。こうした著作にあらわされた思想や感情は、複雑というよりもむしろパラドックス的である。それらは表面的にはそれら自体を解読してくれている。それでは、現在実際にそうであるように彼の著作がひろく入手可能であり、そうありつづけるはずという状況においては、慣例的な章立てを設けることは必要だろうか？ 『空気を吸いに』と『一九八四年』と「ドナルド・マッギルの芸術」の注意深い説明に、附随的な批評的コメントがつくような章立ては、これ以上必要だろうか？ これまでのところ、それこそがこうした大半の著作の問題点なのである。それらの著者たちは少々の興味深い回想と、ひとつか二つの批評的な論点は持ちあわせている。それは一編の論文にはじゅうぶんな分量だが、決まりきったやり方でオーウェルの著作を要約したり、同じ論点をくり返したりすることによって、一冊の本になるまで引き伸ばされているのである。

ウドコック氏の貢献はこういった種類のほかの著作より悪くも良くもない。彼は小説群、政治、批評エッセイ群を精査して、散文の文体について引用してコメントし、ありふれた穏健な結論に至る。オーウェルが敬意を受けているがゆえにこの本も敬意を獲得するのだが、それこそが複雑な感情を覚える原因なのである。オーウェルが重要な敬意を向けられているのは、彼が自分独自の言い分、生きた経験に根ざしたこと、差し迫ったこと、心をかき乱すようなことを、自分独自の言い分として持っていたからなのである。

＊訳注

☆1　初出情報は Raymond Williams, "Father Knew George Orwell." [A Review of George Woodcock, *The Crystal Spirit: A Study of George Orwell* (Cape, 1967)], *The Guardian*, May 26, 1967, p.7. ジョージ・ウドコック（George Woodcock, 1912-1995）はカナダ出身の作家、無政府主義の思想家であり、戦時中の反戦運動に関して一九四二年にオーウェルと論争を行なったことをきっかけに友人関係になった。この論争については一九六八年の論考の注7を参照。

☆2　George Woodcock, *The Crystal Spirit: A Study of George Orwell*. Cape, 1967, p.191.〔ジョージ・ウドコック『オーウェルの全体像――水晶の精神』奥山康治訳、晶文社、一九七二年、二三一頁、訳文を変更。〕

ブレアからオーウェルへ（一九六八年）

『ジョージ・オーウェル著作集　エッセイ、ジャーナリズム、書簡集成』ソニア・オーウェル&イアン・アンガス編（セッカー・アンド・ウォーバーグ、全四巻、一九六八年）書評[☆1]

ペンネームについてですが、放浪している頃は、いつもP・S・バートンを使っていました。しかしこのひびきがあまり適当でないとお考えなら、こんなのはいかがでしょうか。

ケネス・マイルズ
ジョージ・オーウェル
H・ルイス・オールウェイズ

わたしはどれかといえばジョージ・オーウェルが好きですが。[☆2]

もちろん現在では、わたしたち全員もまたそれを好んでいる。だが、あるアイデンティティが形成される過程を見ることはつねに興味深い。いかなるペンネームを使って書いたのか、あるいは放浪したときにいかなる名前を使ったのかはエリック・ブレア自身の勝手だったが、いくぶん明白な正当性をもって、オーウェルが率直で人間らしい人間（ディーセント）の典型であるとの印象が持たれている現在では、パラドックス——わたしの意見では、彼の作品への鍵となるもの——のひとつのかたちとして、さまざまな偽装を考察せねばならないとわたしは考える。実際、さまざまな言葉や名前にあれほどに敏感だったこの人だからこそ、ついでに、次の一節を考慮しておく価値はある。「しかしP・S・バートンという名のこのひびきがあまり適当でないとお考えなら、こんなのはいかがでしょうか……H・ルイス・オールウェイズ」。

ある伝統が形成される過程を見ることは同じように興味深い。現在からふり返って見て、ロレンスとオーウェルは過去半世紀の本質的にイングランド的な種類の著作と思想において先頭に立つ人物だったとわたしたちの多くが考えている。このことをもし知ったら両者ともが驚いたことだろうし、少なくとも、彼らをならべて考えることは意外なことだと思っただろうとわたしは考えている。このオーウェルのエッセイ、ジャーナリズム、書簡集成には丁寧な索引がつけられている。この索引に関連して附随的に興味深い点のひとつは、彼がロレンスのことをほとんど知らなかったということだ。オーウェルは、近代作家の一人としてジョイスやエリオットとともにしばしばロレンスに言及しているが、彼はロレンスをおもに短編作家だと見なしており、ロレンスが持っていた種類の洞察をもとにして小説が書かれうるのかどうかを疑わしく思っていた。「本質的にイングランド的」という表現について言うと、これは多くの点で奇妙な流行であり、ひとつの神秘化である。それはある種の道徳的でもあり想像的でもある性質をひとつの場所とひとつの国民に付与することである。だがそうすると必然的に、実践的には、その同じ場所と国民のなかに事実として存在するそのほかのさまざまな性質がいつも除外されてしまう。この神秘化の効果が持続しているあいだは、そうしたほかのさまざまな性質は「本当にはイングランド的ではない」もの、本質的ではないものとして切り捨てられてしまうのだ。

だが、もしもロレンスとオーウェルにひとつ共通の要素があるとすれば、それは、彼らがほかのさまざまな種類の生活をみずから経験し、ほとんどの場合ではそうした経験を立脚点としてイングランドをまなざし、それをわたしたちに照らしだすすべを身につけたということにある。それはロレンスの場合、のちのたびかさなる旅は言うまでもなく、ドイツとイタリアにおける経験だった。オーウェルの場合、それはビルマとフランスにおける経験であり、とりわけ目立つのはスペイン内戦における経験だった。この戦争ののち、彼の著作はあるまったくあたらしい特徴を帯びるようになったのだ。二〇世紀にイングランドが必要としているように思われたのは、それ固有の種類の共同社会の外側からの視点だった。イングランドはそのような視点を政治と文学においてくり返し獲得してきた。そうした視点がもたらされたのは、この共同社会の内側ではケルト辺境と呼ばれている場所からであり、ヨーロッパ人やアメリカ人の亡命者（エグザイル）たちからであり、そしてロレンスやオーウェルのような人々からだった。彼らは抽象概念の背後に横たわる複雑な経験を愛しつつも、それに苦々しい思いを抱き、境界領域を拡大して、普遍的な経験、あるいはヨーロッパ的な経験のほうへと向かったのである。ロシア革命とその帰結について書くことによってオーウェルは世間的な名声を確立した。もっともそうすることは、彼の主要な貢献ではなかったが。彼の最良の部分があらわれているのは、スペイン内戦からの帰路、イングランドの深い眠りについて書いているときや[☆3]、戦闘や社会の崩壊を経験することもなく、現実から乖離した抽象的な暴力の言語を借用したイングランドの左翼作家たちを攻撃しているときである[☆4]。

このように述べたからと言って、ロレンスがそうではなかったのと同じように、オーウェルはつねに正しかったわけでもないし、たいていの場合は正しかったということですらない。『空気を吸いに』は既知の自己からなんらかのことなる種類の意識への逃避だった。その意識は、ブレアその人や作家オーウェルにとっては適切と思われた種類のものだった。それは、ある限定的な形式（ウェルズやモームから派生した、かなりイングランド的なもの）の枠内では有効だが、もっとも深い層にある個人的でもあり社会的でもある危機に触れることはできていない。にもかかわらず、この著作集がくり返し想起させてくれるように、晩年のロレンスにとって可能だった程度よりもずっと一貫して、オーウェルは共通の経験に触れ続けていた。彼は、自分たちの世代の経験を完全に共有した者たちにしか語ることはできないことを、自分自身のものとして語ることができた。意図的にわが身をさらす感覚、とりわけ戦争時代におけるそのような感覚は、当然ながらひとつのアイデンティティの探求と密接に関係しているが、それはひとつの共同体の発見という水準で徹底的に取り組まれており、それにはそれ独自の価値がそなわっている。こうした主題群を同一の危機のさまざまな形態として総合的に見ることこそが、彼らが成功したさまざまな点のみならず失敗したさまざまな点においても、ロレンスとオーウェルが現在、わたしたちのためにしていることだ。ロレンスとオーウェルとをひとまとめにしてわたしたちが創造した種類の選択的伝統は、なによりもまずあらたな進行中の作品のひとつの条件、ひとつの予備的な発言として重要なのである。

この注意深く編集された著作集にあらたに収録された文章のなかで、有益なものはなんだろうか？少々の書簡、不定期に書かれた書評などは有益なものだが、おもに有益なのは「わたしの好きなように」というタイトルで彼が『トリビューン』紙のために一九四三年から四七年まで書き続けた記事である。戦時中に『パーティザン・レヴュー』誌に書かれた「ロンドン通信」というもうひとつの記事シリーズは、わたしにはそれほど興味深いものには思えない。文学、政治、あるいはなんらかの日々の経験について、アナイリン・ベヴァンの勧めを受けてオーウェルが書いたものは、オーウェルを自由にしてくれる形式だった。より持続的な作家としての彼は、完全に同時代的な文学手法という非常にむずかしい問題――それは、ある非常に複雑な経験と、彼の世代においてちょうど起きはじめていた深層的な変化に内在していたものだった――をついに解決することができなかった（『動物農場』のような特殊な事例をのぞいて）。雑誌向けに書かれた見事な文学的・文化的エッセイ群はもちろんもっと永続的な価値を持つ作品だが、それらはすでによく知られており、ほかのエッセイ集にも収録されている。「わたしの好きなように」はそれ自体がほぼひとつの作品と称しうるものだ。それはしばしば雑多で時局的な経験を書き綴った日記であるが、それは人生を見るひとつのやり方で統一感を与えられている。そのやり方はオーウェルが有していた複数の方法のひとつでしかなかったが、現在ではたしかにもっとも好感の持てるものだ。第三巻と第四巻――『わたしの好きなように』と『君の面前で』――は、このシリーズだけを理由としても非常に興味深い。

第一巻――『このような時代、一九二〇―四〇年』――は研究者たちには興味深いものだろうが、第二巻スペイン内戦関係の報道や書簡に至ってようやく生気を帯びてくるようにわたしには思える。第二巻――『右であれ左であれ、わが祖国』――は、よく知られたエッセイ群をのぞけば、もっと荒涼とした領域である。あの不十分にしか理解されていない時代の一側面としてこの巻を研究する価値はあるだろう。とりわけ、オーウェルを素朴に称賛する者たちの幾人かにとっては。この巻に収録された政治的論戦のなかには非常にいかがわしいものもあるが、一九四七年初頭のジリアカス[☆5]とのきわめて不快な論争と比較すると、アレックス・カムフォート[☆6]やそのほかの平和主義者たちとの論争は模範的な公平さを示している。これもまたオーウェルの世界だったということ、そして、それはひとつの自我やひとつの文明についてのほぼあらゆる者たちの考えを崩壊させるすれすれであったことをわたしたちは想起せねばならない。そのような状況は、寛大で、探究心にあふれる、誠実な人間としての苦労を経て獲得されたアイデンティティを生みだすのみならず、悪意や憎しみや倒錯すらも生みだしたのである。この著作集を閉じながらわたしはこう感じた――わたしたちは現在、それほどことなる世界にいると思ってはならない、と。

＊訳注

☆1　初出情報はRaymond Williams, "Blair into Orwell." [A Review of George Orwell, *The Collected Essays, Journalism, and Letters of George Orwell*. 20 vols. Edited by Sonia Orwell and Ian Angus (Secker and Warburg, 1968)], The Guardian, October 4, 1968, p.6.

☆2　"To Leonard Moore." [19 November 1932] *CW10*, p.274.〔「レオナード・ムアへの手紙」、井上麻耶子訳、『オーウェル著作集I　1920―1940』、九七頁／ピーター・デイヴィソン編『ジョージ・オーウェル書簡集』、高儀進訳、白水社、二〇一一年、三九頁、訳文は前者にもとづき一部変更。〕

☆3　「イングランドの深い眠り」は『カタロニア賛歌』（一九三八年）の最終第一二章の末尾で、スペインから母国に戻るオーウェルがイングランド南部に思いを馳せる場面への言及。George Orwell, *Homage to Catalonia.* Penguin, 1989, p.187.〔『カタロニア賛歌』都築忠七訳、岩波書店、一九九二年、二六一頁。〕

☆4　これは具体的には、「鯨のなかで」(一九四〇年)において、オーウェルがW・H・オーデンの詩「スペイン」(一九三七年)に対して展開した批判に言及したもの。この詩の初版には「必要な殺人」という句が含まれていたが、オーウェルはこれに対して「殺人をせいぜい言葉としてしか知らない人だけが、こんな文句を書ける」と論難していた。George Orwell, "Inside the Whale." *CW12*, pp.86-115, p.103.〔「鯨の腹のなかで」鶴見俊輔訳、『鯨の腹のなかで　オーウェル評論集3』平凡社、一九九五年、六二頁。〕

☆5　コニ・ジリアカス(Konni Zilliacus, 1894-1967)は労働党左派の政治家で、しばしばソヴィエトの外交政策への共感ゆえに共産党シンパであることを疑われていた。一九四九年から五二年までは当時のアトリー政権の反ソ連的外交政策への批判ゆえに労働党を追われていたこともあった。オーウェルとジリアカスは一九四七年の一月から二月にかけて『トリビューン』誌上で論争を繰り広げていた。*CW18*, pp.289-99を参照。

☆6　アレックス・カムフォート(Alex Comfort, 1920-2000)はイギリスの作家・医者で、第二次世界大戦中は平和主義者として活動した。一九四二年五月から七月にかけてオーウェル、カムフォート、ジョージ・ウドコックらは第二次世界大戦中に平和主義に関して論争的な書簡を交わし、それらは同年九／十月の『パーティザン・レヴュー』誌に掲載された。*CW13*, pp.392-400を参照。

附論　レイモンド・ウィリアムズとジョージ・オーウェル

――ある中断された対話への注釈

秦　邦生

現在では、わたしには彼〔オーウェル〕を読むことはできない、と言わねばならない。(*Politics* 392)

もしオーウェルが生き続けていたら、今年で五六歳になっていただろうとわたしは考え続けている。ウィガン波止場を通り過ぎる道の途上で、彼とはたくさんのことで同意することも、意見を違えることもあっただろうに。(“Past” 本書二〇九―一〇頁)

1　はじめに

冒頭に引用した最初の発言において、ウィリアムズはそれまで長く継続してきたオーウェルの著作との批判的対話を打ち切ることを宣言している。その文脈を確認すれば、この発言がなされたのは当時『ニューレフト・レヴュー』の編集者だったペリー・アンダーソンら三名によって一九七七年から翌年にかけてなされたウィリアムズへのインタヴューのなかだった。七九年に書籍化されたインタヴュー集『政治と文学』では、この発言は本書『オーウェル』を論じたセクションの末尾に置かれている。彼の言葉によれば、一九七一年刊行のこの本は「疑問を持ちながらの敬意という感覚に折りあいをつける作業の最終段階」だった(392)。だがその六、七年後に本書を振り返った彼は、敬意よりもむしろ嫌悪にすら近い言葉とともにオーウェルとの完全な訣別を強調していたのである。

急いで事実を確認するなら、本附論後半でも触れるように、ウィリアムズはこの発言以後もオーウェルの著作にたびたび立ち戻っている。この訣別の辞にもかかわらず、彼は、実際にはオーウェルを読み続けることをやめはしなかった。敬意と批判、共感と反発、さらには好意と嫌悪までも複雑に入り混じったオーウェルへの両面価値的な姿勢は、批評家としてのウィリアムズの仕事に影のように初期から晩年までつきまとい続けたものだった。それは、若い世代の者たちからの追求を前にして放たれた性急な一言によって切り捨ててしまえるようなものではなかったのだ。

しかしながら、この時点で表明されたオーウェルにたいするウィリアムズの批判と拒絶は、この二者の関係性を掘り下げる作業に一定の負の影響を与えてきたかもしれない。前者から後者に継承された要素の数々は、これまで見逃されてきたわけでは決してない。例えば、ウィリアムズやリチャード・ホガートの仕事が切り開いたカルチュラル・スタディーズの源流のひとつに「ドナルド・マッギルの芸術」や「少年週刊誌」などの民衆文化についてのオーウェルのエッセイ群を位置づけうることは早くから指摘されてきた（Woodcock 320）。また、オーウェルとウィリアムズの政治的姿勢、文化観、言語観などのゆるやかな類似を指摘する議論もすでにある（Lloyd and Thomas 168-70）。それにもかかわらず、この二者の対立関係ばかりを強調する論者たちは、しばしばオーウェル擁護を転じてウィリアムズへの攻撃の口実としてきた。はなはだしい場合には、ウィリアムズのオーウェル批判を（キース・ゲッセンの表現を借りれば）「擬似スターリニズム的」なものと決めつける議論までまかり通ってきたようだ（Gessen）[1]。ウィリアムズによるオーウェル批判にたいする個々の反論には妥当な論点もあるものの、こうした対立の構図ばかりを強調する一部の論調は、ウィリアムズが若き日からオーウェルを意識し、彼が書き残した著作との粘り強い批判的対話をつうじて自身の思想を練りあげていった経緯を見えにくくしてきたと言えるだろう。実際、ウィリアムズの思想形成に関しては作家D・H・ロレンスや批評家F・R・リーヴィスなどとの関係に即して日本語でも優れた研究がすでになされているが、[2] オーウェルとの関係については扱いにくさもあってか、本格的な研究はこれまでに数えるほどしかなされてはいない。

そこで、本附論では『オーウェル』という複雑なテクストを読むために、オーウェルとウィリアムズとの対話関係とその変遷を批評史的に整理しておきたい。最初に強調したいのは、後者の晩年まで続いたこの対話がたしかに一度は中断されたという事実である。だがそれは一方的な訣別宣言がなされた七〇年代後半ではなく、四六歳の若さでオーウェルが死去した一九五〇年に起きたことなのだ。後述するように、しばしばことなる時代に属するように思われている彼らは、実際には一九三〇年代から第二次世界大戦前後にかけて同じ時代経験を共有し、一時は直接のやり取りもしていた。オーウェルの早逝後、ウィリアムズの彼との対話は残された著作をつうじた間接的なものとなり、批判もしばしば不可避に一方向的な性質を帯びることになった。にもかかわらず重要なのは、ウィリアムズがオーウェルの面影を想起し続け、彼が生身の同時代人であるかのようにその遺産との対話を続けていたということなのである。事実、冒頭二つめの引用に掲げた一九五九年の一文でウィリアムズは、実際よりも約十年長く生きたオーウェルを想像し、「ウィガン波止場を通り過ぎる道の途上」では実現しなかった彼との対話を思い描いていた。このようなありえたかもしれない親密な交流、あるいは

「置き去りにされた者の恨み」のような感覚[3]への理解を抜きにしては、ウィリアムズのオーウェル批判は、ただたんに殺伐とした政治的論争であるように思われてしまうかもしれない。

本附論では以下、一九四〇年代末から、ウィリアムズの晩年である八〇年代に至るまで、社会・政治的情勢の変化にも言及しつつ彼のオーウェル観の変遷をたどる。ウィリアムズのオーウェル読解は、一九四五年に成立したアトリー労働党政権による戦後福祉国家の成立から八〇年代サッチャー政権期の新自由主義台頭にかけて、イギリスの社会主義勢力が大きな困難に直面し、後退を続ける時代局面のなかでなされていた。彼のオーウェル観はこの時代の政治的経験に大きく左右されている。だがこの経緯を整理することで見えてくるのは、批評と政治的状況とのそのような連動が狭い時局的な問題であるにはとどまらず、二〇世紀後半における「小説」の可能性について、あるいはユートピア／ディストピアという文学形式の理解について、現在でも等閑視できない一定の課題を浮き彫りにしているという事実である。二〇一〇年代には世界各地で『一九八四年』を含むオーウェル再評価の高まりが見られたが、そのあとに本書を再訪する意義は、この経緯を的確に理解することによって見いだせるかもしれない。

2　「リヴァイアサン」の変奏——出会いから五〇年代まで

「スエズ、ハンガリー、そして原爆を契機として政治活動を再生させた世代〔……〕このニューレフトは、とりわけその初期において、オーウェルをまさに尊敬していた」（本書一〇二頁）——この一節で言及されたニューレフトとは、一九五〇年なかばの政治的危機に応答して台頭した、ウィリアムズ自身を含む一群のイギリス左派知識人たちを指している。一九五六年一〇月に起こったイギリス軍のスエズ侵攻はイギリスの帝国主義的野心の残存を多くの人々に示し、ほぼ同時期に起こったソヴィエト連邦によるハンガリー革命への介入は、フルシチョフによるスターリン批判とともに、ソヴィエト共産主義の現実にたいする幻滅感をひろげることになった。ちょうど勢いを増していた核兵器廃絶運動（CND）とも連動しながら社会主義運動の再生に賭けたニューレフト運動の形成については、すでに多くの研究がなされている（リン 二七―六六、Kenney 10-53）。

なぜオーウェルはこの世代の知識人たちにとって重要な存在だったのだろうか。それはなによりもまず、彼が一方で「ソヴィエト神話」の打破を目指しながら、他方でイギリスの伝統的民衆文化のなかに真正な社会主義の萌芽を見ようとした先駆的な知識人であったからにほかならない。例えば、一九五八年夏の『ユニヴァーシティーズ・アンド・レフト・レヴュー』（『ニューレフト・レヴュー』の前身のひとつ）にスチュアート・ホールは「ふたたび鯨の腹のなかで?」と題する一文を掲載し、作家たちに政治参加を呼びかけつつも、硬直的イデオロギーの危険性を説いたオーウェルの警告を「出発点」と呼んでいた（Hall 14）。また『読み書き能力の効用』（一九五七年）で労働者階級文化を掘り下げたホガートの文学的模範のひとつがオーウェルであったらしいことは、ウィリアムズが指摘している（"Fiction" 24）。ただホガート自身はオーウェルの労働者観の時代錯誤性を批判していたように（Hoggart 5）、この世代のオーウェル観はやはり肯定と否定がない混ぜになったものだった。事実、ニューレフトのマニフェストと見なしうる論集『政治的無関心からの脱出』（一九六〇年）において歴史家E・P・トムソンは、「鯨の腹のなかで」を「静寂主義のための弁明書」として語気激しく攻撃していた（一六三）。先駆者としてのオーウェルは、その晩年のいっけん悲観的な姿勢ゆえに、政治運動再生のためには乗り越えねばならない障害としても見られていたのである。(4)

ここで注目すべきなのは、ウィリアムズ自身はこうした同世代の知識人たちよりも約十年早くオーウェルに出会っていたという事実である。それは、若き日の彼が友人たちと一九四七年に創始した『政治と文学』という批評誌の編集をつうじてだった。当時の彼は第二次世界大戦への参加による学業中断を経てケンブリッジ大学を卒業後、成人教育講師としての仕事をはじめたばかりだった。後年の回想によれば、この雑誌のねらいは「急進左派の政治とリーヴィス的文芸批評を統合すること」にあったという（*Politics* 65）。ただし学生時代に共産党に加盟したものの、党路線への従属を嫌ってか戦中にはすでに離党していたウィリアムズにとって、「急進左派の政治」とはソヴィエト共産主義とは明確にことなる道の模索でなければならなかった。(5) ちょうどスターリニズムの帰結を諷刺の標的とした『動物農場』（一九四五年）を発表し、一躍時の人になっていたオーウェルにウィリアムズたちが寄稿を依頼したことも、おそらくは当然の流れだったのだろう。

四〇年代後半には、一九四六年夏にソ連ではじまっていた実験文学・芸術の抑圧（「ジダーノフ批判」）を契機として、イギリスの文学界でも共産主義による文化統制を支持する一派と、モダニズムの流れを継承するリベラルな芸術至上派との二極分化が起きていた。この状況のなかでウィリアムズらの『政治と文学』誌は、エリート的文学批評と社会主義との対話をつうじて文学と政治との望ましい関係性の再構築を試みたものの力及ばず、創刊翌年には廃刊に追い込まれている（Harker 50-53）。

川端康雄が指摘するように、晩年のオーウェルはこの若者たちの企図に好感を抱き、病床で二篇のエッセイ「作家とリヴァイアサン」と「ジョージ・ギッシング」を執筆し、活字化を託していた（残念ながら後者は雑誌の廃刊ゆえに掲載されず、原稿はしばらく紛失されてしまったが）（二）。[6]

この雑誌の最終号となった一九四八年夏季号で発表された「作家とリヴァイアサン」は、国家統制の時代における政治と文学との関係を掘り下げたエッセイとして知られている。ここで興味深いのは、自分自身が編集にたずさわった雑誌に掲載されたこのエッセイに、その後のウィリアムズが長期間にわたってくり返し立ち戻り、その再解釈を重ねるごとにオーウェルへの批判を先鋭化していったという事実である。[7]

「作家とリヴァイアサン」においてオーウェルは、当時の状況下で政治的良心を持つ作家のジレンマを剔出している。彼曰く、戦争、原爆、そして全体主義の蔓延する時代においては作家が政治から遠ざかることはできない。だが当時のイギリス労働党政権の実態に顕著なように、現実の政治には理念とは乖離した矛盾や妥協などがつきものであり、そのような困難を隠蔽するオーソドクシーへの従属は作家にとって命取りとなる。こうした状況では、作家はみずからの「政治的忠誠」と「文学的忠誠」とを区別し、内的分裂を覚悟せねばならない。政治への関与は作家としてではなく、一市民、一個人としてせねばならない。また作家が政治について書くときは「一個人として、一部外者として、せいぜい正規軍の側面にいる、あまり歓迎されないゲリラとして」書かねばならない。なぜなら、「党の機関はもとより、ある集団のイデオロギーに主観的に屈することは、作家としての自己を破壊すること」になるからだ（*CW19* 291-92）。[8]

この論旨は、冷戦期の批評においてしばしば徴候的に見られた「文学の自律性」という主張を展開しているようにも読めるかもしれない。だが、このエッセイにおけるオーウェルは生々しい政治参加の渦中から書いていたのであり、彼の主張を「文学」と「政治」との完全な棲み分けを勧めるものとして理解することは完全な誤読だろう。しかしながら、このエッセイにたいするウィリアムズの解釈と批判は、「文学」と「政治」とが交錯する領域において、「一個人」と「集団のイデオロギー」とが生産的に一致する可能性が本当にないのかどうかを、くり返し問うものだった。

第一の反論はウィリアムズの最初の著書『読みと批評』(一九五〇年)に書き込まれている。この本は、現代文明の害悪への抵抗として文学を称揚したリーヴィスからの影響を出発点にしていた。ただし近藤康裕が論じるように、ウィリアムズはリーヴィスのおちいった少数派エリートの擁護からは距離を取り、読者の「個人的経験」と集団的な「文化の経験」とを有機的に結びつける批評の基準を模索していた(一三七)。ところが、「リヴァイアサン」におけるオーウェルは政治的動機にもとづいた批評を拒絶するばかりではなく、文芸批評というジャンル自体が結局のところは「一般に認められている基準」を欠いた「直観的好み」の正当化にしかならないと述べていた(*CW19* 288)。批評の目標そのものを一般的かつ集団的な「基準」の(再)発見と見定め、「批評とは本質的に社会的活動である」と力説したウィリアムズにとって(*Reading* 29)、ここでオーウェルが示した主情的な批評観は真っ先に拒絶せねばならないものだったのである。

その五年後の論考においてウィリアムズは、このいっけん些細な批評観の食い違いをさらに強い批判へと展開している。ここでウィリアムズは、一方ではオーウェルを「優しく、勇敢で、率直で、善良だった人」と讃えつつも、他方では彼は自己矛盾に陥った「亡命者（エグザイル）」ないし「浮浪者（ヴェイグラント）」であったと論じている（“Orwell” 本書二〇一頁）。「亡命者／浮浪者」という言葉によってウィリアムズは、帰属する共同体の不正ゆえにそこから離脱し、社会批判や代替的な価値観の追求に賭けたロレンスやオーウェルの生き方を表現している。彼らの探究は偉大な芸術を生み出しはしたものの、妥協を受け入れない「亡命者」たちが結局ゆきついた先は孤立と絶望だった、とウィリアムズは結論づける。個人の独立性にあくまで拘泥する「亡命者」は、その個人の自由に保証を与えるはずの真正な共同体を肯定できない。このような観点からウィリアムズは、オーウェルが「リヴァイアサン」で説いた作家の内的分裂は、政治参加の必要性を認めながらも、それが必然的に前提とする社会的関係性を承認できなかった彼のゆきづまりを示している、と手厳しく断じていたのである（一九五頁）。

一九五五年のこの論考はいくぶんの修正を加えて彼の最初の主著『文化と社会』（一九五八年）にも組み込まれており、「亡命者」という呼称によって「オーウェルのパラドックス」を表現する論点は、さらに本書『オーウェル』の第二章にも引き継がれている。注目すべきなのは、一九五五年の論考でウィリアムズが「リヴァイアサン」の自己分裂から「『一九八四年』の悪夢」へとつうじる一本の太い線を描いていたことだろう（一九五頁）。というのも、四〇年代末から五〇年代なかばにかけてウィリアムズのオーウェル批判が急速に強まった大きな要因として、一九四九年刊の『一九八四年』についての理解を挙げることができるからだ。ここで述懐されているように、ファシズム、国家資本主義、ソヴィエト共産主義にたいするオーウェルの批判には共感していたらしいウィリアムズも、出版当時に『一九八四年』がイギリス社会主義や労働党への攻撃としてもひろく読まれたことには大きな当惑を覚えていたという。「オーウェルがこの解釈を拒絶することをわたしは注目して待っていたが、そのような拒絶は見られなかった」（一九八頁）。実際には、オーウェルはおもにアメリカの新聞・雑誌で一九四九年七月にまさしくそのような声明を公表していたのだが、ウィリアムズはこの時点ではそれを見逃していたのかもしれない。[9]

いずれにせよ「作家とリヴァイアサン」を起点として、『一九八四年』出版とその翌年のオーウェルの早逝を経て、ウィリアムズのオーウェル批判の基礎はこの時点ですでに築かれていた。オーウェルは『ウィガン波止場への道』（一九三七年）において労働者階級の人々の生活の実態を探索し、『ライオンと一角獣』（一九四一年）においては「イングランドの真の民衆文化」をイギリス的社会主義の基盤とする洞察を示していた（*CW12* 394）。スターリニズム批判を出発点とした初期ニューレフトの「社会主義ヒューマニズム」は、オーウェルが先駆的に提示したこうした方向性をひろい意味で共有していたと言えるだろう。だがウィリアムズにしてみれば、結局は「亡命者」であることをやめられなかったオーウェルが、労働者共同体に関する真に深い洞察へと到達することはついになかったことになる。対照的に、『文化と社会』において「文化」概念そのものを文学や芸術といった高級文化から「生活のありようの総体」へと拡張したウィリアムズのねらいは、労働組合、協同組合運動、さらに政党といった「集団的民主制度」そのものを労働者階級の文化と見なし、社会変革の主体としてあらためて称揚することにあった。労働者階級文化は「個人的」よりも「第一に社会的」であると強調したウィリアムズにとって（*Culture* 327）、晩年のオーウェルが展開した思索はあまりにも個人主義的なものに映っていたのである。

3 「亡命者」たちの帰郷

重要なのは、このように五〇年代のなかばにはオーウェルへの批判姿勢を鮮明にしたにもかかわらず、ウィリアムズがその後もオーウェルの著作を熱心に読み続けていたことだ。『動物農場』と『一九八四年』を出版したセッカー・アンド・ウォーバーグ社は一九五四年から統一サイズ版オーウェル著作集の刊行をはじめていたが、ウィリアムズは『オブザーヴァー』や『ガーディアン』といった新聞に、こうした新版やあらたに編纂されたエッセイ集などの書評をたびたび掲載していた。例えば彼は、一九五九年には『ウィガン波止場への道』新版刊行の同時代的意義を強調し、さらにその約十年後、それまでは入手が困難だった論考なども収録した一九六八年刊行の四巻本『エッセイ、ジャーナリズム、書簡集成』にも早々に目を通し、その価値を強調するコメントを残している（これらの書評については本書の附録を参照）。

いわば、「個人」と「集団」との関係性について決定的に意見を違えてはいても、ウィリアムズにとってオーウェルの遺産はなお傾聴すべき声を発していた。だが一九六〇年代においては、この関係性にあらたな屈折が加わる。『文化と社会』においてウィリアムズが変革の基盤と目していた労働者階級文化の揺らぎである。一九六一年刊の第二の主著『長い革命』において彼は、前著では肯定的に言及していた労働党や労働組合などの変質に苦言を呈している。労働運動はかつて「集団的民主制度」として支配的な競争原理に対抗し、「協同的平等」をあらたな社会の原理として提示する可能性を持っていた。ところが、それはいまや既存秩序に取り込まれて「あきらかな道徳的堕落」におちいってしまったと彼は観察している（*Long Revolution* 328）。この地点でウィリアムズが直面していたのは、「豊かな社会」における社会主義運動の困難にほかならなかった。

この時代背景を略述すれば、戦後復興期の困難を経て五〇年代なかばからはじまっていた好況期には、若い世代を中心に可処分所得が増加し、労働者階級の若者たちも消費活動をつうじて自己表現・自己実現を目指す傾向が強まっていた。ウィリアムズやホールらが切り開いた文化批評は、一方でこうした社会状況にあってなおも社会変革の可能性を探るねらいを持っていたが、彼らは他方でこうした傾向によって蔓延した「労働者階級のブルジョワ化」という命題や「無階級の神話」にたいしてははやくから警鐘を鳴らしていた（小関　第三章）。表面的な豊かさの増大にもかかわらず、階級格差や根強い不平等は解消されていない。「無階級性（クラスレスネス）という新現象」は「意識の失敗」なのだとウィリアムズは断言していた（*Long Revolution* 352）。

にもかかわらず、一九五一年から三度連続で総選挙に敗北した労働党はもはや階級対立を主要な課題とは見なさず、五〇年代のなかばには福祉国家体制の枠内で完全雇用の維持と経済成長の持続をおもな目標とする「修正主義」へと舵を切ってゆく（二宮　六五）。高山智樹や山田雄三の研究が詳細にあとづけているように、このような社会主義の空洞化としても表現できる事態のなかで、ニューレフトの知識人たちは困難な戦いを強いられていた（高山　第二・第三章、山田『ニューレフト』第三・四章）。ウィリアムズは一九六一年には労働党に入党し、修正主義へと傾く党を内側から変革することを試みていた。しかし、最終的には、効率重視の経済政策ばかりに余念のないハロルド・ウィルソン労働党政権に彼は大きく失望し、一九六六年の夏には離党する。「リヴァイアサン」のオーウェルにたいして集団的主体性を肯定したウィリアムズは、この時点で、みずからのそれまでの政治戦略を見なおすことを迫られていたのである。

　こうした国内での政治的困難と並行するようにして、この時期の彼の著作には、帝国主義・植民地主義にたいする問題意識の深化が見られる。ニューレフト第一世代は、とりわけ初期にはこの問題への意識が全般的に希薄で、六〇年代に入ってようやく認識の変化が見られたと指摘されることが多い[10]。ただしウィリアムズは、共同体を称揚することが国民国家（ネイション・ステイト）の外側への意識を阻害する危険性をはやくから察知していたようだ。『文化と社会』の結論部において彼は、労働者階級の共同体意識は「イングランドの帝国的権力としての地位」によってネイションの内側に限定されてきたと指摘していた(326)。さらに、一九六五年の『長い革命』ペーパーバック版に追加された注では、イギリスにおける社会変革は世界各地での革命や独立運動と不可避的に連動していると論じ、自国の「相対的優越性」への固執がこうした世界的変革への妨げになってはならないと警告していた(389)。

　この困難な時代状況は、「亡命者（エグザイル）」概念の再検討へとウィリアムズを導いたように思われる。というのも、国内における共同体意識の揺らぎと、国際情勢への認識の深化は、ナショナルな共同体を外側からまなざす立場の重要性をあらためて浮上させるからである。五五年の論考でオーウェルを「亡命者」と呼んだウィリアムズは、一九六八年の書評であらためてこの概念に立ち戻っている。二〇世紀のイングランドにたいするロレンス、オーウェル、そしてケルト辺境やアメリカからの移住者たちの貢献は、なによりも「共同社会の外側からの視点」を提供した点にあったとウィリアムズは強調する。オーウェルがこの視点を養ったのは、ビルマやフランス、そしてスペイン内戦における経験をつうじてだった（"Blair" 本書二二九頁）。これは、オーウェルの植民地経験を強調した本書第二章の議論に直結する論点と言えるだろう。ここで、ウィリアムズが「ケルト辺境」に言及していることは示唆的である。後年のインタヴューで彼は、以前は棚上げになっていた自分自身のウェールズ出身者としてのアイデンティティをこの時期から強く意識するようになったと述べている（*Politics* 295）。労働党政権の現実にたいする失望を経て支配的なイングランドとの距離感を強調するようになっていたウィリアムズは、外側＝ウェールズからの視点という点で、みずからをロレンスやオーウェルの系譜になぞらえていた可能性がある。

ある共同体を内側のみならず外側からも見る視座——これは、旧英領東インド（現ミャンマー）での五年間を経て帰国し、帝国の知識を背景にイングランドを探索したオーウェルの「二重視（ダブル・ヴィジョン）」とウィリアムズが表現したものである（本書二一頁）。ダニエル・ウィリアムズや河野真太郎が指摘するように、こうした二重視の獲得はウィリアムズ自身の経験でもあった（Williams xxi、河野 三四）。イングランド／ウェールズ境界に近い小村の労働者家庭に生まれ、奨学金を得てケンブリッジ大学に学んだ彼は、いったんは労働者階級とウェールズを「外側」からまなざす視点を習得した。だがオーウェルとウィリアムズ、二者の「二重視」の近似性には、重要な差異も存在する。一九六〇年刊のウィリアムズの第一小説『辺境』は、半自伝的な主人公マシュー・プライスの人生に仮託して、彼自身がいったん離脱した故郷との緊張をともなう関係性を描いている。父の急病ゆえに帰郷したマシューは当初、故郷の人々になじむことができない。だが過去の回想を経て父の死を看取ったのち、物語の終わりでは彼は、その共同体との適切な関係性をふたたび見いだすことができた、と述懐する。

「今、漸く亡命が終わった気がするんだ。帰ることはない、しかし、亡命者意識も終わったのだ。距離がわかったからね、それが大事なんだよ。故郷との距離が測れたときに、はじめて故郷へ帰れるんだ」(*Border* 436　三五七)

この場面に表現された「距離」と「帰郷」との逆説的な一致は、「外側」の視点と「内側」の視点との共存と絶妙な均衡こそが「亡命者意識」の終わりをもたらすというウィリアムズの信念を表現したものと理解できるだろう。一度は損なわれた絆を再度見いだした彼は、もはや「亡命者」ではない。この信念を踏まえて言えば、ウィリアムズにとっては、労働者階級／ウェールズの共同体との紐帯を肯定することこそが、真に生産的な政治批判を可能にするのだ[11]。かたや「リヴァイアサン」におけるオーウェルの論点が「一個人」と「集団のイデオロギー」との半永久的な葛藤であったとすれば、この点ではきわめて明瞭な対照が成り立つことになるだろう。

しかしながら、このような「亡命者」たちとウィリアムズ自身との区別は、さまざまな疑問を惹起するかもしれない。例えば、帝国でのキャリアを捨て故国イングランドの諸問題を探究したオーウェルの選択には、後年のウィリアムズと同様の「帰郷」を認めることはできないのだろうか？　だが、オーウェルが第二次世界大戦中に喚起した「一家族」としてのイングランド像はあくまで「失われた国、失われた階級からの亡命者(エグザイル)の感情」(本書三四頁)であり、それは階級対立を隠蔽する幻想を育むものでしかなかった、とウィリアムズは手厳しい。イングランド文化を強調したオーウェルがしばしばイギリス国内の内的差異を軽視しているように読めてしまうことはたしかであり、(本書においては明示的には書かれていないが)ウェールズ固有の歴史的経験を重視するウィリアムズにとってそれは許容しがたいことだったのかもしれない。他方で、オーウェルが「ブリテン」ではなくしばしば「イングランド」という語をもちいたのは、その民衆文化を「イギリス帝国」の公式的なイデオロギーとは区別するためだったという指摘もある(Kerr 46)。さらに、戦争中のオーウェルが愛郷心(パトリオティズム)に訴えかけたのは社会主義革命のためだったことを踏まえれば、彼のイングランド像を六〇年代のウィルソン労働党政権が駆使したレトリックと直線的に結んで批判するウィリアムズの議論は、やや牽強付会ではないかとする異論も提出されている(Newsinger 75-76)。

現在の時点に話を移せば、二〇一六年の国民投票で決まった欧州連合離脱(ブレグジット)の結果として、イギリスを構成する四地域(イングランド、スコットランド、北アイルランド、ウェールズ)の関係性には近年やや綻びが生じており、この脈絡でウィリアムズのウェールズ論にもあらためて注目が集まっている。[12] これとは対照的に、オーウェルが提示したイングランド像は、現在でも論争的な応酬の標的となっているように思える。例えば、政治思想家のマイケル・ウォルツァーは、良くも悪くも中流階級出身者としてのアイデンティティを自覚していたオーウェルは決してウィリアムズの言うような根なし草的「亡命者」ではなかったと述べ、さらに、イングランドの心性や習慣から、パブ、ミュージックホール、料理、紅茶、漫画絵葉書などに至る文化をオーウェルが論じたのは、そうした民衆的伝統を「平等主義的な社会主義」へと奪用する彼一流の挑発的な戦略のためだったと指摘している（Waltzer 122, 129）。他方で、イギリスの若手論客オーウェン・ハサリーは、かつてオーウェルが賞賛した民衆文化の諸特徴は現代のイギリス社会からはほとんど消え去っており、もはや退行的なノスタルジアの対象にしかなってない、と辛辣に述べている。オーウェルが戦時中に喚起したイングランド像は、当時の彼の意図に反して今日では排外主義的なナショナリズムに流用されているのではないか、とハサリーは観察する（一七〇）。オーウェルのイングランド像が社会変革の基盤となるのか、それとも保守的な共同体観を利するに終わるのか――現代でもなお決着を見ていないこの問題は、逆説的ながら、彼がいまだに「盗むに値する作家」であることを証明しているとも言えるだろう。

4　「ディストピア」の彼方に

こうした論点を踏まえて最後に言及すべきなのは、やはり『一九八四年』の解釈にかかわる問題だろう。第二節ですでに言及したように、ウィリアムズは出版当時、この小説がスターリニズムや全体主義への批判としてのみならず、イギリス社会主義全般への攻撃としても読まれる事態に深く失望し、五〇年代からオーウェル批判へと大きく舵を切っていた。『一九八四年』への否定的な評価という点で、ウィリアムズはこの時点から晩年まで一貫した姿勢を維持している。ここで注目したい点は『一九八四年』を主要な反面教師として意識しつつ、ウィリアムズが自身の小説観、とりわけそのリアリズム美学を練りあげたように思えるということである。

『一九八四年』にたいするウィリアムズの反発は、「サイエンス・フィクション」という一九五六年の短い論考のなかですでに明瞭に表現されている。「ディストピア」という用語がまだ一般には普及していなかった時点のこの論考で、彼は『一九八四年』、ザミャーチンの『われら』(一九二四年)、ハクスリーの『すばらしい新世界』(一九三二年)などを「ピュートロピア(腐敗郷)」と命名し、それらにたいする明確な嫌悪を表明していた。彼によれば、これらの小説に共通する感情の形式は、「孤立した知識人」とほとんど野獣化した「大衆(マス)」との対置である。こうした小説が表現する諷刺的な社会批判は、いっけんどれほどリベラルなものであろうとも、人々を「大衆」と見なす視点を内包しているという意味では、結局は有害なものでしかない、と彼は結論する("Science" 16)。アンドリュー・ミルナーが言うように、ここでウィリアムズはディストピア小説一般に詩人T・S・エリオットからリーヴィスに至る「少数派文化」と「大衆文明」との分断——『文化と社会』において彼が拒絶したもの——と同型の構図を見て取り、それを批判の根拠としていたのである(Milner 32)。

その五年後の『長い革命』の第二部第七章「リアリズムと同時代小説」においてウィリアムズは、基本的に同じ論点をくり返しつつも、ディストピアに代わる肯定的な形式として「リアリズム」を掲げている。ウィリアムズによれば、ここでいうリアリズム小説の核心は、写実的な描写や題材の日常性のみならず、「個人」と「共同体」との緊密な関係性を洞察することにある。本来的なリアリズム小説においては「私的生のあらゆる側面は根本的に一般的生の性質から影響を受けるが、一般的生は完全に私的な観点においてその最大の重要性を示すものと見なされる」のである(305)。ところが彼によれば、トルストイ『戦争と平和』(一八六九年)やジョージ・エリオット『ミドルマーチ』(一八七一—七二年)とともにいったんは完成されたこのリアリズムの伝統は、大半の二〇世紀なかばの小説においては「社会小説」と「個人小説」へと二極分化してしまっており、それらは「個人」と「社会」との疎外や対立関係しか描くことができない。このような現状を打開するためには、わたしたちは「新しいリアリズム」を「創造的」なやり方でふたたび見いださねばならない、とウィリアムズは力説していた(314)。

伝統的リアリズムの解体と分裂をウィリアムズはさまざまな形態で見いだしており、『オーウェル』第四章において問題化された「観察」と「想像」との分断はその一変種と見なすことができる。この分断を系譜的に理解するためにあわせ読むべきなのは、本書前年に刊行された『イングランド小説――ディケンズからロレンスまで』(一九七〇年)が提示する文学史観だろう。ここでウィリアムズはジェイン・オースティン以降のイングランド小説の伝統を「人々とその人々のあいだの関係性を本質的に可知的で伝達可能な方法で示す」手法に見いだし、それを「可知的共同体(ノウアブル・コミュニティ)」と名づけている(*English Novel* 14)。ただし、オースティン小説が描いた共同体は、基本的には地方郷紳階級の人々に限られていた。それに続くディケンズやエリオットたちにとっての課題は、新興中流階級や労働者階級の人々を含むように、小説が提示する「共同体」を拡張することだった。しかしながら、そのような階級横断的拡張においては、つねに小説家自身の共同体に対する関わり方が問われることになる。この意味で「可知的共同体の問題は〔……〕物理的拡大や複雑化の問題」のみならず、第一に「視点の位置と意識の問題」でもあったとウィリアムズは述べる(26)。ハーディを経てロレンスへと至るこの系譜の逆説のひとつは、労働者階級の生活をも含みこむように小説の世界が拡張されてゆく一方で、小説家たちが享受する教育の過程自体が、彼ら・彼女らと故郷/共同体との距離を開く方向に機能するという事態だった。ウィリアムズの小説論はここで「亡命者」という問題に合流する。

このように、リアリズムと「可知的共同体」の伝統が根本的な緊張をはらんだものだったとすれば、それが決定的な分裂に至った地点をウィリアムズは一九世紀末から第一次世界大戦が勃発した一九一四年のあいだに見いだしている。モダニズムの勃興と関連づけられるこの動向の萌芽を彼は特に、美学的作家ヘンリー・ジェイムズと社会派作家H・G・ウェルズとの論争に見ている（『イングランド小説』第五章「道のわかれ目」で詳述されており、本書四四頁でも言及されている）。興味深いのはウィリアムズが「言語と形式の危機」（124）と名づけたこのような分裂を、個々の作家たちの「意識」の問題として探究すると同時に、それを一定の社会的困難の帰結とも見なしていたということだろう。彼が一九・二〇世紀転換期に見いだしたのは、戦争、帝国主義、貧困、革命などにたいする全般的な社会・歴史意識が単一のネイションの境界線を越えて、国境横断的に拡張してゆくという事態だった。一方では歓迎すべきこのような「スケール」の拡大は、他方では、それらを直接に経験し、感じうる生との関連づけを困難にしてしまう。それゆえに彼は、「社会小説」と「個人小説」との分断は「ある程度は不可避」であったとも述べている（131-32）。

本書の第三章から第六章にかけての議論は、あきらかにここで展開された小説史への理解の延長線上に、オーウェルの業績を位置づけるものである。肯定と否定が混ざりあった複雑なオーウェル評価は、以上で略述した文学史観が前提とする困難の規模に対応したものだろう。小説家としてのオーウェルは主人公たちの孤立と挫折をくり返し描くばかりで、ついに説得的な共同体像を提示できなかったとウィリアムズは言う。ドキュメンタリー作家としてのオーウェルにはある程度確実な達成が見られるものの、みずから創り上げたイングランド幻想にとらわれて政治的に挫折した彼は、最終的には『一九八四年』の絶望にゆきついてしまった——ウィリアムズはこのように結論づける。この評価には、ここまで検討してきた彼の批評観、政治観、そして文学観が集約されているのである。

だが、『一九八四年』は本当にオーウェルが社会主義への絶望を表現した作品なのだろうか？　この疑問を考えるにあたって、まず指摘できるのは、あるべき「リアリズム」という見地からこの小説を批判したウィリアムズが、そもそもユートピア／ディストピアという形式自体をかなり否定的に見ていたという事実だろう。一九五五年の論考ではその腐敗形態(ピュートロピア)のみならず「ユートピアはつねに社会的経験の失敗の産物なのだろう」と彼は述べており（本書一九七頁）、E・P・トムソンが賞賛したウィリアム・モリスの『ユートピアだより』（一八九〇年）にしても、ウィリアムズがその価値を正面から認めるに至ったのは、ようやく一九七八年のユートピア論のなかだった。おそらく社会主義の実現に努力を傾注していた初期の彼にとって、遠い理想を掲げるユートピアはあまりにも迂遠な形式に思えたのだろう。「欲望の教育」にユートピアの価値を見いだした七〇年代の後半に至っても、ウィリアムズはなお『一九八四年』を「闘争や可能性を抑圧する」ディストピアとして拒絶している（"Utopia" 233）。より踏み込んだユートピア形式の評価が見られる一九八三年の『二〇〇〇年に向けて』においても、「ことなる場所や場所」へと読者のまなざしを誘うユートピアの現実遊離性に、彼はあいかわらず警告を発していた（*Towards* 15）。

これに対して『一九八四年』執筆時のオーウェルは、理想の提示と諷刺的批判という根本的な二面性を持つ形式として「ユートピア」を理解していたようだ。例えば、一九四五年のラジオ放送のなかで彼はサミュエル・バトラーの『エレホン』（一八七二年）に関連して「あらゆるユートピア的著作は諷刺ないしは寓意なのだ」と述べ、その現実批判としての価値を強調していた（*CW17* 169）。また一九四八年のべつのエッセイにおいて彼は、ユートピア文学は「不可能を求めるかもしれないが〔……〕少なくともそれは、配給行列や党派争いの時代を越えた先を見とおし、人間の連帯というなかば忘れられた原初の目標を社会主義運動に思い出させてくれる」と論じている（*CW19* 333-34）。前者で強調された「批判」と後者で強調された（不可能な）「理想」とは、表裏一体に結びついている。批判によって希望を擁護し、希望ゆえに批判を先鋭化する――このような希望と批判との循環運動への関心ゆえに、晩年のオーウェルはユートピア形式の探究へと向かったのではないか。一九四九年二月の手紙で出版前の『一九八四年』を「小説の形式を取ったユートピア」（*CW20* 35）と呼んだ彼にとって、ユートピアとディストピアはかならずしも正反対ではなく、むしろ後者はユートピアの伝統をその批判精神において継承するものだった。この観点から言えば、『一九八四年』は単純な「反ユートピア」ではなく、やはり真の社会主義の理想のための政治批判の書だったのではないだろうか。[13]

　もうひとつ重要な点は、『一九八四年』が本質的に『イングランド小説』においてウィリアムズ自身が問題化した「スケール」の拡大以後の小説であるという事実である。この小説が描く世界は超大国に三分割されており、それらは恒久戦争状態によって国内の抑圧体制を正当化する一方、海外労働力の搾取に余念がない。この構図は、急速に分断されつつあった冷戦初期の世界のみならず、オーウェルが生涯反対した植民地主義・帝国主義にたいする問題意識を含み込んでいる。アレックス・ツヴァードリングが論じるように、彼がイギリス社会主義にたいする「内在批判者」としてふるまい続けた大きな理由のひとつは、植民地政策における労働党の妥協にあった（四八）。一九四五年の労働党政権成立後、オーウェルが真っ先に求めたのはイギリス帝国の解体だった。「アジアとアフリカを略奪しつづけているあいだは、イギリスは真の社会主義国にはなりえない」と彼は断言していた（*CW17* 340）。この点を踏まえて言えば、『一九八四年』は、単一のネイション内における知識人と大衆の分断を追認する小説ではない。むしろそれは分断された世界の現実を苛烈なまでの諷刺によって拒絶し、反帝国主義をつうじてオーウェルが獲得した「二重視」を、国境横断的な連帯という見果てぬ理想（ユートピア）へと投げかける作品だったのである。

ここまで見てきたように、ユートピア／ディストピアという形式の真価をめぐって、オーウェルとウィリアムズは決定的にすれちがっていた。しかしこの「スケール」という問題に関しては、キャリア後半のウィリアムズはより深い認識に到達していた可能性がある。六〇年代なかばからのウィリアムズには、帝国主義・植民地主義にたいする問題意識の深化が見られたことにはすでに前節で触れた。そこで彼にとって導きの糸のひとつとなったのはオーウェルの遺産だったのかもしれない。例えば、一九七三年刊の第三の主著『田舎と都会』において、ウィリアムズが大都市／宗主国による田舎／植民地の搾取を論じるためにまず手がかりにしたのは、「イギリスの労働者階級（プロレタリアート）」の存在を挑発的にも植民地に見いだした一九三九年のオーウェルのエッセイだったのである（*Country* 282-83）（同じ引用は、本書の第二章二〇頁にもある）。さらに一九八四年に本書第二版にあらたに附された「あとがき」においては、ウィリアムズは『一九八四年』が提示した悪夢の国際秩序を執拗なまでに検討していた。それは、冷戦状況における社会主義の困難な前途を考えるためには、やはりオーウェルの先駆的洞察を無視できなかったからではないだろうか。ウィリアムズは晩年まで、オーウェルにたいする異論や批判をやめることはなかった。ウィリアムズがオーウェルの遺産に見いだしたものは、決して安易な馴れあいを許す程度の困難ではなかった。それでもなお、閉ざされたディストピアの「彼方」を見とおす視線の獲得という意味で、二人の軌跡は最終的には近づきつつあったのかもしれない。

5　おわりに――失われた手紙

オーウェルの遺産を相手取ったウィリアムズの解釈と批判は、批評、小説、そして政治的問題に関連して多面的に展開されていた。その核心を一言で要約するならば、それは二〇世紀後半のイギリスにおいて社会主義が後退戦を強いられる局面でなお文化批評の社会的使命を擁護し、リアリズム小説の伝統が提示したあるべき「共同体」の姿に、孤立した個人の苦境を乗り越える政治的集団性の可能性を見いだそうとした試みだったと言えるだろう。アメリカのトランプ政権が加速した〈ポスト・トゥルース〉をめぐる不安や、二〇一〇年代から続く世界的なディストピア・ブームを受けて、現在、オーウェルの作品にはふたたび熱い視線が注がれている。この時代を生きるわたしたちにとっては、ウィリアムズが異を唱えたディストピアは、むしろ社会・政治批判の文学形式として理解するほうが自然だろう。しかし、そのようなディストピアの「リアルさ」を自明視することは、やはり本来は不幸な状況なのかもしれない。現在を支配するディストピア的「虚構」の彼方に、わたしたちは未来の「リアリズム」を想像する力を取り戻すべきではないのか――ウィリアムズのこの問いかけは、いまなおわたしたちに答えを迫っているように思える。

一九八四年に本書第二版に附された「あとがき」では、『一九八四年』に対するウィリアムズの政治的理解の深まりが見られる点については前節の末尾で触れた。ただし、その部分が七一年刊の第一版における議論よりもやや魅力に欠けると思えるとしたら、それは、八四年になされた政治的議論の徹底した抽象性が、この主題にたいするウィリアムズの個人的感情をほとんど埋没させてしまっているからかもしれない。初版最終章だった第七章の末尾で、ウィリアムズはオーウェルの「喉に受けた傷、悲しく強い顔」を喚起し、何よりも個人としてのオーウェルにオマージュを捧げていた(本書一一四頁)。オーウェルにたいする逸話的なアプローチにはしばしばいらだちを隠さなかったウィリアムズが表明したこの敬意に、抑制されてはいるが、なおただならぬ情動の発露を見いだすとしたら、それは感傷的にすぎるだろうか。[14]

ところで、このようにくり返し個人としてのオーウェルを想起したウィリアムズは、実際に彼に対面しことがあったのだろうか。残念ながらオーウェルの伝記もウィリアムズの伝記も、この疑問について決定的な答えを与えてはくれない。一九四七/八年の『政治と文学』誌時代を回顧したインタヴューのなかでウィリアムズは、雑誌の共同編集者クリフォード・コリンズが原稿を受け取りに入院中のオーウェルを訪ねたと語っているが、若き日の彼自身がオーウェルに面会したかどうかには言及していない(*Politics* 70)。この時期のオーウェルは肺炎の悪化のため四七年一二月から約七ヶ月間グラスゴーの病院に入院しており、成人教育講師としてオックスフォードで多忙な日々を送っていたウィリアムズがわざわざスコットランドまで赴いたとは考えにくいかもしれない。

ところが、ウィリアムズの弟子筋に当たる批評家テリー・イーグルトンは、この二人の関係性について、あるインタヴューにおいてやや奇妙な逸話を披露している。この証言によれば、ウィリアムズはオーウェルを「個人的に知って」おり、さらにウィリアムズは「オーウェルの書いた最後の手紙を、列車の中で失くした」と彼に語って聞かせたことがあったという（一七六）。オーウェルが自分よりも一八歳年少のウィリアムズを個人として意識し、その「最後の手紙」――それがいかなる意味なのかはあいまいだが――をウィリアムズに送っていたとしたら、そこにはいったいなにが書かれていたのか。ウィリアムズはどのような経緯で、この手紙を列車のなかで失くしてしまったのか。さまざまな憶測が刺激されるが、この二人の遭遇とすれちがいを象徴する挿話のように思えてならない。この手紙でウィリアムズが受け取ったメッセージは、完全にこの世界から消え去ったのか。それとも、ウィリアムズが書き残したオーウェル論のなかに、わたしたちはこの「失われた手紙」の残響を聞き取ることができるのだろうか。

＊注

以下、引用文献に邦訳がある場合は文献表に併記する。ただし、引用時に邦訳をもちいている場合にのみ、本文中のマルカッコ内で原書の頁と邦訳の頁を列挙する。

（1）ウィリアムズ批判をもっとも鮮明に打ち出した論考として、クリストファー・ヒッチンズの一九九九年の論考と二〇〇二年の著作第二章を参照（Hitchens）。コリン・マッケイブも認めるように、特に一九九九年の論考はスペイン内戦時のバルセロナ五月事件に関するウィリアムズの記述（本書第五章六九頁を参照）の問題点を的確に指摘しているが（McCabe）、ウィリアムズのオーウェル批判を「嫉妬」や「敵意」に帰するヒッチンズの論調は、むしろ問題の矮小化におちいっているかもしれない。

（2）イギリス文芸批評の伝統におけるウィリアムズの位置づけについてはコリーニの第六・第七章ならびに山田『感情のカルチュラル・スタディーズ』第三・四章を参照。

（3）ウィリアムズのオーウェル論の「個人的」性格についてはフレッド・イングリスも触れている（Inglis 233）。「置き去りにされた者の恨み」という表現については二〇二一年六月の山田雄三氏からの私信から示唆を得た。記して感謝したい。

（4）一九七四年の論考でもウィリアムズはこのようなオーウェルとの「複雑な関係」がニューレフト第一世代の形成にとって「中心的特徴」であったと述べている（Introduction 6）。

（5）ケンブリッジでの学部生時代のウィリアムズと共産党の関係については、ダイ・スミスによる伝記の第三章に詳しい（Smith）。

（6）『政治と文学』誌をつうじたオーウェルと交流やギッシング論紛失のエピソードは、ウィリアムズ自身が語っている（*Politics* 70）。

（7）ウィリアムズが「リヴァイアサン」に言及した論考は、本論中で触れる『読みと批評』と五五年の

「オーウェル」のほかに、五八年の『文化と社会』、「オーウェルの怒り」（一九六一年）、さらに本書第三章（四二頁）があり、二〇年以上にわたってウィリアムズが同じエッセイに五度も立ち戻っていたことは示唆的である。

（8）以下、オーウェルの著作からの引用はピーター・デイヴィソン編纂の二〇巻から成る全集からおこなう（本文中の丸括弧内ではCWと略記し、巻数を算用数字で示す）。

（9）オーウェルが当時のイギリス労働党政権への支持を表明し、『一九八四年』の全体主義批判としての意図を明確にした声明は、アメリカの全米自動車労働組合からの問いあわせに応じて書かれ、そののち、一九四九年七月にアメリカの『ライフ』誌や『ニューヨーク・タイムズ・ブック・レヴュー』紙に掲載された（CW20 134-36）。本書執筆段階のウィリアムズは一九六八年刊の『エッセイ、ジャーナリズム、書簡集成』に収録されたヴァージョンは読んでいたようで、本書では第六章の九二頁と第二版への「あとがき」中の一二二頁においてこの声明からの引用がなされている。

（10）この論点に関しては、例えばリンの第三章（一四九頁あたり）を参照。ウィリアムズのウェールズへの関心から彼の植民地主義・帝国主義問題への認識を掘り下げた論考としては、ダニエル・ウィリアムズを参照（Daniel Williams）。

（11）ここでウィリアムズ自身の「二重視」を構成する「内側」と「外側」の立ち位置は、それ自体が二重のものであることには注意が必要だろう。第一に彼は、ウェールズ／労働者階級共同体の「内側」と「外側」に同時にみずからを位置づけており、第二にその立ち位置自体が、支配的なイングランドの「内側」に属すると同時に、その「外側」からの批判的視点をウィリアムズにもたらしているのである。

（12）ウィリアムズのウェールズ・ナショナリズム論やウェールズを舞台にした晩年の小説については、

特に大貫隆史の第七・八章を参照。

（13）「ユートピア／ディストピア」についてのオーウェルの理解の深化に関しては、筆者の二〇一七年の英語論文（Shin）ならびに二〇二一年の論集「序」を参照。次の段落において言及した『一九八四年』に内在する「国境横断的な連帯」のヴィジョンについても、これらの論考で展開した解釈を踏まえている。

（14）ウィリアムズのオーウェルに対する心情的距離感はすでに一九六五年のコードウェル論にあらわれており、一九六七年のウドコックの著作への書評では、彼はオーウェルに対する伝記的・逸話的アプローチに対する拒否感を示している（本書二二四頁を参照）。アレックス・ウォロックは、本書第七章末尾でオーウェルの「顔」を思い描くウィリアムズの身振りが、オーウェルのディケンズ論末尾におけるディケンズの「顔」の喚起の反復となっていることを指摘しており、ここにはオマージュを読み込むことが可能である。Woloch, pp.177-183 を参照。

引用文献

Gessen, Keith. "Reading Orwell." *The New Yorker*. April 21, 2009. https://www.newyorker.com/books/book-club/reading-orwell-keith-gessen.

Hall, Stuart. "Inside the Whale Again? An Introduction to the Documents on Commitment." *Universities & Left Review*, 4 (Summer 1958), pp.14–15.

Harker, Ben. "*Politics and Letters*: The 'Soviet Literary Controversy' in Britain." *Literature & History*. 24.2 (2015): pp. 43-53.

Hitchens, Christopher. "George Orwell and Raymond Williams." *Critical Quarterly*, 41.3 (1999), pp.3-20.

---. *Orwell's Victory*. Penguin, 2002.

Hoggart, Richard. *The Uses of Literacy: Aspects of Working-Class Life*. Penguin, 2009.（リチャード・ホガート『読み書き能力の効用』香内三郎訳、晶文社、一九七四年。）

Inglis, Fred. *Raymond Williams*. Routledge, 1995.

Kenny, Michael. *The First New Left: British Intellectuals after Stalin*. Lawrence & Wishart, 1995.

Kerr, Douglas. *George Orwell*. Northcote House, 2003.

Lloyd, David, and Paul Thomas. *Culture and the State*. Routledge, 1998.

McCabe, Colin. "Afterword" to Hitchens, "George Orwell and Raymond Williams." *Critical Quarterly*, 41.3 (1999), pp.21-23.

Milner, Andrew. "Mis/Reading *Nineteen Eighty-Four*: A Comparatist Critique of Williams on Orwell." *Key Words: A Journal of Cultural Materialism*, 6 (2008): 31-45.

Newsinger, John. *Orwell's Politics*. Palgrave 1999.

Orwell, George. *The Complete Works of George Orwell*, 20 vols, edited by Peter Davison and assisted by Ian Angus and Sheila Davison, Secker & Warburg, 1998.

Shin, Kunio. "The Uncanny Golden Country: Late-Modernist Utopia in *Nineteen Eighty-Four*." *Modernism/modernity* Print Plus. 2.2 (2017). https://doi.org/10.26597/mod.0007.

Smith, Dai. *Raymond Williams: A Warrior's Tale*. Parthian, 2008.

Waltzer, Michael. *The Company of Critics: Social Criticism and Political Commitment in the Twentieth Century*. Basic, 2002.

Williams, Daniel. "Introduction: The Return of the Native." Raymond Williams, *Who Speak for Wales?*

Nation, Culture, Identity. Edited by Daniel Williams. U of Wales P, 2003: pp. xv-liii.（ダニエル・G・ウィリアムズ「帰郷——『誰がウェールズのために語るのか?』序章」近藤康裕訳、『レイモンド・ウィリアムズ研究』第二号（二〇一一年）、五五—一一五頁。）

Williams, Raymond. "The Anger of George Orwell." *The Observer*, May 21, 1961, p.24.（本書二一一—二一六頁）

---. "Blair into Orwell." *The Guardian*, Oct 4, 1968, p.6.（本書二二七—二三三頁）

---. *Border Country*. Parthian, 2006.（『辺境』小野寺健訳、講談社、一九七二年。）

---. "Caudwell." *The Guardian*, Nov 12, 1965, p.9.（本書二一七—二二二頁）

---. *The Country and the City*. Oxford UP, 1973.（『田舎と都会』山本和平・増田秀男・小川雅魚訳、晶文社、一九八五年。）

---. *Culture and Society: 1780-1950*. Columbia UP, 1958.（『文化と社会 1789—1950』若松繁信・長谷川光昭訳、ミネルヴァ書房、二〇〇八年。）

---. *The English Novel from Dickens to Lawrence*. Chatto & Windus, 1971.

---. "Father Knew George Orwell." *The Guardian*, May 26, 1967, p.7.（本書二二三—二二六頁）

---. "Fiction and the Writing Public." *What I Came to Say*. Hutchinson Radius, 1989, pp.24-29.（「小説と筆者大衆」河野真太郎訳、『共通文化にむけて　文化研究I』川端康雄編、二〇一六年、三〇一—三一一頁。）

---. *The Long Revolution*. Broadview, 2001.

---. "George Orwell." *Essays in Criticism*, 5.1 (January 1955), pp.44-52.（本書一八九—二〇四頁）

---. "Introduction." *George Orwell: A Collection of Critical Essays*, edited by Raymond Williams, Prentice-Hall, 1974, pp.1-9.

———. "Past the Wigan Pier." *The Observer*, May 10, 1959, p.24.（本書二〇五―二一〇頁）
———. *Politics and Letters: Interview with New Left Review*. With an Introduction by Geoff Dyer. Verso, 2015.
———. *Reading and Criticism*. Frederick Muller, 1950.
———. "Science Fiction." *Tenses of Imagination: Raymond Williams on Science Fiction, Utopia and Dystopia*. Edited by Andrew Milner, Peter Lang. 2010. pp.11-19.
———. *Towards 2000*. Chatto & Windus, 1983.
———. "Utopia and Science Fiction." *Tenses of Imagination: Raymond Williams on Science Fiction, Utopia and Dystopia*. Edited by Andrew Milner, Peter Lang. 2010. pp.93-112.（「ユートピアとＳＦ」河野真太郎訳、『想像力の時制　文化研究Ⅱ』川端康雄編訳、みすず書房、二〇一六年、二四一―五一頁。）
Woloch, Alex. *Or Orwell: Writing and Democratic Socialism*. Harvard UP, 2016.
Woodcock, George. *The Crystal Spirit: A Study of George Orwell*. Little, Brown and Company, 1966.（ジョージ・ウドコック『オーウェルの全体像――水晶の精神』奥山康治訳、晶文社、一九七二年。）
イーグルトン、テリー『批評とは何か――イーグルトン、すべてを語る』大橋洋一訳、青土社、二〇一二年。
大貫隆史『「わたしのソーシャリズム」へ――二〇世紀イギリス文化とレイモンド・ウィリアムズ』研究社、二〇一六年。
川端康雄「リヴァイアサンに抗って――オーウェル、ウィリアムズ、*Politics and Letters*（1947-48）」『関東英文学研究』第五巻（二〇一三年）、一―八頁。
河野真太郎『〈田舎と都会〉の系譜学――二〇世紀イギリスと「文化」の地図』ミネルヴァ書房、二〇一三年。
小関隆『イギリス１９６０年代――ビートルズからサッチャーへ』中央公論新社、二〇二一年。
コリーニ、ステファン『懐古する想像力――イングランドの批評と歴史』近藤康裕訳、みすず書房、二〇二〇年。

近藤康裕『読むことの系譜学――ロレンス、ウィリアムズ、レッシング、ファウルズ』港の人、二〇一四年。

秦邦生編『ジョージ・オーウェル『一九八四年』を読む――ディストピアからポスト・トゥルースまで』水声社、二〇二一年。

高山智樹『レイモンド・ウィリアムズ――希望への手がかり』彩流社、二〇一〇年。

ツヴァードリング、A『オーウェルと社会主義』都留信夫・岡本昌雄訳、ありえす書房、一九八一年。

二宮元『福祉国家と新自由主義――イギリス現代国家の構造とその再編』旬報社、二〇一四年。

トムソン、E・P、編『新しい左翼――政治的無関心からの脱出』福田歓一・河合秀和・前田康博訳、岩波書店、一九六三年。

ハサリー、オーウェン『緊縮ノスタルジア』星野真志・田尻歩訳、堀之内出版、二〇二一年。

山田雄三『感情のカルチュラル・スタディーズ――『スクリューティニ』の時代からニュー・レフト運動へ』開文社出版、二〇〇五年。

――『ニューレフトと呼ばれたモダニストたち――英語圏モダニズムの政治と文学』松柏社、二〇一三年。

リン・チュン『イギリスのニューレフト――カルチュラル・スタディーズの源流』渡辺雅男訳、彩流社、一九九九年。

訳者あとがき

本書はレイモンド・ウィリアムズ（Raymond Williams, 1921-1988）の*Orwell*, Fontana, 1971, third edition, 1991 の全訳である。原書はそもそも一九七一年にフランク・カーモードが編集主幹を務めたフォンタナ・モダン・マスターズというシリーズの一冊として一九七一年に初版が刊行され、一九八四年にはフラミンゴという出版社から“Afterword: *Nineteen Eighty-Four* in 1984”という「あとがき」を加えた第二版が刊行された。一九九一年にはふたたび初版の発行元であるフォンタナ社から第三版が刊行されたが、この版からあらたに追加された章は存在しない。本書の翻訳には、この第三版を底本としてもちいている。

ウィリアムズは二〇世紀後半のイギリスを代表する文化批評家の一人として知られている。彼は、一九二一年にイングランドとの境界に近いウェールズの小村パンディの労働者階級一家に生まれ、幼少期から学業に優れていたために奨学生としてケンブリッジ大学に進んだ。第二次世界大戦中には兵役のためにいったん学業を中断したものの、戦場から無事に生還して卒業したのちは成人教育の講師を務めるかたわら『文化と社会』（一九五八年）や『長い革命』（一九六一年）などの重要な著作を次々と世に問い、戦後のイギリス社会における公的知識人としての地位を確立した。

一九八八年一月に急逝するまで、ウィリアムズはケンブリッジ大学の英文学教員としての学問的な業績のほか、小説家・劇作家や社会主義の活動家としても多岐にわたる執筆活動を続けていた。現時点までに、死後出版の論集なども含めると単著の単行本だけで三十点を超える著作が刊行されている。それでも、雑誌や新聞などに発表された短い文章や生前未刊行の草稿など、いまだに単行本未収録の論考も少なくない。現時点では、ちょうど生誕百周年にあたる二〇二一年をひとつの契機としてウィリアムズの業績の再評価が進行中である。二二年初頭にはヴァーソ社からウィリアムズのあたらしい論集の刊行が予定されているほか、生前の彼の姿が記録された動画や講義の録音などがイギリスのレイモンド・ウィリアムズ協会によってウェブ上で公開されている（YouTubeでRaymond Williams Societyを検索すると、すぐに見つけられるはずだ。なかには、ウィリアムズとスチュアート・ホールが出演するオーウェルに関する番組の映像もある）。

小説や演劇から映画、TV、広告、さらにコミュニケーション・システム全般にわたる主題についての業績を残したウィリアムズは、いわゆる「カルチュラル・スタディーズ」の先駆者としても位置づけられている。だがその彼は、一人の作家を題材とした単著は実のところ二冊しか書いていない。その一冊が本書『オーウェル』であり、もう一冊は、一九世紀初頭のイギリスでジャーナリスト・政治論争家として活躍したウィリアム・コベット（William Cobbett, 1763-1835）を論じた一九八三年の『コベット』である。どちらも、文化批評家かつ社会主義思想家としてのウィリアムズ自身の強いこだわりが反映された研究対象であると言えるだろう。

本書を手に取った読者には、ジョージ・オーウェル（George Orwell, 1903-1950）についてのあらたまった説明はおそらく不要だろう。古典的ディストピア小説の筆頭に数えられる『一九八四年』や

『動物農場』の作者としてオーウェルは、現時点の日本において、もっともよく名前の知られたイギリス文学の作家の一人であると述べても過言ではないはずだ。ただし『一九八四年』一作の圧倒的な知名度に比べると、一九四九年六月にこの小説を発表する以前のオーウェルの経歴やそのほかの著作活動は、それほどひろく知られているとはまだ言えないかもしれない。

本書におけるウィリアムズの最大の貢献は、そのオーウェルの生涯と業績を、なによりも社会主義の実現に向けた苦闘という観点から理解する視座を提供しているという点にある。社会主義へのオーウェルの深い関心は、『ウィガン波止場への道』のための調査旅行やスペイン内戦への参加をつうじてやしなわれた。『一九八四年』にも特異なかたちで表現されている彼の著作の諸特徴――例えば、その論争性や諷刺性、全体主義への苛烈な批判と民衆文化への関心、自然や過去への愛着などなど――は、彼が掲げた「民主的社会主義」の理想に照らすことで、はじめてより深く理解されることだろう。ウィリアムズの論考は、そうしたオーウェルの政治的側面を理解し、検討するための文脈を提供してくれている。

ただし、ウィリアムズにとってのオーウェルは、一定の政治的かつ文化的な関心を共有していたゆえにこそ、尊敬すべき先人であると同時に、乗り越えねばならない「壁」のような存在でもあったことには注意が必要だろう。オーウェルは「ソヴィエト神話」の破壊を社会主義再生の前提条件と見なしていた。だが一九五〇年の早逝後、彼の著作はしばしば冷戦期の反共宣伝に利用されることもあった。ウィリアムズのような後進の知識人たちにとって、この時代状況においてソヴィエト型共産主義を拒絶しつつ、なおもイギリス国内で社会主義を追求することは、現時点から想像するよりもはるかに大きな知的緊張を強いる立場だったようだ。

それゆえに、通常はバランス感覚に富んだウィリアムズの批評的判断は、オーウェルにたいしてはときに性急な批判や否定に傾くことがある。本書のオーウェル論に見られるウィリアムズの両面価値的な姿勢には、二〇世紀後半におけるイギリス社会主義の困難が刻印されている。その意味では、本書はオーウェルへの入門書としてのみならず、ウィリアムズとオーウェルとの批判的対話の書、さらには対決の書としても受け取ることがもっとも有益な読み方かもしれない。本書の附録部分では、この点を考えるための補足資料として、一九五五年から一九六八年にかけてウィリアムズが新聞や雑誌に発表していたオーウェル関係の論考六篇を選んで訳出し、また附論においては、一九四七年／八年頃の両者の出会いから、ウィリアムズ自身の晩年まで続いたオーウェルへのこだわりを批評史的に整理し、考察を加えた。本書の理解への一助としていただければ幸いである。

ウィリアムズのオーウェル論には、狭義の文学と社会主義との関係性についてのみならず、境界横断的な個人と共同体、芸術と社会、文化と階級、さらには言語と経験などとの関係性について、とりわけモダニズム以降の問題意識を背負ったきわめて複雑な思索が込められている。また、本書の『一九八四年』批判は二〇一〇年代から世界的流行が続くディストピアという文学形式についても一石を投じるものとして読みうるだろう（その詳細は附論を参照していただきたい）。ジェンダーに対する明示的な問題意識の薄さはウィリアムズとオーウェルとに共通した死角としてしばしば指摘されており、その点にはさらに詳細な批判的考察が必要だろう。それでもなお、二〇世紀後半における資本主義の攻勢を受けて社会主義の困難に直面したウィリアムズの思索は、新自由主義全盛の現代を生きるわたしたち自身もけっして無関心ではいられない、ある種の切迫感を持っているように思える。ウィリアムズとともにオーウェルの遺産に立ちかえることは、社会主義の重層的困難を理解すると同時に、平等や人間らしさ（ディーセンシー）といった旧来からの理想に、あらたな生気を吹き込むことでもあるのではないだろうか。

＊　＊　＊

いわゆるイギリス・ニューレフトの立役者の一人として活動したウィリアムズの業績は、日本においてもはやくから注目が集まっており、彼の著作は一九六〇年代から邦訳が刊行されてきた。だが、一九七〇年代から高度な理論化を遂げた文学・文化批評の流れのなかでは、比較的に日常的な語彙を駆使するウィリアムズの思索は、素朴な経験主義にとらわれた旧弊なものと受け取られる傾向もあったようだ。ウィリアムズの翻訳紹介は一九八〇年代なかばに一度途絶えたが、その後、二〇〇二年刊の『完訳キーワード辞典』（椎名美智ほか訳、平凡社）、二〇一〇年刊の『モダニズムの政治学』（加藤洋介訳、九州大学出版会）などを契機として、あたらしい邦訳が数年おきに刊行されている。とりわけ川端康雄編訳によるウィリアムズの「文化研究」全二巻（二〇一三年刊の『共通文化にむけて』と二〇一六年刊の『想像力の時制』、大貫隆史、河野真太郎ほか訳、みすず書房）と、二〇二〇年刊の『テレビジョン』（木村茂雄・山田雄三訳、ミネルヴァ書房）によって、カルチュラル・スタディーズにたいするウィリアムズ独自の貢献については、日本語でも理解を深める環境はかなり整ってきていると言えるだろう。

それと並行して、二〇〇五年に発足したレイモンド・ウィリアムズ研究会の活動やその会誌『レイモンド・ウィリアムズ研究』(二〇一〇年から刊行開始)などをつうじて、日本におけるウィリアムズの批評と思想への理解も二一世紀に入ってからは長足の進歩を遂げている。附論の文献表にも挙げたように、訳者はウィリアムズの業績への理解については、川端康雄、山田雄三、高山智樹、河野真太郎、近藤康裕、大貫隆史各氏の業績に多くを負っている。こうした研究者たちの持続的な努力なしには、本書を邦訳するための土壌は整っていなかったことだろう。

他方で、文化研究とはべつに、ウィリアムズの出発点となった文学研究関連の業績の翻訳紹介は、まだじゅうぶんではないかもしれない(このような区別を立てること自体はそれほど生産的ではないかもしれないが)。『田舎と都会』(山本和平ほか訳、晶文社、一九八五年)のような重要著作の邦訳はあるものの、第一の主著『文化と社会』の邦訳(若松繁信・長谷川光昭訳、ミネルヴァ書房、一九六八年)は部分的な省略がなされており、一九七〇年の『イングランド小説——ディケンズからロレンスまで』や演劇関係の数多くの著作は未邦訳にとどまっている。この状況を踏まえると、本書『オーウェル』のユニークな価値は、文化、政治、共同体などに関してきわめてひろい射程を持ちつつ、その議論があくまでオーウェルの著作をめぐる文学論・小説論に密接に関連づけられている点に見いだせるはずだ。ウィリアムズの議論における文学と文化、社会、政治などとの密接な関係性は、それ自体がオーウェルの遺産としても理解できるかもしれない。

本邦訳のきっかけは、二〇一九年三月五日に川端康雄氏の呼びかけで、日本女子大目白キャンパスで開催されたシンポジウム「オーウェル『一九八四年』とディストピアのリアル」だった。その壇上にて筆者はこの本の邦訳への関心を口走っていたが、その話を伝え聞いた月曜社代表の神林豊氏に声をかけていただいたのは二〇二〇年五月だった。右記のシンポジウムを出発点とした論文集(『ジョージ・オーウェル『一九八四年』を読む』、水声社、二〇二一年)の編集作業と並行していたために、小著にもかかわらず翻訳には当初想定していた以上の時間がかかってしまった。また、それほど理論的な語彙を使わないとはいえ、一定の用語に特殊な含意を込めてもちいるウィリアムズの癖(project や realize などはその一例)や、関係代名詞節や長い名詞句を駆使して一文に複数の論点を盛り込む彼の文体を読みやすい日本語に訳すのは容易ではなかった。校閲を担当された青柳克幸氏には表現の細部にわたりさまざまな示唆をいただいた。記して感謝したい。当然ながら、訳文に関する最終的な責任はすべて本訳者にある。

なお、本書第二版に「あとがき」として加えられた「一九八四年の『一九八四年』」については、部分的に省略されたヴァージョンが一九八四年一月の『マルクシズム・トゥディ』に掲載されており、その邦訳は一九八四年二月上旬の『世界政治——論評と資料』第六六二号に掲載されている(五二—六〇頁、訳者名不詳)。適宜参考にさせていただいた。

蛇足として、私的な思い出を述べることをお許しいただければ、本訳者がウィリアムズの『オーウェル』原書をはじめて手に取ったのは、今から二十年以上も昔、東京大学本郷キャンパスの総合図書館四階の開架閲覧室でのことだった。つたない英語力ながら『ウィガン波止場への道』で卒論を書こうと悪戦苦闘していた学部生時代のわたしは、おそらくフォンタナ・モダン・マスターズ初版本の小さな判型と薄さに惹かれて「これなら自分でも読み通せるかも」と思ったのだろう。当時の英文科では、イーグルトンやサイードの訳者として著名な大橋洋一先生が(『文学部唯野教授』さながらの)批評理論講義を受け持たれており、そこでウィリアムズの名前を聞きかじっていたことも影響していたのかもしれない。当時の自分の語学力でどこまで深く理解できたのかはきわめて心許ないが、大橋先生にご指導を頂き、本書の熱にあてられてウィリアムズからの影響を全面的に受けた卒論は、同じ英文科のジョージ・ヒューズ先生からかなり厳しい評価を頂くことになった（ヒューズ先生はケンブリッジ大学で博士号を取られており、学生たちのなかにはウィリアムズにたいする不満や批判的な声もあったことをご存知だった）。のちに早川書房から『一九八四年』新訳版を出された高橋和久先生にご指導を頂くことになったのは大学院に進んでからのことだったが、本訳者にとっての本書は、文学部生としてはじめて英文学を専攻したあの二年間の記憶と密接に結びついている。

レイモンド・ウィリアムズ生誕百周年という節目の年に本書の翻訳作業に従事したことは、初心に立ち返るという意味で、訳者にとって困難であると同時に貴重な経験だった。翻訳出版の機会を頂いた月曜社の神林豊氏、仲介を頂いた川端康雄氏にはこの場を借りてあらためて感謝したい。本書をひとつのきっかけとして、一人でも多くの読者がオーウェルやウィリアムズへのより深い関心へと誘われることを期待したい。

二〇二一年八月三一日
レイモンド・ウィリアムズ生誕からちょうど百周年の日に

秦　邦生

〔附記〕

本書の装幀には二〇世紀イギリスの画家・イラストレーターのジェイムズ・ボズウェル（James Boswell, 1906-1971）による作品《ストリート・シーン》を使わせていただいた（テート・ブリテン所蔵）。ニュージーランド出身のボズウェルは一九三〇年代イギリスの社会主義文化のなかでジョージ・グロスのスタイルを模した諷刺画家として活躍した経歴を持ち、このコラージュ作品は一九三五年から三八年頃に製作されたと考えられている。ボズウェルがオーウェルやウィリアムズと個人的に接触があったかどうかについてはわからないが、ここに描かれた曇天のロンドンは、オーウェルが『葉蘭をそよがせよ』や『一九八四年』において描いたこの都市の雰囲気をよく表現しているように思われる。

二〇二二年一月一〇日

レイモンド・ウィリアムズ（Raymond Williams）

一九二一年、イギリス・ウェールズ生まれ、一九八八年没。文学・文化批評家。小説・演劇研究からコミュニケーション・システムに至る多種多様な分野について執筆し、カルチュラル・スタディーズの分野に大きな影響を残す。邦訳のある著書に『文化と社会――1780―1950』（原書一九五八年／ミネルヴァ書房、一九六八年／二〇〇八年）、『辺境』（原書一九六〇年／講談社、一九七二年）、『キーワード辞典』（原書一九七六年／平凡社ライブラリー、二〇〇二年）、『田舎と都会』（原書一九七九年／晶文社、一九八五年）、『モダニズムの政治学』（原書一九八九年／九州大学出版会、二〇一〇年）、日本独自編集の論文集として『共通文化に向けて』（みすず書房、二〇一三年）、『想像力の時制』（みすず書房、二〇一六年）などがある。

秦邦生（しん・くにお）

一九七六年生まれ。東京大学大学院総合文化研究科准教授。専門は英文学。編著書に『ジョージ・オーウェル『一九八四年』を読む――ディストピアからポスト・トゥルースまで』（編著、水声社、二〇二一年）、『カズオ・イシグロと日本――幽霊から戦争責任まで』（共編著、水声社、二〇二〇年）、『イギリス文学と映画』（共編著、三修社、二〇一九年）、訳書にフレドリック・ジェイムソン『未来の考古学Ⅰ・Ⅱ』（共訳、作品社、二〇一一―二〇一二年）などがある。

著者　レイモンド・ウィリアムズ
訳者　秦邦生（しんくにお）
二〇二二年二月二八日　第一刷発行
発行者　神林豊
発行所　有限会社月曜社
〒一八二-〇〇〇六　東京都調布市西つつじヶ丘四-四七-三
電話〇三-三九三五-〇五一五（営業）〇四二-四八一-二五五七（編集）
ファクス〇四二-四八一-二五六一
http://getsuyosha.jp/
装幀　町口覚
印刷・製本　モリモト印刷株式会社
ISBN978-4-86503-128-7

月曜社の本

ユニオンジャックに黒はない
人種と国民をめぐる文化政治

ポール・ギルロイ＝著

田中東子＋山本敦久＋井上弘貴＝訳

警察による過剰な取り締まりと暴動、レゲエやパンクなどの抵抗的音楽をつうじて戦後英国における人種差別の系譜を批判的に辿りながら、法と秩序、愛国心のもとで神話化された国民というヴェールを引き剝がす。

本体価格 3,800 円

境界を越えて
C・L・R・ジェームズ＝著

本橋哲也＝訳

スポーツと植民地解放闘争を結びつけた歴史的名著。英国植民地であった西インド諸島トリニダードに生まれ、最も英国的なスポーツ＝クリケットに育まれたひとりの黒人革命家が、この競技の倫理とこの競技への民衆の熱狂に政治的解放の原動力を見いだすさまを描いた自伝的著作。本体価格 3,600 円

断絶からの歴史
ベンヤミンの歴史哲学

柿木伸之＝著

。ベンヤミンの革命と救済の歴史哲学を読み解き、その問いを歴史の危機のさなかに受け継ごうとする哲学の試み。命あるものを犠牲にしながら続く歴史を逆なでし、死者とともに生きる道筋を、進歩の残骸を縫って切り開く非連続的な歴史、歴史に名を残さなかった者たちの非連続的な歴史へ。「歴史の概念について」ハンナ・アーレント手稿の翻訳と解題を収録。本体価格 3,600 円